LA BARRIÈRE MAUDITE

Le conseiller promit de tout faire. (P. 37).

LA BARRIÈRE MAUDITE

MAUDITE

~~~~~~~

HISTOIRE

DE MON EXIL ET DE MA DÉLIVRANCE

Par A. DE KOTZEBUE

LILLE

MAISON SAINT-JOSEPH

GRAMMONT (Belgique)

ŒUVRE DE SAINT-CHARLES BORROMÉE

Tous droits réservés.

LA BARRIÈRE MAUDITE

PREMIÈRE PARTIE

En route pour l'exil.

I j'entreprends de raconter ma tragique histoire, ce n'est point la vanité qui m'y pousse. J'ai toujours aimé la tranquillité; une vie obscure et paisible a pour moi plus de charme que le retentissement d'une brillante réputation. Aussi ne désiré-je pas attirer sur moi les regards du

public; mais une partie de l'Europe, soit curiosité, soit bienveillance, a témoigné qu'elle s'intéressait à mes aventures : comment lui refuser la
satisfaction d'en lire le récit fidèle et authentique?
Une série d'événements aussi singuliers fourni-
rait déjà la matière d'un roman des plus mouve-
mentés; ils ne peuvent manquer de captiver l'attention des lecteurs tandis qu'ils savent que tout dans
ma narration est d'une parfaite exactitude et
entre dans le domaine de l'histoire. J'ose espérer
enfin que ce livre portera dans ses modestes
pages un enseignement utile; l'expérience que
j'ai faite pourra profiter à d'autres. Ils appren-
dront surtout que le talent et les qualités naturelles, le crédit et la fortune, sont une bien misérable ressource dans les grandes épreuves de la
vie; on tombe rapidement dans le désespoir si l'on
ne s'est pas habitué à puiser ailleurs le courage
et la consolation (1).

C'est une diversion bien douce à la monotonie
de la vie ordinaire qu'un voyage en famille,
lorsque ceux qui doivent en faire partie sont unis
entre eux par les liens d'une affection sincère et
profonde. Les préparatifs offrent déjà un charme
inexprimable et mettent tout ce petit monde dans

(1) Le texte que nous publions est celui d'une traduction éditée à
Paris au commencement du siècle sous le titre de : *L'Année la plus
remarquable de ma vie*. Sauf un certain nombre de suppressions, et
quelques intercalations qui n'altèrent pas la substance des faits, nous
nous sommes borné à retoucher le style du traducteur, souvent incorrect,
et à rectifier l'orthographe de certains noms propres. Une autre traduction a paru, intitulée : *L'Année la plus mémorable*.

un entrain qui présage pour la lointaine excursion le plus vif plaisir. Telles étaient les impressions que nous éprouvions, ma femme et moi, au commencement de l'année 1800, la plus tristement fameuse de toute ma vie. Depuis trois ans, nous avions quitté la Russie, patrie de ma femme, et nous habitions Weimar, où je me livrais avec une douce assiduité à mes petits travaux littéraires. Les aînés de nos enfants résidaient à Saint-Pétersbourg; aussi nous tardait-il d'aller les embrasser après une si longue absence; des amis, des parents, que nous avions laissés en Russie, nous pressaient de leur côté d'entreprendre ce voyage. Au grand contentement de ma femme et de mes plus jeunes enfants, il fut décidé que nous partirions au commencement d'avril et que nous passerions quatre mois hors de chez nous. Comme je laissais dans ma petite propriété de Weimar la plus tendre et la plus affectionnée des mères, je n'aurais pu me résoudre à une plus longue absence; elle suffisait d'ailleurs au but que nous nous étions proposé.

Chacun sait qu'à cette époque une police tyrannique s'exerçait dans toute la Russie; l'entrée du grand empire était sévèrement interdite, sauf une autorisation spéciale, autrement dit une passe, accordée par le Tzar lui-même. Ma première démarche fut donc d'écrire à l'ambassadeur de Russie résidant à Berlin, le baron de Krudener. Je le priai d'avoir la complaisance de me procurer la passe qui m'était indispensable. Il me promit

d'en faire sur-le-champ la demande à l'empereur ; mais il me conseilla en même temps de lui
écrire de mon côté pour en obtenir cette faveur.
J'approuvai ce conseil : par le courrier suivant,
je suppliai l'empereur de m'accorder la permission de passer quatre mois en Russie pour y voir
mes enfants, et prendre à l'égard de ma fortune
des dispositions qui exigeaient ma présence.
Pendant que ma lettre arrivait à Saint-Pétersbourg, j'en reçus une seconde du baron de Krudener, que je vais transcrire ici.

« Monsieur, — C'est un vrai plaisir pour moi
d'avoir à vous donner une réponse favorable sur
ce que vous désirez. Je reçois à l'instant l'ordre de
vous accorder la passe que vous m'avez demandée.
Veuillez bien me faire savoir promptement la
route que vous prendrez pour vous rendre à
Saint-Pétersbourg, afin qu'un ordre précis lève
les difficultés que, malgré cette permission, vous
pourriez trouver aux frontières. Si vous ne venez
pas à Berlin, j'attends, par le courrier porteur
de ma lettre, un mot de vous, qui me fasse connaître les lieux où vous passerez. N'oubliez pas
surtout de m'indiquer le nombre de personnes
qui doivent vous accompagner dans ce voyage. »

Cette lettre causa la plus vive joie à ma femme ;
elle me fit faire à moi-même beaucoup de réflexions. J'avais, il est vrai, quitté la Russie avec
l'agrément de l'empereur; alors, on n'y connaissait point cet ordre : « que toute personne, sortant des États de Russie, devait s'engager par

écrit à n'y jamais revenir ; » mais je savais que
Paul n'était pas favorablement disposé envers les
gens de lettres ; je fus donc très surpris de recevoir de lui une si prompte réponse, et surtout un
consentement si gracieux. Ce qui m'inquiétait le
plus, et ce que je ne pouvais concevoir, c'était la
raison des difficultés que, *malgré ma passe,* je
devais éprouver aux frontières. Si les voyageurs
étaient arrêtés par ces obstacles, pourquoi ne
pourrais-je pas les franchir comme eux ? pourquoi faisait-on une exception en ma faveur ?
pourquoi donnait-on un ordre particulier du cabinet de Saint-Pétersbourg ? pourquoi me deman-
dait-on la route que je devais prendre ? tous ces
détails devaient-ils intéresser l'empereur ou ses
ministres ?

Je fis ces observations à ma femme, qui s'amusa
de ma frayeur. Le soir même, nous nous rendîmes chez une dame aussi recommandable par
ses vertus que par son rang : nous y trouvâmes
une société nombreuse et choisie. Mon épouse
se hâta de faire part de sa joie à tout le monde ;
pour moi, toujours rêveur, toujours inquiet, je
révélai mes craintes et mes incertitudes. Chaque
personne de l'assemblée me blâma, me rassura,
et finit par me dire que de pareilles idées étaient
offensantes pour l'empereur, dont la parole était
sacrée. Je me tranquillisai donc.

Tout étant disposé, je quittai, le 10 avril 1800,
ma bonne mère, mes amis, ma petite propriété ;
je partis, accompagné de ma femme, de mes trois

enfants en bas âge, et j'allai à Berlin. J'y trouvai
plusieurs lettres de mes amis de Livonie et de
Saint-Pétersbourg, qui m'avertissaient de bien
réfléchir avant mon départ si ma santé ne souffrirait pas de la rigueur du climat. Ils n'osaient
s'expliquer plus clairement, et moi, j'étais loin de
chercher le motif de leurs craintes. Je croyais
que c'était pour ma santé seule qu'ils étaient
inquiets.

Dès le jour même de mon arrivée à Berlin, je
m'empressai de rendre mes devoirs au ministre
russe. J'avais eu le bonheur d'être connu autrefois de ce ministre, aussi aimable qu'instruit ; je
fus reçu de la manière la plus encourageante.
Pendant ma conversation avec lui, je n'avais pas
osé le questionner sur tout ce qui me donnait
encore de l'inquiétude ; mais, au moment de le
quitter, je le suppliai de me dire sincèrement si
j'avais quelque chose à craindre, et si l'on ne
s'opposerait pas à mon retour, après les quatre
mois de mon séjour en Russie. Je dois avouer
que M. le baron Krudener me parla comme un
homme qui sait allier à un devoir sévère les principes de l'humanité ; il me dit : « Si j'étais à votre
place, j'écrirais encore une fois à Saint-Pétersbourg, pour m'assurer que tout ira au gré de mes
vœux. Vous pouvez toujours, ajouta-t-il, aller à
Kœnigsberg, et attendre là cette réponse. »

Le conseil était sage et prudent ; il fit beaucoup d'impression sur moi, et j'en instruisis mon
épouse : mais le désir qu'elle avait de revoir sa

patrie et ses enfants, la fit passer outre. Je l'imitai
et nous quittâmes Berlin avec une passe qui nous
fut donnée *au nom et par ordre de l'empereur de
toutes les Russies.*

Comme notre voiture avançait très lentement,
je fis une partie de la route à pied; et allant mon
pas accoutumé, je me trouvai souvent arrivé une
demi-heure avant la voiture. Un jour, après avoir
traversé une petite ville de Poméranie, qui, si je
ne me trompe, se nomme Zanow, je trouvai à son
extrémité plusieurs chemins, et fus obligé, pour
ne pas me tromper, de demander celui qu'il fallait
suivre. Un grand vieillard, qui peut-être était là
de service, fut le seul habitant que j'aperçus; je
le questionnai : cet homme entama aussitôt avec
moi une conversation fort triste, et voulut savoir
le but de mon voyage; je le lui dis. Il me dé-
tourna fortement de passer en Russie et s'exprima
avec une vivacité que je ne puis encore oublier;
mais ses efforts, pour m'attendrir ou m'effrayer,
furent inutiles. Les meilleures raisons, les plus
sages conseils ne purent m'arrêter. Quel était
donc cet homme? Était-ce un ange envoyé par le
Ciel pour m'avertir des dangers qui me menaçaient? Sans qu'il fût un ange, sa présence en
ce lieu ne pouvait-elle pas être une de ces douces
attentions de la Providence, soucieuse d'écarter
de nous les accidents et les périls? Je crois encore
entendre cet inconnu me dire, lorsqu'il vit ma
résistance : « Puisque vous voulez absolument
aller en Russie, partez; que le Ciel vous conduise!»

Dois-je avouer que, dans ce moment, le ton prophétique de ce vieillard me fit sourire, et que je
poursuivis ma route sans vouloir l'écouter davantage?

Mais ces avis, ces réflexions, ces craintes, ces
pressentiments ne laissaient pas d'agiter mon
âme, et il m'était impossible de me défendre
d'une secrète inquiétude; elle augmentait à
mesure que j'approchais des frontières de la
Russie; enfin, j'éprouvais un tel serrement de
cœur, que je proposai plusieurs fois à mon épouse,
même quand nous fûmes à Memel, de continuer
la route sans moi, lui disant que j'attendrais son
retour dans cette ville : elle se moqua de ma
terreur panique; et, selon les calculs de la prudence humaine, elle n'avait réellement rien de
mieux à faire que de s'en moquer.

Bientôt nous arrivâmes sur les terres de l'immense empire de Russie : nous avions passé les
poteaux, mais nous étions encore maîtres de
rebrousser chemin; aucun garde ne nous avait
arrêtés; aucune rivière, aucun pont ne nous
séparait encore de la Prusse. Gardant le plus
profond silence, le cœur toujours oppressé, je
regardais de tous côtés, par les portières de ma
voiture. Les conseils que le baron de Krudener
m'avait donnés, les lettres de mes amis, les instances mêmes du vieillard, tout vint frapper plus
que jamais mon imagination; je ne pouvais respirer; mon épouse elle-même, je l'ai su depuis,
mon épouse commençait à partager mes inquié-

tudes. Que ne me le disait-elle en ce moment! il était encore temps, nous pouvions retourner à Weimar; mais elle garda le silence et les chevaux avancèrent....

« Halte-là! s'écria un Cosaque armé d'une grande pique (nous étions alors devant un pont qui traversait une petite rivière); allez à gauche, au corps-de-garde. » Ces mots me parurent terribles; l'effroi glaça mes sens : l'officier fut appelé; il parut et me dit sur le même ton : « Votre passe, Monsieur! — La voici. » Il la déplie brusquement, la lit, étudie la signature scrupuleusement, et finit par me demander : « Qui a signé cette passe? — Le baron de Krudener. — Vous venez donc de Berlin? — Oui, Monsieur. — Fort bien : vous pouvez passer. » Il fait un signe; le pont nous est ouvert; la voiture roule avec un sombre murmure; nous n'entendons plus que le bruit de la barrière maudite qui se referme derrière nous.

Depuis l'instant du fatal passage, cette barrière n'a jamais pu s'effacer de mon souvenir, et jamais elle n'a pu m'apparaître sous un autre aspect ou un autre nom que celui de « barrière maudite...» C'était bien en effet une véritable malédiction qui s'attachait pour moi à ce lieu néfaste : d'un côté de la barrière, — celui que je quittais — se trouvait la vie riante, avec sa liberté, ses innocents plaisirs, ses attraits enchanteurs; de l'autre, — celui où j'entrais — quels déboires, grand Dieu, quels supplices m'étaient réservés!... Mais n'anticipons pas.

Nous avions à peine franchi le pont que, faisant
violence à la terreur dont j'étais obsédé, je me
tournais vers ma femme et lui dis en m'efforçant
de sourire : « Nous y voilà donc, tu dois être con-
tente ! — Et toi ? — Je le suis aussi. » Dieu sait
quelles angoisses déchiraient mon cœur !

Quelques minutes s'étaient à peine écoulées,
que nous nous trouvâmes au milieu d'un hameau
nommé Polangen. Notre voiture s'arrêta devant
la douane. Le chef de cet établissement était le
lieutenant-colonel Sellin, homme plein d'esprit
et d'humanité. Il avait servi autrefois dans un
régiment qui avait été longtemps en garnison à
Newa, et lui-même était venu loger dans une
terre voisine de mes propriétés. Ainsi nous étions
d'anciennes connaissances : notre séparation
s'était faite, trois ans auparavant, sur ces mêmes
frontières, avec la plus sincère amitié. Nous
nous réjouissions, mon épouse et moi, de retrouver ce véritable ami. Il parut ; je sautai à bas de
ma voiture pour courir à sa rencontre, et l'embrasser bien tendrement ; il me reçut avec froideur, recula presque, en me voyant prêt à me
jeter dans ses bras, et feignit de ne pas me reconnaître ; il me salua pourtant d'une manière honnête. Ma femme, qui était descendue derrière
moi, se vit accueillie aussi froidement, mais,
néanmoins, d'un air plus embarrassé. Nous gar-
dions tous les trois un morne silence ; j'étais
stupéfait, troublé, hors de moi ; je lui dis avec
chaleur : « Sellin, ne me connaissez-vous plus ? »

Il leva les yeux au ciel. « Je suis Kotzebue. » Il mit la main sur son cœur ; et cette muette expression de son amitié fut pour moi un coup de foudre. Mon épouse, à qui rien n'avait échappé, pâlit tout à coup. Quel devait être le mot de cette énigme affreuse?

Sellin nous conduisit dans son appartement. L'acteur Weybranch, qui avait suivi notre voiture, à cheval depuis Memel, ne voulut point nous quitter : il entra avec nous chez notre ami. Alors nous fîmes tous nos efforts pour chasser notre frayeur, et reprendre la conversation sur un ton moins froid, moins glacial ; mais, à toutes les questions que nous fîmes au colonel Sellin, nous n'obtînmes pour réponse que des monosyllabes. Lassés de cette discrétion qui nous martyrisait, nous ne dîmes plus rien. Il me demanda ma passe. « Elle est entre les mains de l'officier cosaque, lui repartis-je. — Attendons son retour, » ajouta-t-il ; et nous restâmes encore quelques moments dans cette horrible incertitude.

Enfin cet officier parut ; il me remit ma passe ; Sellin la prit, la lut ; des larmes, qu'il cherchait à cacher, s'échappaient de ses yeux.... « C'est vous, me dit-il, qui êtes M. le président de Kotzebue? — Vous le savez bien, Monsieur, nous nous connaissons depuis plusieurs années. — Il est vrai ; mais je me vois forcé... ne vous effrayez pas, Madame... je me vois forcé.... — De quoi? demanda-t-elle. — D'arrêter Monsieur votre mari. — De l'arrêter!... » Ma femme jette un cri,

elle tremble de tous ses membres; elle se préci-
pite dans mes bras; puis elle s'adresse à elle-
même, avec l'accent du désespoir, les plus amers
reproches. Mes petits enfants étaient présents ; ils
pleuraient aussi de voir la douleur de leur mère.
Pour moi, immobile, les yeux fixés sur Sellin qui
baissait les siens avec attendrissement, je ne
pouvais parler, je n'entendais pas même les cris
que l'on poussait autour de moi ; mais un regard
jeté sur mon épouse évanouie me rendit ma force
et mon courage. Je la plaçai dans un fauteuil ;
elle reprit ses sens ; alors, je la conjurai de retenir ses sanglots, je cherchai à la tranquilliser par
tous les moyens possibles. Je lui démontrai que
cet événement ne pouvait avoir des suites fâcheuses ; enfin je la suppliai au nom de nos
enfants qui l'entouraient et la couvraient de bai-
sers, je la suppliai de ménager une santé qui
était si précieuse à tout ce qui lui devait le bonheur et la vie. Mes instances, ma tranquillité
apparente, l'expression de ma voix, la rassurèrent un peu, et je la vis revenir tout à fait à
elle-même. Après cette scène, je m'occupai de
moi. Je demandai vivement à Sellin ce que contenait cet ordre ; il me répondit : « Je dois m'em-
parer de vos papiers, et les envoyer, ainsi que
vous, à Mittau, chez le gouverneur. — Et là ? —
Vos papiers seront examinés, et le gouverneur
recevra de nouvelles instructions. — Rien de
plus ? — Rien de plus. — Est-il permis à ma
famille de m'accompagner ? — Partout. — Tu

Ma première démarche fut d'écrire à l'ambassadeur. (P. 7.)

vois donc bien, dis-je à ma femme, que nous devons être parfaitement tranquilles. Nous allons à Mittau, où nous devions nous rendre ; peut-être ne serons-nous retenus là que l'espace d'une journée qui sera employée à la visite de mes papiers. Tu sais bien qu'ils ne renferment rien de suspect ; ce n'est, je le vois, qu'une mesure de précaution, assez excusable, de la part d'un souverain. L'empereur ne me connaît pas ; il sait seulement que je suis homme de lettres, et il n'ignore pas que beaucoup de littérateurs se sont montrés les apôtres trop ardents de la liberté. Il est possible qu'il me croie de ce nombre : j'aime bien mieux, en vérité, qu'il cherche à éclaircir ses soupçons, que de nourrir dans son âme un ressentiment que je n'ai pas mérité. Il apprendra à me connaître en lisant mes papiers. Je ne puis qu'y gagner, et lui paraître plus digne de sa confiance. »

Je parlai ainsi, en reprenant des forces, du courage, et presque de la gaîté. Mon épouse me témoigna qu'elle était rassurée. Cette bonne Christel s'était imaginé qu'on allait nous séparer, que je serais maltraité, jeté dans une charrette, et entraîné loin d'elle à l'instant même. Quand elle fut bien certaine que nous continuerions notre voyage ensemble dans la même voiture, que nous ne nous quitterions jamais, les images effrayantes qui l'avaient frappée, s'éloignèrent de son esprit, et le calme se rétablit même dans son cœur.

M. Sellin était toujours avec nous. Bientôt il
se passa une scène qui acheva de me prouver que
ce véritable ami était dans la situation la plus
douloureuse et qu'il souffrait presque autant que
moi. Dès que l'on eut fini de visiter mes équipages, et que l'on se fut emparé de tous mes
papiers, on se saisit de ma personne; on me
força de renverser mes poches, de mettre sur la
table de petits morceaux de papiers déchirés,
jusqu'à des mémoires d'auberge. Ce ne fut pas
sans témoigner un peu d'humeur que je me
soumis à cette injonction; je me plaignis même
hautement. « Je ne fais que mon devoir, » me
dit Sellin d'une voix étouffée. Je m'aperçus bien
que jamais devoir ne lui avait plus coûté à remplir.

Il nous pria ensuite, avec beaucoup d'honnêteté,
de prendre dans nos malles tout ce qui pouvait
nous être nécessaire en linge et en habits, jusqu'à
Mittau, parce qu'il était obligé d'apposer les
scellés. Nous obéîmes : j'avais dans une petite
cassette une quantité de choses dont je me servais
journellement, telles que du tabac, des rasoirs,
des médicaments, etc. Je le priai de la laisser à
ma disposition; il y consentit avec bonté, désirant
toutefois la visiter : je la lui ouvris, et lui fis voir
tout, pièce par pièce. La cassette avait un fond
assez épais; je n'en avais jamais fait la remarque.
Sellin, forcé de tout observer, me demanda s'il
n'y avait pas un double fond, propre à serrer des
papiers. Je l'assurai que je l'ignorais moi-même,

et que j'avais fait cette acquisition à Vienne, sans me douter d'un pareil secret. Il prit la cassette, chercha le ressort, le trouva, le fit jouer : en effet il y avait un double fond, mais point de papiers. Je lui renouvelai l'assurance qu'il me faisait faire cette découverte, et que je ne connaissais point cette petite cachette. Il répéta en russe cette dernière phrase à un officier qui était présent, et qui en parut satisfait.

Ces recherches finies, il fallut attendre un rapport que l'on faisait pour la chancellerie. Mes enfants n'étaient rien moins que contents et tranquilles ; ils commençaient même à faire du tapage. Les pauvres petits n'avaient encore rien mangé de la journée. Il semblait que nous nous étions empressés d'aller au-devant du malheur qui nous attendait ; car, à la dernière station avant le hameau où nous venions d'être arrêtés, nous avions refusé de prendre le repas qui était préparé. Je demandai donc quelque nourriture, pour mes enfants seulement ; mon épouse et moi, nous ne pensions guère à nous mettre à table. Sellin profita de cette occasion pour nous faire voir que, s'il avait des ordres rigoureux à remplir, il n'en était pas moins notre ami, quand il s'agissait de nous offrir ce qui pouvait nous être agréable. Il fit apporter tout ce qu'il avait pour satisfaire l'appétit de mes enfants ; je vis bien que son cœur lisait dans le mien, car il ne m'invita pas à prendre une nourriture dont j'étais véritablement bien éloigné d'avoir besoin. Il regarda avec plai-

sir ces pauvres innocents qui, étrangers aux chagrins de leur famille, faisaient un excellent dîner.
Pour moi, apercevant une plume, de l'encre et du
papier, je lui demandai la permission d'écrire à
ma vieille mère, que j'avais laissée malade à Weimar. Il me le refusa. En vain, je lui représentai
que cette nouvelle exagérée par les gazettes, pourrait causer sa mort. Il renouvela son refus. J'eus
beau le laisser maître de lire ce que j'écrirais, et
d'envoyer lui-même le billet; il persista à s'y
opposer. Mais à ce troisième refus, son cœur pal-
pitait si vivement, que je m'en aperçus. Je n'insistai pas davantage, et je lui fis comprendre à
mon tour, que, loin de lui reprocher sa rigueur
envers moi, je sentais toute l'horreur de sa situation. Dès cet instant il fut moins oppressé; il
chercha à me consoler de l'impossibilité où j'étais
de tranquilliser ma mère; il m'assura qu'il me
serait sans doute permis à Mittau d'écrire partout
où je voudrais. Je me reposai sur cet espoir; me
tournant ensuite vers l'acteur Weybranch, qui,
pendant cette catastrophe, était resté muet, pétrifié d'un événement aussi inattendu, je saisis sa
main, et le priai avec instance de ne rien dire de
tout ce qu'il venait de voir, quand il serait de
retour à Memel. Il me donna sa parole d'honneur
qu'il garderait le plus profond silence; et après
m'avoir embrassé, il prit congé de moi, d'un air
bien affligé.

Quand tout fut prêt pour partir, que les chevaux furent attelés, que les scellés furent mis sur

mes équipages, nous montâmes en voiture ; on fut obligé de placer par derrière, le berceau d'un de mes plus jeunes enfants, pour faire une place à mon domestique, qui avait donné la sienne à un Cosaque. Mon portefeuille, scellé avec du plomb, était dans une des poches de la voiture, où j'avais coutume de le mettre, et l'on m'en avait laissé la clef. Il me vint dans l'idée qu'un accident quelconque pourrait endommager ce plomb, et donner ensuite quelques soupçons contre moi. Je remis à l'instant cette clef, en priant de la sceller aussi, et de l'envoyer avec le rapport ; ce qui fut fait.

Nous voilà donc en route. Sur le siège est assis un Cosaque, armé d'un sabre et de deux pistolets ; derrière nous est un capitaine dans un chariot. Ce spectacle divertissait beaucoup mes enfants. Mon épouse pleurait. J'avais repris courage, je plaisantais même. Le Cosaque qui était devant nous ne pouvait nous inspirer aucune crainte ; il n'avait rien d'effrayant que ses armes. C'était un homme grand, bien fait, parfaitement habillé, et surtout aussi serviable qu'honnête. Il nous saluait avec politesse, chaque fois que nous descendions de voiture. L'officier était un Polonais. Je n'eus pas à me plaindre de lui pendant toute la route. Il ne me parut point né pour remplir l'emploi dont il était chargé ; seulement j'eus occasion de regretter qu'il fût du voyage quand nous arrivâmes dans la Courlande, parce que tout y était si cher, que les pauvres voyageurs s'y ruinaient.

Outre ses chevaux de poste, je fus encore obligé de payer sa nourriture.

De Polangen à Mittau, on compte trente-six milles d'Allemagne ; nous fîmes ce chemin en trois jours, et j'avoue avec franchise que mon esprit et mon cœur étaient de plus en plus tranquilles. Mon épouse témoignait aussi moins d'inquiétude. Nous ne craignions plus que d'être obligés de faire un long séjour à Mittau. Comme nous avions mandé de Dantzick le jour fixe de notre arrivée en Livonie, notre retard ne pouvait que causer de vifs chagrins à nos parents ; mais quand nous eûmes bien réfléchi, nous nous dîmes qu'il était impossible qu'on nous retînt dans cette ville. Quel pourrait être le motif pour lequel on m'arrêterait dans mon voyage, quand tout examen serait fini ? N'avais-je pas plutôt des titres à la bienveillance ? Quinze ans de service en Russie avec honneur et probité, de bons témoignages, une pension de la cour de Vienne, mon assiduité à mes devoirs, ma fidélité à ma patrie, à mon souverain, tout cela méritait quelques égards, et tout cela pouvait être prouvé. Je n'avais quitté Vienne, que pour aller dans la principauté de Weimar ; je ne m'étais jamais retiré dans aucun pays en guerre avec l'empereur d'Allemagne ou avec celui de Russie. Que devais-je redouter ? Soupçonnait-on que mes papiers renfermassent des écrits dangereux ? Il suffisait de les lire pour se convaincre qu'ils étaient parfaitement inoffensifs.

Au milieu d'une foule de lettres et d'autres

pièces insignifiantes ainsi que de témoignages qui m'étaient favorables, se trouvait dans ce portefeuille un petit livret que je crois à propos de mentionner ici, pour l'utilité de mes lecteurs. C'était un almanach de Weimar, où l'on avait intercalé des feuilles blanches ; je m'en étais servi pour mettre en pratique une idée de Franklin, qui, si je ne me trompe, avait été rendue publique par les revues mensuelles de Berlin. Ce grand homme avait pris l'habitude de s'examiner, avec une attention sérieuse, sur ses petits défauts, et de les inscrire sur une table, avec la ferme résolution de s'en corriger peu à peu. Chaque soir il se rendait un compte exact et sévère des efforts qu'il avait faits pour atteindre ce but ; et par ce moyen, il était parvenu à se rendre maître de ses passions. Quoique bien persuadé que je resterais à cet égard loin de mon modèle, j'avais cependant cherché à suivre un aussi bon plan de conduite, et je puis assurer que j'y avais déjà en partie réussi. Je recommande, d'après l'expérience que j'en ai faite, cette méthode à tout homme qui désire travailler à sa perfection. On craint peu à peu son almanach ; on est effrayé de voir tant de pages remplies entièrement, et souvent, très souvent, on s'arrête sur le point de faire une nouvelle faute, par la crainte que l'on a d'être obligé de l'écrire le soir.

C'est surtout aux jeunes gens qu'une semblable pratique serait utile. Elle contribuerait bien plus à améliorer leur caractère et à les corriger de leurs défauts que la lecture de tous les traités de morale.

On sait du reste que l'exercice de l'examen particulier, en usage dans les séminaires et dans toutes les communautés religieuses, n'est pas autre chose; mais les gens du monde qui s'extasient devant les inventions philosophiques et les procédés moraux d'un Pythagore, d'un Sénèque ou d'un Franklin, ne trouvent rien de bon dans les usages et les règles des religieux. Il faut plaindre cette humeur jalouse et reconnaître au contraire que l'exercice de l'examen chez les religieux est bien supérieur aux pratiques analogues des disciples de Pythagore et de Franklin, parce qu'il repose sur l'élément surnaturel, base solide et durable qui fait défaut à ces derniers. L'homme en effet qui n'est soutenu que par le désir stérile de devenir meilleur, n'opposera communément qu'une faible résistance aux passions qui le tourmentent; la convoitise sera plus forte chez lui que l'amour du bien. Il en est tout autrement du chrétien, du religieux, qui se perfectionne en vue de plaire à Dieu et de gagner le ciel, et qui surtout est encouragé dans ses efforts par le grand moyen de la prière. Il ne se trouve plus isolé et abandonné à lui-même comme le philosophe, mais dans une intime et habituelle communion avec Dieu. C'est là ce qui transforme sa vie et lui donne le courage de se vaincre lui-même, de triompher de toutes ses répugnances naturelles.

Mais revenons à notre récit.... Plusieurs fois il m'eût été facile, pendant ce voyage, de prendre la fuite. Nous passâmes la seconde nuit dans une

auberge, où le capitaine prit une chambre très
éloignée de la mienne ; et comme je me levai le
matin de bonne heure, j'aperçus, en sortant pour
me promener dans la cour, mon Cosaque qui dormait profondément entre mes deux domestiques.
J'étais encore sur le bord des frontières. Monté
sur un bon cheval de paysan, je fusse bien vite
rentré dans ma patrie; mais l'idée seule d'une
fuite me répugna, et je l'écartai de mon esprit.

Le 26 avril, il était deux heures du matin, quand
nous arrivâmes à Mittau. Nous descendîmes dans
la même auberge, et nous prîmes la même chambre
que nous avions occupée trois ans auparavant, à
mon retour de Russie. Le capitaine alla se coucher dans une pièce assez éloignée de celle où
j'étais; le Cosaque, une heure après, ronfla horriblement; je me vis encore libre de m'esquiver. Je
n'en voulus rien faire, et me couchai.

Après quelques heures d'un sommeil peu tranquille, je me levai, m'habillai pour sortir aussitôt,
et rendre mes devoirs au gouverneur, M. de Driesen, que je connaissais. Je l'avais vu autrefois à
Saint—Pétersbourg ; c'était un brave homme que
j'aimais beaucoup ; je fus enchanté de ce qu'on
l'avait chargé d'examiner ma conduite. Je ne doutai plus que mon innocence ne fût bientôt reconnue. Avouerai—je que dans ce moment je me
sentais, d'avance, fier de l'issue glorieuse qu'aurait pour moi cette affaire? aussi je courus chez
mon juge avec calme, et j'entrai chez lui tout
joyeux. J'avais cependant laissé ma bonne Chris-

tel pâle et tremblante, malgré la promesse de lui
envoyer un exprès aussitôt que j'aurais obtenu
une décision. On eût dit qu'elle se doutait que
mon jugement ne serait pas aussi avantageux
que je l'espérais; mais je ne partageais pas ses
craintes. Je regardais l'interrogatoire que j'allais
subir comme le dernier : l'innocence a aussi ses
illusions.

Quand je fus dans l'antichambre du gouverneur, les domestiques me prévinrent que je ne
pouvais point paraître devant M. de Driesen avec
un frac dont le collet était rabattu. Je leur représentai que j'étais étranger, et que mes habits
étaient sous le scellé; ils cessèrent leurs observations. Je fus obligé d'attendre dans la seconde
antichambre environ l'espace d'une heure, et j'eus
le temps d'examiner le singulier ameublement de
cette pièce, ou plutôt ses embellissements. Je ne
veux point parler de quelques chaises, ni d'un
sopha qui se trouvait là comme par hasard, mais
de petits tableaux qui étaient appendus aux
murs, et qui semblaient avoir été choisis exprès
pour orner un pareil lieu. La tranquillité d'esprit
où j'étais, me laissa faire les remarques suivantes :

Le premier tableau sur lequel je jetai les yeux,
représentait un loup qui dévorait une biche; le
second un vautour enfonçant ses griffes dans les
flancs d'un lièvre; le troisième un ours hurlant
après sa proie; le quatrième un renard pris dans
un piège; mais, sans contredit, le plus remar-

quable de tous était une grande table, sur laquelle
était écrite cette phrase en caractères énigma-
tiques : « L'homme peut apprivoiser les lions et
les tigres, il peut dompter le cheval le plus fougueux, mais il ne peut se contraindre à se taire (1). »

Il faut avouer qu'une pareille allégorie n'était
pas trop rassurante, quoiqu'elle fût vraie ; et le
lieu où elle se trouvait, ajoutait encore à sa force.
J'eus, dès ce moment, des idées bien différentes
de celles qui m'avaient tranquillisé. Mon âme
devint tout à coup sombre, et mon esprit se livra
à des réflexions tristes et pénibles.

L'officier qui m'avait accompagné jusqu'à Mittau, fut mandé auprès du gouverneur. Je restai
seul, les yeux fixés sur ce tableau prophétique, et
je ne les détachai qu'au moment où le gouverneur
vint lui-même dans l'antichambre. Je courus au-
devant de lui : il me reçut avec un embarras
visible ; cependant il me témoigna qu'il se rappelait notre ancienne liaison ; il me dit qu'il avait lu
avec plaisir tous mes ouvrages, et qu'il ne leur
avait trouvé que le défaut d'être trop mordants. Je
ne répondis qu'en balbutiant à cet éloge : un autre
désir que celui d'être flatté m'occupait en cet
instant. Je m'empressai d'assurer M. de Driesen
que je m'estimerais heureux de lui devoir la con-
viction de mon innocence, et je le suppliai de
faire à l'instant l'examen de mes papiers. « Je ne
le peux, me répondit-il ; l'ordre que j'ai entre les
mains ne me le permet pas : il faut que je vous

(1) Traduction libre d'un verset de la sainte Écriture. (S. JACQUES, III, 6.)

envoie, vous et vos papiers, à Saint-Pétersbourg. »

A ces mots, je fus hors de moi : la colère, l'indignation, le désespoir m'envahirent. « Ah ! du moins, m'écriai-je, me laissera-t-on emmener ma femme ? Jamais nous n'avons été séparés ; il nous est impossible de vivre loin l'un de l'autre : de grâce, ne me laissez pas dans cette incertitude affreuse ! » Le gouverneur, touché de ma prière, était sur le point de répondre favorablement à ce que je lui demandais ; mais quelques observations qu'un secrétaire lui fit à voix basse, le décidèrent à me dire que mon épouse ne pouvait m'accompagner. — Vous voulez donc, ajoutai-je avec l'accent de la plus vive douleur, vous voulez donc qu'elle vienne se jeter à vos pieds, et y rester jusqu'à ce qu'elle vous ait fléchi ? — Épargnez-moi cette scène déchirante, répliqua le gouverneur ; je suis moi-même époux et père : je sens toute l'horreur de votre situation ; je sens aussi le malheur de votre épouse, mais je suis forcé d'obéir ; il ne dépend pas de moi d'accéder à vos désirs ; mes ordres sont rigoureux ; ma place m'impose l'obligation de les exécuter : allez à Saint-Pétersbourg, justifiez-vous, et, dans quinze jours au plus, vous pourrez revenir près de votre famille. On aura, pendant votre absence, tous les soins possibles de votre femme.

Que pouvais-je répondre ? il fallait se soumettre. Je restai anéanti. Le gouverneur me quitta un moment. A son retour, je lui manifestai mes craintes au sujet du traitement que j'éprouverais

à Saint-Pétersbourg ; il me protesta que la justice était mieux rendue que jamais en Russie. —
Tant mieux, lui répondis-je. — Mais pourquoi,
ajouta-t-il, êtes-vous venu dans les États de
Paul Ier ? quelle affaire importante vous a forcé à
ce voyage ? — Aucune, que le désir de contenter
mon épouse.— Pourquoi donc avez-vous emmené
toute votre famille ? — Parce que je ne suis
heureux qu'avec elle ; et d'ailleurs, c'est la meilleure preuve que je puisse donner de la pureté de
ma conscience : si j'eusse eu quelque chose à me
reprocher, je n'eusse ni entrepris ce voyage, ni
conduit avec moi ma femme et mes enfants.
M. de Driesen trouva cette raison plausible, et
parut persuadé que j'étais victime de quelque
faux rapport.

Un homme, en uniforme, entra dans la pièce
où nous étions. « Je vous présente le conseiller
de cour Schtschekatichin, me dit le gouverneur :
c'est lui qui vous accompagnera pendant votre
voyage, et vous êtes tombé entre bonnes mains.—
Monsieur parle-t-il allemand, ou français ? — Ni
l'un ni l'autre. — Tant pis, car j'ai tout à fait
oublié le russe. » Alors j'essayai de dire quelque
chose d'agréable à M. le conseiller de cour, mais
je réussis difficilement. Je fus obligé d'avoir
recours aux gestes ; je lui serrai tendrement la
main, en lui demandant son amitié : il me gratifia
d'un sourire qu'il fallut trouver gracieux. « Maintenant, me dit le gouverneur, je vous engage à
vous procurer le plus tôt possible une voiture

commode, car il faut que vous partiez dès aujourd'hui. — Quoi! dès aujourd'hui? je n'ai pas dormi depuis trois nuits, je voyage depuis un mois, je suis très fatigué : je vous en supplie, accordez-moi l'unique grâce de me laisser ici jusqu'à demain! — Je ne le puis encore; mes ordres sont pressants. C'est avec bien du regret que je le refuse : disposez-vous à partir; mais, auparavant, veuillez accepter à dîner chez moi.— Je ne le puis, monsieur. » Et aussitôt je sortis, accompagné du secrétaire de la régence, M. Weitbrech, pour retourner à mon auberge. Dans le chemin, ce jeune homme, dont la physionomie froide annonçait peu de sensibilité, me plaignit sincèrement, et m'assura que le gouverneur était sévère malgré lui; il finit par me dire, en haussant les épaules : « Que voulez-vous, Monsieur? dans les exécutions ordonnées par le souverain, nous ne sommes que des machines! »

Cet aveu me fit trembler; M. Weitbrech n'était pas le premier qui m'eût tenu un pareil langage, mais jamais je n'en avais été aussi indigné. «Quoi! lui répondis-je, les ministres, les gouverneurs, les généraux, les soldats de Paul Ier ne sont que des machines! — Absolument. — Et l'empereur est satisfait d'être servi par des machines — Assurément. — Et il met sa confiance dans des machines. — Généralement. — C'en est assez : n'en parlons plus. »

Nous rejoignîmes mon auberge dans le plus morne silence. Je redoutais le moment où j'allais

retrouver ma Christel, où j'allais lui apprendre....
Elle avait dû passer deux heures cruelles en
attendant mon retour... la crainte, l'espoir, l'impatience avaient dû tourmenter son cœur....
Hélas ! j'allais bien mal la dédommager de ces
heures d'attente.

Je l'aperçus à la croisée, quand je fus dans la
rue qui conduisait à l'auberge ; dès qu'elle m'en-
trevit, elle me fit les signes de la plus vive inquiétude. Je me hâtai d'arriver ; mais, au moment
d'entrer dans sa chambre, le courage sembla
m'abandonner ; je ne pouvais plus avancer,
Christel ouvrit la porte, en s'écriant : « Eh bien !
mon ami ? » Mon silence la rendit immobile. « Ne
te trouble pas, lui dis-je, ne t'alarme pas ainsi, je
n'ai rien appris qui doive.... — Explique-toi, me
répondit-elle d'une voix tremblante ; explique-toi
donc. Que t'a annoncé le gouverneur ? — Qu'il
fallait que je me rendisse sur-le-champ à Saint-
Pétersbourg. — Grand Dieu !... » Elle s'évanouit.
Je la portai sur son lit, dans un état d'insensibilité aussi cruel que la mort même. M. Weitbrech m'aidait à lui prodiguer tous les soins qui
pouvaient la rendre à la vie ; mais je ne sentais
plus le battement de son cœur. Pendant quelques
minutes, je crus que je n'avais plus de femme.
Enfin elle reprit ses sens, se ranima, voulut me
parler ; ses sanglots étouffèrent sa voix. Je n'entendis que ces mots : « Me sera-t-il permis de te
suivre ? » Combien cette nouvelle question était
embarrassante ! « Ma bonne Christel, lui dis-je,

« Halte-là ! s'écria un Cosaque armé d'une grande pique. » (P. 13.)

avec une tranquillité feinte, cesse de te livrer à
ce désespoir ! je ne cours aucun danger. » Le
secrétaire lui assura que toute cette affaire dure-
rait au plus quinze jours, et qu'alors je pourrais....
Elle ne voulut rien entendre, avant que je lui
eusse répondu s'il lui serait permis de me
suivre.... Elle vit bien à mon air que cela lui
était impossible. Sa douleur redoubla, ses larmes
coulèrent plus abondamment que jamais ; puis,
reprenant le courage du désespoir, elle s'écria :
« Je veux t'accompagner ; je laisserai mes enfants
ici, je ne te quitterai point ! » M. de Weitbrech
chercha à lui faire sentir que des raisons importantes forçaient le gouverneur à lui refuser ce
qu'elle désirait. « Mais, au moins, ajouta-t-elle,
je pourrai aller jusqu'à ma terre de Friedenthal,
près de la Nerva, et qui n'est éloignée de Saint-
Pétersbourg que de trente et quelques verstes !
Ces nouvelles prières furent encore inutiles. Il
fallait qu'on écrivît à la cour, pour recevoir des
ordres à son égard, et la réponse ne pouvait
arriver qu'au bout de quinze jours. Mon épouse,
malgré sa douleur, malgré ses larmes, se vit
obligée de rester dans une ville où elle ne connaissait personne, dans une auberge où une
femme seule n'est jamais traitée aussi bien qu'elle
pourrait l'exiger.

Que n'ai-je fini de rappeler les horribles moments qui s'écoulèrent jusqu'à mon départ ! Ma
Christel passait des larmes à l'évanouissement,
de l'évanouissement aux larmes. Ma fille, âgée

de cinq ans, ma bonne Emmi, qui m'est si tendrement attachée, venait auprès de moi à toute
minute, et me voyant chagrin, ne faisait que me
questionner, que passer ses petits bras autour de
mon cou pour m'embrasser. Mon autre petite
fille, âgée de trois ans, ne savait pourquoi nous
étions tristes, car elle ignorait même ce que
c'était que la tristesse, mais elle pleurait de voir
que nous pleurions. Mon fils, âgé de onze mois,
nous souriait, en se levant dans son berceau.
Mes gens troublés couraient çà et là; personne
ne parlait; personne n'osait élever la voix. Le
conseiller de la cour, qui venait d'entrer dans la
chambre avec le courrier du sénat, était occupé à
ôter les scellés de mes effets; il visitait mes
papiers avec un flegme d'employé. J'étais anéanti;
je ne voyais autour de moi que des amis désolés,
que des figures tristes, ou que des cœurs insensibles. Mon épouse seule me fit sortir de ce
sombre étourdissement. Elle se jetait dans mes
bras, avec toute la vivacité de sa tendresse. Il
semblait, à l'entendre, que j'étais un homme
perdu, qu'elle ne me reverrait jamais, et que je
n'allais à Saint-Pétersbourg, que pour y recevoir
l'arrêt de ma mort. « Devrais-tu, lui disais—je
avec un air de courage, devrais-tu chercher à
m'effrayer ainsi? Mais non, je n'ai point peur; je
suis fort de mon innocence : je ne tremblerai pas
devant mes juges, devant l'empereur lui-même.
Ils verront à mon calme, que je ne méritais pas
le traitement qu'ils m'ont fait éprouver. Repose-

toi, ma Christel, sur la pureté de ma conscience !
Qui, mieux que toi, peut connaître mon cœur ?
qui, mieux que toi, peut juger de sa droiture ? Nous
avons aujourd'hui des maux à supporter ; mais
tant d'années de bonheur, ne nous donnent-elles
pas la force de conjurer l'orage ? Tous les jours
d'un été ne sont pas également beaux ; tous les
jours de la vie ne sont pas également sereins. Tel
est l'ordre de la Providence. Combien d'infortunés naissent, vivent et meurent sous le fardeau
du malheur ! Pour nous, l'infortune n'est qu'un
nuage, qui sera bientôt dissipé. Le gouverneur
m'a dit lui-même : tranquillisez-vous, M. Kotzebue ; dans quinze jours vous reverrez votre
famille. Montre que tu n'es pas une femme ordinaire, qu'un instant de peine accable et désespère.
Imite-moi ! soutiens l'adversité avec patience ;
cherche tous les moyens de lui tenir tête, plutôt
que de t'abandonner. L'adversité perd sa puissance, à mesure que le courage augmente. »

La force avec laquelle je prononçai ces dernières
paroles m'électrisa, me mit au-dessus de moi-
même ; l'énergie de mon âme passa dans celle de
mon épouse. Ma Christel, qui, un quart d'heure
auparavant, était mourante de faiblesse, se leva
avec tranquillité ; elle m'embrassa ; puis elle se
tourna vers le conseiller et le pria d'avoir soin,
pendant la route, de son mari malade, puisque
personne, pas même un domestique, ne pouvait
l'accompagner. M. le conseiller, souriant d'un
sourire cruel, comme lorsque je lui demandai son

amitié, lui promit de faire tout ce que... certainement.... Il ne put pas finir. Elle lui répéta mille
fois que j'étais d'une faible santé, que j'avais
besoin de ménagements. Comme elle était touchante en faisant cette tendre prière !

Après ces premiers moments, un peu plus
calmes tous les deux, nous causâmes d'affaires,
Christel et moi. Je lui nommai plusieurs personnes, à Saint-Pétersbourg, qui pourraient lui
donner de mes nouvelles. Je lui recommandai
surtout de faire savoir ces événements à ma
pauvre mère, avec toute la délicatesse, tous les
ménagements possibles. « Charge-toi, lui dis-je,
de remplir le devoir filial, puisqu'il m'est interdit. »
Le secrétaire Weitbrech s'avança vers moi, et
m'offrit de satisfaire ce désir, s'il en coûtait trop à
mon épouse. Comme il se pouvait que l'on arrêtât
même la lettre de ma femme, j'acceptai, en le
remerciant de tout mon cœur, une proposition
aussi amicale. Mais cet homme n'a rien écrit !...

Il fut ensuite question des préparatifs du voyage.
« Avez-vous de l'argent en espèces ou en papiers ? »
me demanda M. Weitbrech. Je lui répondis que
j'avais encore cent et quelques frédérics d'or,
cinquante et quelques ducats, et deux cents écus
environ en pièces de deux grosches, que j'avais
pris à Leipsick, sachant que cette monnaie avait
cours en Courlande. Il me conseilla de changer
cet argent en billets sur la Russie, et de les
emporter avec moi. Je crus cette précaution inutile. Qu'aurais-je besoin de tant d'argent entre

Mittau et Saint–Pétersbourg? Je devais d'ailleurs
passer par Friedenthal, où je pourrais prendre
de l'argent si cela m'était nécessaire. De plus,
j'avais des amis à Saint-Pétersbourg, sur lesquels
je pouvais me reposer, dans le cas où l'argent
me manquerait. Ma femme, au contraire, en avait
besoin à Mittau, et mon intention était de lui
laisser tout. Malgré toutes ces observations,
M. Weitbrech me pressa de nouveau de suivre le
conseil qu'il me donnait. Alors je cédai. Il prit
une partie de mon argent, courut le changer, et
me rapporta du papier, moyennant une légère
perte.

Cette première opération faite, j'ordonnai à
mon domestique de mettre dans un portemanteau
du linge et des habits pour quelques semaines.
Il allait m'obéir, quand le conseiller de cour lui
dit de remplir ce portemanteau autant qu'il lui
serait possible. Le domestique, qui ne suivait
ordinairement que mes ordres, n'écouta pas
monsieur le conseiller, et garnit son portemanteau de tout ce qu'il me fallait pour une
quinzaine de jours. Ce fut ensuite au tour du
courrier à parler; il insista afin que je prisse un
lit. Pour le coup je trouvai cette réflexion si ridicule, que je levai les épaules. Le courrier fit
comme moi; bien plus, il me regarda d'un air
de pitié.

Il est inimaginable que dans ces moments où
ceux qui m'avaient arrêté et qui devaient me
conduire à Saint-Pétersbourg me faisaient de

vives instances pour que je prisse les mêmes
précautions que si j'allais faire un grand voyage;
il est inimaginable, dis-je, que je n'aie rien
pressenti, et que toutes ces observations ne
m'aient pas éclairé. Quant au change de l'argent,
rien n'était plus naturel : je pouvais, dans les
premiers jours de mon arrivée à Saint-Pétersbourg, ne pas obtenir tout de suite la permission
de correspondre avec mes amis, et alors avoir
besoin d'argent; mais le portemanteau qu'il
fallait, suivant le conseiller, remplir tout à fait;
mais ce lit que, d'après l'avis du courrier, il fallait
emporter; mais cet air de pitié qu'il avait témoigné en me fixant; toutes ces remarques devaient
m'instruire et m'effrayer. J'avouerai que je ne les
ai point faites, et que tout occupé de ma femme, de
mes enfants, je ne voyais rien, je n'entendais rien
qu'eux autour de moi. J'allais de l'un à l'autre; je
les recevais tour à tour sur mon cœur. Là je suppliais, je consolais, j'étais embrassé, pressé,
étouffé par les caresses de ma famille ; et voilà les
seules remarques que je fusse en état de faire.

Plusieurs voitures entrèrent dans la cour de
l'auberge. On les avait amenées pour que je pusse
en choisir une et l'acheter. Quoique je dusse
payer cette emplette de mon argent, c'était une
bien grande faveur. Les prisonniers étaient ordinairement jetés dans des chariots découverts,
sans aucun égard ni pour leur rang, ni pour leur
état, ni pour leur santé, ni pour leur âge, quelle
que fût la rigueur de la saison. Et l'on me per—

mettait de me procurer une voiture commode qui
me convînt! Je n'attribuai d'abord cette grâce
qu'à M. le conseiller; mais je réfléchis ensuite
qu'il fallait qu'elle fût spécifiée dans son ordre,
car il n'était pas homme à s'écarter de ses instructions par bonté d'âme.

Persuadé que Saint-Pétersbourg était le terme
de mon voyage, j'achetai une légère voiture coupée, suspendue sur des ressorts, et de très bonne
apparence, mais qui n'était nullement commode.
Je la payai cinq cents roubles. Ma femme vit avec
plaisir que je ne serais pas conduit comme un
criminel; elle n'eut plus qu'une crainte, ce fut de
ne pas pouvoir m'écrire; mais le secrétaire Weitbrech et le conseiller l'assurèrent que cela ne
souffrirait point de difficulté.

Le moment du départ était fixé à sept heures;
elles sonnèrent.... Ah! ma main tremble d'être
obligé de décrire cette triste scène; mon cœur bat...
mes yeux se remplissent de larmes. Je ne puis
me la rappeler, même aujourd'hui, sans ressentir
une vive douleur. Que dirai-je, grand Dieu! pour
exprimer tous les sentiments que Christel et moi
éprouvâmes ensemble? Parlerai-je de nos larmes?
nous n'en pouvions plus répandre. Parlerai-je de
nos cœurs? ils ne respiraient plus.... Peindrai-je
nos regrets? il ne pouvaient s'exhaler.... Rap-
porterai-je nos adieux? nous étions muets....
Enfin, jusqu'à nos soupirs, qui mouraient dans
notre sein.... Mon Emmi, mes enfants, eux seuls
me témoignèrent cette douleur enfantine qu'il est

possible de retracer. Tous les assistants étaient consternés. Je m'écriai alors : « O Paul, que n'es-tu témoin de cette séparation ! Jamais tu n'aurais le courage de la permettre !... » Mais Paul, Paul ne m'entendait pas. Il fallut bien me décider à quitter mon épouse éperdue, mes enfants qui me retenaient par le pan de mon habit.... Un domestique me soutint, me porta presque, jusqu'à ma voiture. On me déposa sur la banquette, le cocher agita son fouet, les chevaux partirent. Mon malheur était consommé.

Ah! qu'ils sont heureux dans un tel malheur ceux qui ont une foi vive et à qui les pensées de la religion sont habituelles ! Il n'y a véritablement de consolation que là ; et pour un grand nombre d'hommes il ne faut pas moins que ce secours pour éloigner la tentation du suicide. Que peuvent, en présence d'aussi horribles douleurs, les froides déclamations des philosophes, leurs ridicules exhortations au courage et à la vertu ? Ils ont beau répéter que l'homme n'est jamais plus grand qu'en supportant vaillamment l'adversité; qu'elle éprouve son cœur comme le feu éprouve l'or, et autres lieux communs tout aussi banals : qu'est-ce que cela peut faire à un infortuné terrassé par la douleur, victime d'injustices atroces, en proie à un épouvantable désespoir ? Il n'y a que la pensée de Dieu, toujours juste et bon, la vue du crucifix, qui puisse dominer une pareille tempête et rendre un peu de calme à un cœur bouleversé. Mais, hélas ! la plupart des hommes méconnaissent

cette source de force et de consolations, parce que
la foi est absente de leur âme ; aussi leur supplice est-il horrible en de semblables moments.

J'étais donc arrêté, en dépit de toutes mes
représentations, et après avoir obtenu de l'empereur même la passe qu'il me fallait ; j'étais
conduit comme prisonnier, sans savoir quelle
était ma faute, ou quel était le crime qu'on me
supposait. Peut-on imaginer rien de plus affreux ?
Dans le premier moment, je perdis connaissance.

Quand je revins à moi, je fus un peu surpris
de me trouver sur la route ; mais je me sentis
soulagé d'un poids terrible, en voyant que la
scène de la séparation était passée. Celui qui a
une parfaite connaissance des hommes trouvera
ce sentiment bien naturel. Plus ma voiture s'éloi-
gnait de Mittau, plus je reprenais courage. Enfin,
je pus regarder autour de moi, et fixer à mon
aise le conseiller et le courrier qui m'accompagnaient. Je fis dès ce moment, et par la suite, les
remarques suivantes sur ces deux personnages,
dont je ne puis me dispenser d'offrir le portrait.
Commençons par M. le conseiller.

C'était un homme de quarante ans ; il avait une
physionomie de faune. Dès qu'il voulait prendre
un air gracieux, ses deux narines remontaient
jusqu'aux coins de ses yeux, et son regard avait
l'expression de la sottise. Son air roide et brusque
révélait qu'il avait été militaire. Son défaut
d'usage trahissait son manque d'éducation. Ses
manières prouvaient assez qu'il n'avait jamais

fréquenté que la mauvaise compagnie. Par exemple, il se servait rarement de mouchoir, buvait à la bouteille, et faisait profession d'une ignorance crasse. Il ne se formait aucune idée de l'origine des éclairs, du tonnerre, du mouvement de la terre, et autres choses que tout le monde sait. La littérature lui était aussi étrangère; il ignorait jusqu'aux noms d'Homère, de Cicéron, de Shakspeare; il n'avait pas même envie de les connaître.

Mais s'il n'avait ni esprit, ni usage, ni connaissances, il avait une excellente idée de lui-même, ne recevait jamais un avis, n'aimait pas que l'on contrariât les siens. Du reste, il tâchait de paraître bienfaisant, par le don de quelques pfennings ou d'un kopeck, qu'il distribuait d'une manière originale : il jetait son aumône. Que le pauvre fût aveugle ou estropié, qu'il pût la trouver ou non, peu lui importait. Tout sentiment moral lui était inconnu.

Comment se peut-il, me dis-je d'abord quand je connus cet homme plus particulièrement, que M. de Driesen ait fait choix d'un pareil être pour m'accompagner? Mais je fus moins surpris, quand je sus que l'empereur, dans le même moment qu'il permettait à son ministre à Berlin de me donner une passe, envoyait au-devant de moi un conseiller de la cour pour m'arrêter. Ce conseiller était à Mittau depuis six semaines : aussi ne faisait-il que se plaindre de l'argent qu'il y avait dépensé, et de l'ennui qu'il y avait éprouvé.

Quant au courrier, nommé Alexandre Sculkins,
il avait un peu plus de trente ans; c'était un
homme tout à fait grossier; sa physionomie tenait
un peu de celle des Kalmouks : un visage rond,
un nez retroussé, deux os dominant ses joues, de
petits yeux très fendus, un front bas, des cheveux
noirs, la taille plutôt courte que haute, la poitrine
et les épaules larges : voilà son physique. Il portait du côté gauche la marque blanche et ronde
de courrier du sénat, et autour de son corps une
ceinture, décorée de la même marque. La plus
grande jouissance d'Alexandre Sculkins était de
boire et de manger; mais il n'était pas difficile;
tout lui était bon; l'abondance des mets lui plaisait plus que la qualité; il mangeait pour manger.
C'était à table qu'il fallait le voir, pour qu'il vous
amusât; la cuiller entrait tout entière dans sa
bouche; il avalait les morceaux de viande. Je le
trouvai un jour disputant un gros os à un chien
qui en était possesseur. Il n'était pas moins extraordinaire quand il buvait; le plus grand verre
d'eau-de-vie était vidé d'un seul trait; et cette
liqueur, quelle que fut la quantité qu'il en prît, ne
pouvait l'enivrer, ni même l'incommoder. Croirait-on que, dans le même quart d'heure, il buvait
du thé, du lait, du punch, du café, et deux cho-
pines de suasq (1)? Il dormait à volonté, et ron-
flait d'une manière encore plus terrible que le
conseiller.

(1) Boisson que l'on obtient en versant de l'eau bouillante sur de
l'orge, et qu'on fait ensuite fermenter dans un four.

Cependant Alexandre Sculkins, malgré sa gros-
sièreté et sa gloutonnerie, avait un peu de raison
et de cœur ; il avait des sentiments, à la vérité peu
profonds, mais assez vifs ; il ne manquait même
pas de bon sens. Je me rappelle qu'il dit un jour
à M. le conseiller, en apercévant un coucou :
« Voilà un oiseau qui fait ses œufs dans le nid
des autres, et qui ne les couve jamais lui-même. »
M. le conseiller lui rit au nez, répondit qu'il fallait être bien bête pour croire de pareils contes,
et leva les épaules quand j'appuyai cette plaisanterie.

Après avoir tracé ces deux esquisses qui, de
quelque côté qu'elles soient vues, ne peuvent
guère paraître aimables, je reviens aux pensées
qui m'occupèrent pendant la route. Je cherchai à
pénétrer dans l'avenir : pouvait-il réellement me
donner quelque effroi ? Si mes papiers étaient
remis à l'empereur lui-même, ma cause devenait
honorable. Je n'avais donc à craindre que les
désagréments inséparables d'une captivité quelconque. Si je m'expliquais mal en russe, je pensais qu'on me donnerait un interprète ; si je
tombais malade, j'aurais pour me soigner des
médecins habiles ; ma voiture était bonne, elle me
conduisait peut-être dans les bras de mes deux
fils et de mes amis. Je laissais ma femme à Mittau ; mais le gouverneur m'avait promis de
prendre soin d'elle et de ma famille. Toutes ces
réflexions me tranquillisaient, et je ne regardais
plus mon malheur que comme une épreuve, qui,

d'après toute vraisemblance, ne pouvait pas durer longtemps.

Nous arrivâmes à la nuit aux bords de la Duna, sur laquelle est cette jolie ville hospitalière, nommée Riga, qui n'est distante de Mittau que de sept verstes. Le pont de bateaux n'était pas rétabli à cause des grandes eaux : il se passa plusieurs heures avant que nous pussions nous embarquer, et minuit sonna quand nous nous trouvâmes aux portes de la ville. Le courrier descendit, et resta fort longtemps au corps de garde, sans que j'en devinasse le motif. Dès qu'il revint, nous traversâmes, au lieu d'entrer dans la ville, plusieurs rues étroites, et nous nous rendîmes à la poste, où nous changeâmes de chevaux. Notre passe de poste portait, qu'il nous serait fourni trois chevaux au compte de l'empereur ; mais, presque toujours, on en avait mis un de plus qui n'était point payé. Le maître de poste s'opposa fortement à cela, et je fus obligé de payer le quatrième.

Il était une ou deux heures du matin quand nous sortîmes de Riga ; alors le sommeil me poursuivit. Fatigué de tant de chagrins et de plusieurs insomnies, je m'endormis, après avoir fermé les glaces et m'être enfoncé dans un des coins de ma voiture ; je ne m'éveillai qu'à la première station : comme il n'était que petit jour, je refermai les yeux, et me rendormis de nouveau.

Mais comment exprimer mon étonnement, mon

effroi, lorsque, me réveillant une heure après, je vis qu'au lieu de prendre le grand chemin qui conduit à Saint-Pétersbourg, et que je connaissais parfaitement, nous étions dans une autre route que je n'avais jamais fréquentée! Nous suivions la Duna. Je fus obligé de me contenir pour ne pas jeter un cri d'horreur et d'épouvante. Je ne sais quelle réflexion me fit taire et m'engagea à feindre; mais je ne pouvais m'empêcher de me dire : « Où me conduit-on? quel dessein a-t-on sur moi? où veut-on faire l'examen de mes papiers? qui donc est chargé de ce dépouillement? » Hélas! je n'avais aucune idée du sort qui m'était destiné.

Quand nous fûmes arrivés à la station, je demandai du café, afin de pouvoir gagner du temps, observer à mon aise et interroger quelqu'un, s'il était possible. On m'invita à descendre; je montai dans une petite chambre où je me promenai comme un désespéré. Pendant que le conseiller s'occupait de faire atteler promptement les chevaux, le courrier était près de moi, à la fenêtre; après avoir bien regardé autour de lui, il me dit tout bas : « Fedor Carlowitsch (c'est ainsi qu'on me nommait d'habitude en Russie), nous n'allons pas à Saint-Pétersbourg; nous allons plus loin. — Où donc? — A Tobolsk. » Je pensai tomber à la renverse, tant ce mot me frappa. Le courrier me soutint, et continuant à voix basse, ajouta : « Savez-vous lire le russe? — Oui. — Lisez donc la passe de poste. Je lus : « Par ordre de sa ma-

jesté impériale, passe de Mittau à Tobolsk, donnée
au conseiller de la cour Schtschekatichin, con-
duisant quelqu'un (c'est là le style russe) pour des
affaires d'État, accompagné d'un courrier du sénat. » Il m'est impossible de peindre la révolution
qui se fit en moi dans ce moment. « Je vous aurais bien dit cela à Mittau, ajouta encore le courrier, mais nous étions trop observés, et puis vous
me fîtes tant de peine au milieu de votre famille ;
vous étiez si affligé, si désolé ! c'eût été ajouter à
vos maux. » Je remerciai ce brave homme en balbutiant ; il me pria de ne pas laisser apercevoir au
conseiller qu'il m'avait instruit du but de mon
voyage, parce que c'était un homme dur et mé-
chant qui le ferait punir : je l'assurai de ma
discrétion.

Le conseiller entra aussitôt dans la chambre où
nous étions : fort heureusement qu'il ne se connaissait pas en physionomies, car il eût remarqué
la pâleur de mes joues, l'égarement de mes yeux,
le désordre de tous mes traits ; il eût vu le tremblement de mon corps : mais il ne songea qu'à
boire un verre d'eau-de-vie. On m'apporta mon
café ; je feignis une indisposition, parce qu'il
m'était impossible de le prendre ; ce vilain homme
s'en empara, tandis que je le donnais au courrier,
et l'avala d'un trait.

Nous remontâmes en voiture, et continuâmes
notre route. La première idée qui se présenta à
mon esprit, ce fut de trouver l'occasion de fuir,
et de ne pas la laisser échapper. « On me conduit

Allez à gauche, au corps de garde. (P. 13.

4

en Sibérie, me dis-je à moi-même, et l'on m'y
conduit sans examen, sans jugement, sans aucun
droit, et sans même me faire part des causes de
cet horrible traitement ! Ce ne peut être l'empereur qui en agisse ainsi envers un homme innocent; c'est quelque calomniateur puissant qui,
pour s'éviter les désagréments de m'accuser en
face, aura obtenu qu'on m'exilât sans admettre
aucune justification : mes papiers ne sont pas
la cause de mon exil, puisqu'on ne les a pas
examinés. Quel est donc mon crime? je n'en ai
commis aucun ; et je me laisserais enterrer vivant
dans la Sibérie! du fond de ces déserts ma voix
ne serait plus entendue sur les bords de la mer
Baltique ! il me sera impossible de me défendre....
Me défendre ! eh ! de quoi ? mes persécuteurs ne
daignent pas me l'apprendre. Fuyons ! fuyons !
c'est le seul parti qui me reste. » Cette pensée se
fortifia en moi, au point que je fus résolu de la
mettre au plus vite à exécution. Avant d'arriver à
la prochaine station, à Kokenhousen, j'aperçus sur
une petite montagne, au bord de la Duna, les
ruines d'un vieux château ; leur enceinte est encore
aujourd'hui très vaste : c'était, si je ne me trompe,
la demeure fortifiée de quelque ancien prince
livonien qui s'y défendit bien longtemps contre
des hordes de brigands. La vue de ces ruines fit
naître en moi, tout à coup, l'idée de me cacher
sous les décombres, et la résolution d'y mourir
plutôt de faim, que de me laisser conduire aussi
arbitrairement en Sibérie. Pour me soutenir dans

cette première pensée, il me vint en même temps
un souvenir confus, que cette terre de Kokenhousen appartenait à un baron de Lowenstern :
je l'avais connu trois ans auparavant, à Leipsick,
pour un très galant homme, dont la renommée
vantait l'humanité. Je fus bien certain qu'en me
découvrant à lui, il ne me trahirait pas.

Dès que nous entrâmes dans l'auberge de la
poste, je considérai la mine du maître et celle de
toute sa famille ; je jugeai sur leur physionomie,
qu'ils étaient de bonnes gens. Aussi, pendant que
l'on changeait de chevaux, et que le conseiller
était un peu loin, je me hâtai de prendre auprès
d'eux, en allemand, toutes les informations qui
m'étaient nécessaires ; je commençai par leur
dire : « A qui appartient cette terre? — Au baron
de Lowenstern. — Où est sa demeure? — Là-bas,
dans le lointain. — Je vois... y est-il? — Non : il
est auprès de son beau-père, à Stockmannshof. —
A combien de verstes? — Quatorze. — Et sa
famille y est-elle aussi? — Assurément. — Stockmannshof est-il sur la grande route? — Vous
passerez tout près. — Combien y a-t-il d'ici à
Dorpat? — Environ seize verstes. » Je ne pus en
demander davantage ; les chevaux étaient attelés ;
il fallait partir.

Quand nous fûmes à six verstes de Kokenhousen, il arriva un accident, dont je pouvais
profiter. Un de nos chevaux devint rétif, et ne
voulut plus bouger de place. Le postillon fit en
vain tout son possible pour le faire avancer. Le

courrier se mit en colère; le conseiller jura : tous
deux donnèrent au pauvre Lettonien les épithètes
les plus injurieuses. Enfin, le courrier qui se
trouvait assis sur le siège, justement au-dessus
du postillon, lui donna tant de soufflets et de
coups de poing, que le malheureux descendit de
cheval, en déclarant qu'il n'irait pas plus loin. si
on le traitait ainsi. A ces mots, le conseiller
entra en fureur, sauta en bas de la voiture, cassa
une grosse baguette à un arbre voisin, prit le
postillon à la poitrine, le renversa par terre, et
le frappa sans pitié. Après ce bel exploit, il lui
ordonna de se remettre à cheval et de continuer
sa route; mais celui-ci saisit le moment où le
conseiller remontait en voiture, pour s'enfuir. En
vain le courrier courut après lui; il revint, sans
avoir pu l'atteindre. Nous nous trouvions donc
au milieu de la route avec un cheval rétif et sans
postillon.

Quel parti prendre? il n'y en avait qu'un seul,
rebrousser chemin et retourner à Kokenhousen;
il fallut bien s'y résigner. Le courrier saisit les
guides et conduisit tant bien que mal, en jurant
d'une manière effroyable et lançant toute espèce
d'imprécations contre les malheureux Letto-
niens.

Combien est révoltante cette manie de blasphémer ainsi sur les grand'routes! Les jurons
des Russes font encore plus de mal à entendre
que ceux des autres peuples, tant ils sont éner-
giques et expressifs. Ces hommes ne méritent-ils

pas que Dieu les abandonne complètement à eux-
mêmes et faut-il s'étonner si à la suite de ces
clameurs impies il survient des rixes et des accidents? Au moins devrait-on raisonner un peu et
se demander à quoi serviront ces blasphèmes qui
scandalisent les voyageurs et provoquent la vengeance du Ciel. Y a-t-il jamais eu par ce moyen
une difficulté vaincue, un obstacle surmonté?
Cette colère aveugle n'a d'autre résultat que de
troubler l'esprit davantage et de faire perdre le
sang-froid nécessaire pour prendre un bon parti
et le mettre adroitement à exécution. Pourquoi,
au lieu d'outrager la Providence, ne pas l'appeler
à son secours et se recommander par une humble
prière à sa protection? Mais, dans un siècle
orgueilleux et impie, la plupart des hommes ne
savent que se vanter eux-mêmes s'ils ont du
succès et s'en prendre à Dieu s'il leur arrive
des contretemps ou des accidents. L'ordre est
renversé !...

De retour au village de Kokenhousen, le conseiller s'emporta en plaintes contre le postillon
qui, disait-il, avait refusé de marcher et s'était
sauvé; mais il ne parla point des injures et des
coups dont il l'avait accablé. Le maître se douta
qu'il avait reçu de mauvais traitements, parce
que ce postillon était un de ses meilleurs ; il ne
put s'empêcher de dire : « C'est que vous l'avez
maltraité. » Le conseiller voulut nier; alors le
maître de poste me regarda. Je profitai du moment
où il avait les yeux sur moi, pour lui faire en-

tendre, par signes, que c'était vrai, qu'on l'avait battu. Alors une querelle très vive s'engagea entre eux; on s'injuria, on se fit mille menaces. Le conseiller dit qu'il se plaindrait à Saint-Péters-bourg; le maître de poste promit de faire son rapport à la régence de Riga. Toute cette dispute retarda notre départ. On ne pensait plus à atteler les chevaux; aucun postillon ne voulait marcher. Le courrier se fâcha à son tour et la guerre devint générale.

Pendant ce temps, j'étais remonté dans ma voiture. Le frère du maître de poste vint à moi, dès qu'il vit les deux partis bien échauffés, et me dit, d'un air mystérieux : « Votre nom n'est pas sur la passe. » Je ne sus que lui répondre. Hélas! il s'éloigna, et ne m'en dit pas davantage. Que ne me faisait-il connaître l'ordre qui exigeait que chaque voyageur fut nommé dans la passe, et qui défendait aux maîtres de poste de donner des chevaux à ceux qui se présenteraient avec une passe où le voyageur ne serait désigné que par la dénomination vague de *quelqu'un!* je serais sauté en bas de la voiture, j'aurais forcé le maître de poste à refuser l'attelage. Qu'aurait fait alors le conseiller? Il aurait été obligé de porter l'affaire à Riga. Le gouverneur de cette ville, qui n'était in-formé de rien, se serait vu contraint d'en instruire celui de Mittau. Que de temps gagné! En fallait-il davantage pour me tirer d'affaire! Mais j'ignorais que cet ordre existât, et l'après-dînée nous con-tinuâmes notre route sans aucun obstacle.

Toujours occupé de mon projet de fuite, j'observai de tous côtés, sur le chemin, le pays qui nous environnait, surtout la place du joli château de Stokmannshof, auprès duquel nous passâmes. Nous avions à notre droite la Duna ; et à gauche, une suite de petites montagnes couvertes de bois. il était environ six heures quand nous arrivâmes à la dernière station de la Livonie, où commence la province de Witepski.

C'était là que j'avais résolu de m'échapper, parce que je n'ignorais pas qu'au delà de la Livonie, je ne trouverais plus ni ami, ni connaissances, ni même un homme qui comprît ma langue. Il fallait tenter l'entreprise. Je commençai par dire, quoiqu'il fût encore grand jour, que je ne voulais pas aller plus loin, et que j'avais besoin de repos. Ce désir parut déplaire à M. le conseiller, mais il n'osa point faire de représentations. Je conclus de là que les instructions qu'il avait reçues à mon égard étaient plus douces que son cœur.

On prit donc des dispositions pour passer la nuit dans l'endroit où nous nous trouvions, et d'abord y souper ; mais la poste était si misérable ; la chambre, que l'on me préparait, était tellement pleine de poules et de cochons, que je refusai d'y loger, et que j'insistai pour qu'on me cherchât une autre auberge. J'en aperçus une au même instant tout près de la poste ; elle paraissait propre et plus commode pour l'accomplissement de mes desseins : je voulus y aller ;

mes conducteurs y consentirent; nous nous y rendîmes de suite.

Cette auberge, qui était encore sur les terres de Livonie, dépendait de Stokmannshof; elle était tenue et affermée par un juif. Faisant face au grand chemin, elle se trouvait placée tout près des montagnes couvertes de bois, sur lesquelles je fondais l'espérance de mon évasion. Il ne me restait plus qu'à bien connaître le terrain. Pendant que le courrier, soi-disant bon cuisinier, s'occupait du souper, je proposai au conseiller de venir avec moi admirer les sites charmants qui frappaient mes regards; je m'extasiai sur le plaisir que me causait la vue de la Duna, et en général toute la contrée; il consentit à venir la contempler avec moi. Dès que j'eus fait toutes les remarques qui pouvaient m'être nécessaires, je retournai dans ma chambre, et là, me trouvant seul, j'examinai si la fenêtre s'ouvrait facilement et sans bruit. Je vis avec un plaisir extrême qu'elle n'était fermée qu'avec un ruban attaché à un clou, et qu'elle ne me décélerait nullement; je pris aussitôt plusieurs feuilles de papier qui se trouvaient sur la table, et que M. le conseiller y avait laissées. Je n'attendis plus que le moment où je serais libre d'exécuter mon projet.

A neuf heures le courrier nous servit une mauvaise soupe, dont je m'efforçai d'avaler quelques cuillerées; ce qu'il nous offrit de meilleur, ce fut un saucisson d'Italie que j'avais acheté à Kœnigsberg, et une bouteille de liqueur que j'avais prise à Dantzick : mon domestique attentionné avait emballé ces deux objets. Pendant ce souper je parus gai, calme et serein : ce rôle était difficile à jouer, mais on force la nature dans ces moments où l'on a tout à gagner, et rien à perdre.

Le souper fini, chacun se disposa à se coucher. Il n'y avait dans la chambre qui m'était destinée qu'un seul bois de lit; on voulut me le donner; mais comme il était dans un coin, je prétextai, afin de pouvoir le refuser, qu'il était sale, et peut-être plein de vermine. Je priai qu'on me fît un lit auprès de la fenêtre; l'on s'empressa de m'obéir : on apporta des chaises que l'on couvrit de paille; je mis ma robe de chambre dessus, et mon manteau pour me servir de couverture. Cela fait, j'allais me coucher tout habillé; mais le courrier voulut absolument que j'ôtasse mes bottes qui, disait-il, me fatigueraient; il fallut céder. Heureusement qu'il les laissa près de moi. A peine fus-je sur mon mauvais lit, que je feignis de dormir profondément, comme un voyageur accablé de lassitude. Mes conducteurs n'en restèrent pas moins à table jusqu'à ce qu'il n'y eût plus rien à boire ni à manger; ensuite ils pensèrent à se reposer. Le conseiller se coucha près de moi sur un banc; entre nous deux était une table, et au-dessus, la fenêtre que j'avais déjà bien examinée; le courrier alla se coucher dans la voiture, qui se trouvait précisément auprès de la croisée.

Je m'assurai bientôt si le conseiller dormait. Onze heures sonnèrent; il faisait clair de lune,

mais le ciel se couvrait de nuages : le moment me
parut favorable ; j'essayai de me lever. J'avais
déjà un pied par terre quand quelqu'un entra ; je
me recouchai précipitamment. Dix minutes après,
n'entendant plus rien, je fis encore un mouvement
pour me mettre debout ; même frayeur : on traversa la chambre. Enfin, après avoir attendu
encore un quart d'heure, la plus grande tranquillité régnant dans la maison, je me levai tout de
bon ; au même instant sept à huit voix entonnèrent
un cantique qui réveilla en sursaut le conseiller.
Ce fut un bien grand hasard qu'il ne me vit pas
hors de mon lit. J'en fus encore quitte pour la
peur ; mais je désespérai de pouvoir exécuter mon
dessein, car les chants que j'avais entendus,
m'avaient fait ressouvenir que c'était samedi,
jour du sabbat, fêté par l'aubergiste juif et par
toute sa famille.

Déjà, depuis une heure, tout ce train empêchait
le conseiller de dormir : il se mit à crier ; je récla-
mai comme lui qu'on cessât un pareil vacarme ;
mais ce ne fut qu'à deux heures du matin que la
cérémonie fut suspendue par nos cris, et que chacun reposa véritablement. Je me levai alors le plus
doucement possible ; je détachai le ruban de la
fenêtre, et l'ouvris sans faire le moindre bruit :
j'écoutai si le courrier dormait dans la voiture ;
je l'entendis ronfler d'une manière rassurante.
Aussitôt je cherchai, à tâtons, mes bottes, mon
chapeau ; je pris mon manteau sous mon bras ;
je montai sur la table qui, par bonheur, ne cra-

quait point; et retenant ma respiration, m'arrêtant
toutes les fois que le conseiller se remuait, je me
vis en état de sortir. Mais je fus encore contrarié : lorsque j'eus mis une jambe hors de la croisée, je ne pus rien trouver pour la poser : sauter,
n'était ni facile, ni prudent; la croisée était haute,
et je risquais, ou de me blesser, ou de réveiller,
en tombant, le courrier si près de moi. D'un autre
côté, je ne pouvais me tenir avec mes mains,
puisque dans la droite j'avais mes bottes, qu'il
m'était indispensable d'emporter : je fus donc
obligé de prendre le parti de glisser doucement
mes effets jusqu'à terre. Je commençai par jeter
le manteau, ensuite je laissai tomber mes bottes
dessus; mes deux mains étant libres, je sortis
par la croisée, à laquelle je restai suspendu jusqu'à ce que mon pied eût rencontré une des roues
de ma voiture. Tout allait bien : le courrier, le
conseiller dormaient toujours; je restai un moment de plus pour refermer la fenêtre qui, agitée
par le vent, pouvait réveiller l'un des deux. Tout
bien exécuté, je descendis, je ramassai mes effets,
et quelques minutes après, je fus hors de l'enceinte de l'auberge, c'est-à-dire en liberté : aussitôt je mis mes bottes, je m'enveloppai dans mon
manteau, et quand j'eus traversé un pré tout
mouillé, je me vis sur le grand chemin.

Mon plan était de retourner à Kokenhousen, et
d'engager le maître de poste à me cacher. La
douceur de sa physionomie, l'air honnête de sa
famille, la dispute qu'il avait eue la veille avec le

conseiller, et la franchise avec laquelle je lui avais
tout avoué en derrière de mes conducteurs, me
faisaient espérer que je trouverais là un asile. Je
me proposais d'ailleurs d'offrir, au besoin, une
somme assez considérable pour gagner ces bonnes
gens. S'ils ne pouvaient me cacher chez eux,
j'étais décidé à me réfugier dans les ruines du
vieux château de Kokenhousen, pourvu qu'ils
convinssent de m'y apporter les vivres qui me
seraient nécessaires; de là je pourrais instruire
le baron de Lowenstern de mon séjour, en le
priant d'en prévenir ma femme et mes fidèles
amis. En un mot, rien ne me paraissait moins
difficile à exécuter que ce projet, et j'y étais déterminé.

Cependant je me vis tout à coup embarrassé;
le maudit juif, avec son sabbat, avait dérangé mon
calcul : j'avais espéré partir de bonne heure, et
pouvoir arriver de nuit à Kokenhousen; mais il
était trop tard, il me fallait au moins quatre ou
cinq heures pour faire ces trois milles d'Allemagne, et je devais m'attendre aux poursuites du
conseiller. Je pensais bien que, réveillé de bonne
heure, il s'apercevrait de mon absence, répandrait
l'alarme, et courrait bien vite après moi. Quand
même il ne s'éveillerait que le matin, pouvais-je
arriver de jour à Kokenhousen? Le premier paysan qui m'eût rencontré, qui m'eût entrevu à la
poste, ou gravissant les ruines, m'eût dénoncé
pour répondre aux informations menaçantes du
conseiller, et recevoir la récompense promise : il

était donc nécessaire que je changeasse de plan pour cette nuit.

Je marchai aussi longtemps que l'obscurité me le permit ; mais à la pointe du jour je tâchai d'atteindre un bois, dans l'intention de m'y cacher jusqu'à la nuit suivante : je continuai d'aller tout droit avec la précaution, quel que fût mon éloignement de la grande route, de ne pas en perdre la direction. La pâle clarté de la lune qui perça les nuages, me fit apercevoir tout à coup une maison que j'avais reconnue la veille pour une caserne.

Dans la Livonie et dans l'Estonie, on trouve beaucoup de ces maisons, qui servent de logements aux officiers, quand les troupes sont en garnison dans le pays, mais qui sont fermées et inhabitées la plupart du temps. J'avais remarqué la veille que celle-ci n'était occupée par personne, et ne portait point l'inscription de corps de garde ; je conclus de là que je pouvais m'y rendre sans danger. Je n'en étais plus éloigné que de cent pas, et j'y arrivai en un clin d'œil ; mais que devins-je quand je fus tout près ! une voix forte me cria : « Qui vive ? » Je n'eus pas d'abord le courage de répondre. On répéta : « Qui vive ? » Alors je dis, suivant la coutume en Livonie : — Quelqu'un du pays. — Quelle singulière route prends-tu donc ? où veux-tu aller ? — Je vais à Stockmannshof. — Pourquoi ne suis-tu pas le grand chemin ? — C'est l'obscurité qui m'en a éloigné. » Je fis un mouvement pour fuir ; le soldat me cria d'une voix menaçante : « Halte-là ! — Paix, mon ami, tiens,

prends cet argent ; ne dis à personne que tu m'as
vu ! » Il prit ce que je lui donnai ; je partis, quoique
je l'entendisse murmurer contre moi.

Ce petit événement me rendit très craintif ; je
préférai alors suivre la grande route, où il était
rare de rencontrer quelqu'un, et où je pourrais
marcher plus vite. A peine y avais-je fait quelques
verstes que j'entendis dans l'éloignement le signe
d'un bruit que je savais être un usage du pays (1),
mais qui me causa une frayeur mortelle. Je pensai
que ce bruit ne pouvait être qu'un signal donné par
le conseiller, dès son réveil ; je crus même que
l'alarme était parvenue jusqu'à la caserne où
j'avais été arrêté, que la sentinelle m'avait trahi,
et que les paysans rassemblés allaient se mettre
à ma poursuite. Aussitôt, entraîné par une terreur
qui ne pouvait être que juste et fondée, je quittai
le grand chemin, je cherchai l'épaisseur des bois,
et ne m'occupai plus qu'à m'éloigner de toutes les
routes frayées.

Après une prairie, j'aperçus une montagne
couverte d'arbres : ce fut là que je dirigeai mes
pas. Brûlant d'y arriver, je ne fis point attention que la terre devenait de plus en plus molle
sous mes pieds. Je continuai d'aller ; mais bientôt
je me trouvai au milieu d'un marais où j'enfonçai
dans la vase jusqu'aux genoux. Quelques efforts

(1) On a coutume dans toute la Russie de suspendre une planche
épaisse entre deux barres de fer. Lorsque les familles se rassemblent,
à l'heure des repas, ou que l'on veut donner l'alarme, on frappe dessus
avec un gros bâton. Ce bruit s'entend de très loin.

que je fisse pendant une demi-heure, je ne pus
en sortir. Exténué de fatigue, je fus obligé d'y
rester, et même de m'y reposer. Le jour vint ;
j'avais espéré qu'il me donnerait les moyens de
me mettre promptement à l'abri ; il n'en fut rien ;
je ne pouvais me cacher à l'ombre des sapins qui
couvraient la montagne ; un taillis épais, élevé
comme un mur, en défendait l'approche. Je perdis
un moment courage ; il fallait retourner sur mes
pas ; je m'y déterminai pourtant, et je parvins,
après une heure de peines, au pied d'une colline
que j'escaladai. Arrivé tout au haut, nouvelle
alarme : j'étais presque à découvert. Je poursuivis
ma route : plusieurs sentiers s'offrirent à moi ;
ils paraissaient pratiqués ; je les évitai promptement. Enfin, après avoir pris mille chemins, choisi
et rejeté vingt retraites différentes, j'entrevis une
touffe de pins qui, réunie à deux bouleaux partant d'une même souche, me présentait un asile
sombre et presque impénétrable. « Mon Dieu,
m'écriai-je accablé d'une si longue marche, je
puis donc respirer !

Il était entre six et sept heures ; je devais rester
là tout le jour. La prudence exigeait que je ne me
remisse pas en route avant la nuit : je me résignai
à mon sort. Après avoir enlevé la vase qui me
couvrait, je m'enveloppai dans mon manteau, que
j'avais quitté pour marcher plus librement, et je
m'assis au pied du plus gros de tous les arbres ;
j'étais plus tranquille ; j'entendais, ou je croyais
entendre le murmure de la Duna ; j'étais dérobé

à tous les yeux par une barrière de sapins; je
voyais de ma place, à travers les branches, tout
ce qui se passait autour de moi; j'étais certain
que, pour venir me chercher, on n'aurait pas le
courage de traverser une prairie fangeuse, et de
grimper une colline très élevée; je me reposais
donc avec sécurité, me livrant à toutes les réflexions que je devais faire dans ma cruelle
position.

Il était vraisemblable que Stockmannshof ne
pouvait être loin de l'endroit où je venais de me
réfugier. Le seigneur de ce château était le chambellan de Beyer, beau-père du baron de Lovenstern. J'en avais entendu parler d'une manière si
avantageuse, que je ne doutais pas qu'en m'adres-
sant à lui, je n'obtinsse, sinon un asile, du moins
quelques sages conseils. Mon parti était bien pris
de pénétrer à sa demeure pendant la nuit suivante. Tout à coup je changeai d'avis; je craignis
que mon conseiller ne se rendît d'abord dans tous
les châteaux sur la route, et ne sommât les sei-
gneurs de me livrer. Je réfléchis de plus que,
pour parvenir jusqu'à M. de Beyer, il fallait passer devant un essaim de domestiques, naturellement espions et bavards, comme les gens de leur
espèce. J'en revins donc à mon premier projet,
d'aller à Kokenhousen, chez le maître de poste,
parce qu'il était bien certain, d'après l'intérêt
qu'on m'y avait témoigné, que j'y serais reçu à
bras ouverts. M. le conseiller de la cour aurait
beau y faire son tapage, le plaisir seul de le tour-

Quand nous fûmes arrivés à la station ... (P. 47.)

menter engagerait l'aubergiste à me cacher ; ensuite, n'avais-je pas une bourse à donner ? Devant l'or, bien peu de gens résistent.

Après cette conversation avec moi-même, je sortis de ma poche les feuilles de papier que j'avais prises la nuit ; je les partageai en plusieurs carrés ; je pris mon crayon ; j'écrivis un mot au baron de Beyer, un autre au baron de Lovenstern, un troisième à ma femme, et quelques autres billets dont je ne puis pas dire encore le contenu. Je fus troublé dans cette occupation par les menaces d'un orage violent qui semblait s'apprêter à fondre sur ma tête. Le tonnerre grondait ; les pins gémissaient, les collines s'ébranlaient. Quoique je susse qu'il était dangereux de rester sous un grand arbre pendant les sillonnements de la foudre, je ne voulus pas quitter celui sous lequel je me reposais. Après que la grêle eut couvert le sol, la pluie tomba à grands flots : ainsi, chaque instant ajoutait à mes peines. Jusque-là j'avais été accablé de fatigue ; il ne me manquait plus que d'être mouillé, que d'avoir tous mes habits percés : ils le furent d'outre en outre. Mon corps, échauffé par la souffrance, se refroidit aussitôt : cette fraîcheur me plut dans le moment, mais elle pouvait avoir des suites fâcheuses. Je n'y songeai point ; je cherchai plutôt à recueillir quelques gouttes d'eau pour me désaltérer. J'ouvris la bouche, lorsque le vent agitait le feuillage ; et le plaisir avec lequel je recevais cette larme du ciel,

me rappela *ce mauvais riche* qui, dévoré par les
flammes de l'enfer, suppliait qu'on lui laissât
tomber une goutte d'eau sur la langue. J'étais
certes dans une position bien capable de me faire
apprécier la rigueur de ses tourments, et j'avais
tout le loisir de méditer sur son supplice. Allant
de feuille en feuille, j'en approchais doucement,
de peur que toutes ces perles si précieuses pour
moi ne m'échappassent à l'instant où mes lèvres
les déroberaient. Cet exercice difficile dura longtemps ; et peut-être l'aurais-je prolongé encore
selon mes besoins, s'il ne se fût présenté un
convive plus vorace et plus habile que moi. Le
soleil vint m'enlever ce repas frugal, sans que je
l'y eusse invité.

Jusqu'alors je n'avais entendu aucun bruit
causé par des hommes. Le roulis d'une voiture
qui semblait aller très vite sur un chemin peu
éloigné de l'endroit où j'étais, avait seul frappé
mon oreille. Je croyais que ce chemin était la
grande route, et que cette voiture était la mienne,
dans laquelle le conseiller retournait à Riga. Je
ne m'inquiétais donc en aucune manière ; mais
vers midi, ô frayeur mortelle ! j'entendis très dis-
tinctement le pas d'un cheval qui paraissait s'approcher de plus en plus de ma retraite. Je retins
ma respiration ; je me couchai à plat ventre,
pour voir sans être aperçu. En effet, un paysan
à cheval parcourait en tout sens la prairie qui se
trouvait près de moi ; il montait, descendait la
colline, en regardant de tous côtés ; il visitait

chaque buisson ; il fixait l'arbre sous lequel j'étais étendu...; il y venait.... Je me crus perdu ; je fis un mouvement pour fuir...; mais il passa tout près de mon asile sans le découvrir. Ombrage protecteur qui m'enveloppas d'un voile impéné-trable, avec quelle reconnaissance je te considé-rai, je t'admirai, quand je fus seul avec toi ! Le paysan s'était éloigné. Je ne doutais point qu'il n'eût été envoyé à ma poursuite, et je me félicitai d'avoir échappé à ses cruelles recherches.

Une demi-heure après, rêvant encore à ce qui venait de se passer, je conçus de nouveau l'espoir d'échapper à toutes les perquisitions qui seraient faites contre moi, lorsque j'entendis tout à coup un autre paysan qui entrait dans la même prai-rie ; mais il était suivi d'une petite voiture ; il ne jetait point ses regards autour de lui; il marchait comme un homme qui va à ses travaux : je fus moins effrayé. La seule remarque que je fis, et qui m'inquiéta pour la sûreté de ma retraite, ce fut que les bois ne s'étendaient pas derrière moi aussi loin que je l'avais d'abord imaginé : tout m'annonçait, au contraire, que je n'étais pas très loin d'une route. J'entendais à tout moment des voitures qui passaient; j'apercevais des pay-sannes qui marchaient. Ces observations ne me rassurèrent point, et je soupirai après la nuit.

Une autre frayeur, plus grande que toutes les autres, vint me saisir de nouveau. Plusieurs chiens de chasse dispersés çà et là, aboyaient fortement, et quelqu'un les excitait à chercher.

L'histoire de Joseph Pignata, qui fut poursuivi par des chiens, après s'être échappé de sa prison, se présenta à mon esprit ; je me crus menacé du sort qui l'avait perdu. Quoique en Livonie on n'exerçât point les chiens à la poursuite des hommes, je me persuadai que ces animaux me décèleraient. Le gibier qu'ils chassaient n'avait qu'à prendre la fuite à travers les bois où j'étais, leur aboiement me trahirait. Je savais que les chiens aboient différemment pour les hommes que pour le gibier, et les chasseurs qui suivaient leurs traces ne pouvaient manquer de me rencontrer. Que cette chasse fut longue ! dans quelles transes elle me jeta ! de quelle crainte je fus soulagé, quand je n'entendis plus que faiblement et les chiens et les chasseurs ! Je continuai cependant à croire qu'on avait voulu me chercher ; car, dans la saison où nous étions, on tenait les chiens à l'attache. Peut-être me trompais-je ; peut-être n'étaient-ce que des chiens de vachers qui, excités par leurs maîtres, font le plus grand tort au gibier par le braconnage.

Outre les craintes que m'avaient causées pendant le jour tous ces petits incidents, dès que la nuit fut arrivée, mon imagination égarant ma vue, je fus livré à de nouvelles inquiétudes. Je pris pour un homme qui m'attendait de pied ferme, un tronc d'arbre à moitié brûlé, distant de moi à peu près de cent pas ; je crus voir (et ce fut une vision bien terrible) un homme qui, derrière les broussailles, dirigeait son fusil sur

moi ; je crus distinguer jusqu'à la couleur de son
habit, jusqu'à la forme de son chapeau ; je remarquai parfaitement les traits de sa figure. Jouet
insensé de ma frayeur, je me remuai, pour lui
faire voir que je n'étais pas le gibier qu'il cherchait ; je me débarrassai de mon manteau, pour
le détromper encore mieux ; en un mot, je fis
toutes les folies d'un homme qui a peur, et que
la crédulité abuse.

Il est certain qu'en restant quelques heures de
plus dans ce bois, je serais tombé dans une espèce
de délire. Ma tête était brûlante, mes oreilles
assourdies, mes yeux éblouis par mille fausses
lumières, et mon corps était tremblant ; je me
sentais vraiment malade, au moral comme au
physique. Mais lorsque la dernière étincelle de
ma force semblait vouloir s'éteindre, le souvenir
de ma femme, de mes enfants me rendait du
courage. Malheureusement, ce qui ranimait mon
âme et lui suffisait, ne pouvait suffire à mon
corps, épuisé faute de nourriture.

C'était alors le samedi soir. Le mercredi, après
dîner, à la dernière station avant Mittau, je n'avais
pris qu'une tasse de café et un morceau de pain.
Le jeudi matin j'avais fait à Mittau un très frugal
déjeuner. Le vendredi soir j'avais mangé un peu
de soupe, préparée par Schulkins ; et depuis, je ne
m'étais soutenu qu'avec quelques gouttes d'eau.
Je sentis qu'il fallait absolument que je prisse une
nourriture quelconque, si je voulais ne pas
mourir d'inanition sur le grand chemin.

A quoi sert quelquefois l'argent? Que c'est souvent une misérable chose que la richesse! J'avais dans ma poche sept cents et quelques roubles : eh bien, je ne pouvais acheter un morceau de pain ; je ne pouvais trouver un gîte pour me reposer des plus horribles fatigues ! Oh ! si les hommes étaient plus sensés, ils ne s'imposeraient pas tant de fatigues et de sacrifices pour ce vil métal ! Ils comprendraient que les seules vraies richesses peuvent servir réellement au bonheur d'ici-bas et que ces richesses, c'est en nous-mêmes qu'il faut les chercher, c'est-à-dire dans une bonne conscience, une vie pure, une conduite irréprochable. Mais moi tout le premier, je ne l'avais jamais compris comme alors; que de fois les biens de ce monde m'avaient fasciné par leurs trompeuses apparences ! Ce n'est que dans les grandes catastrophes qu'on juge enfin sainement de toutes choses et qu'on reconnaît la vanité des espérances et des prétentions mondaines.

Dès qu'il fut tout à fait nuit, une bécasse des bois vint se poser au-dessus de ma tête, sur les branchages de mon arbre tutélaire. Son cri fit naître dans mon âme le plus douloureux sentiment. La chasse de ces oiseaux, rares en Allemagne, était un plaisir que j'avais eu le projet de goûter avec mes amis en Livonie. J'avais prémédité d'aller chaque soir avec eux me mettre à l'affût dans les bois. Comme mon espérance était trompée ! Ce souvenir me fut très sensible, et je

regardai en soupirant cet oiseau qui me faisait
verser des larmes amères.

Il était temps de quitter mon asile; je m'é-
loignai. Je pris la direction qui me parut la plus
droite pour arriver à la grande route : elle me
conduisit dans un chemin du bois, au bout
duquel je vis, dès que j'y fus entré, une caval-
cade de paysans qui couraient au grand trot.
J'eus à peine le temps de me cacher dans les
broussailles; fort heureusement ils ne m'aperçurent pas; et quand ils furent passés, je continuai de suivre ma première direction : mais je
remarquai bientôt que je m'enfonçais de plus
en plus dans le bois. Je reconnus que le murmure de la Duna, que j'avais cru entendre, était
simplement le bruit de la cime des arbres. Alors,
que faire? de quel côté tourner mes pas? Suivre
dans l'obscurité un chemin non frayé, c'était
m'exposer à retomber dans les marais et à m'en-
gloutir tout à fait dans la vase : comment aurais-je
pu m'en retirer? La faim, le froid, la fatigue, ne
me laissaient plus aucune force; j'étais certain
d'y périr. Je cherchai donc à reprendre le chemin
où j'avais rencontré les paysans. L'obscurité était
si grande que j'eus toutes les peines du monde à
le retrouver; je n'y parvins qu'au bout d'une
demi-heure : encore, en le suivant, il me sembla
que je prenais trop de côté. J'en fus convaincu,
lorsque après plusieurs détours j'arrivai à la
grand'route; je me trouvais à peine à trois verstes
du cabaret d'où j'avais fui : ce que je reconnus

en déchiffrant le numéro du poteau qui était sur le chemin.

Mais la Duna baignait alors mes pieds. Avec quel empressement je me baissai pour apaiser la soif qui me tourmentait de plus en plus! Je puisai avec mon chapeau, et je bus à longs traits. Je ne puis exprimer à quel point cette eau me ranima; ma langue, desséchée par mes fatigues et par la privation de toute nourriture, se sentit rafraîchie; et quand on souffre, le moindre soulagement est une faveur céleste; on la bénit, on en jouit avec délices, on en abuse même : c'est ce qui m'arriva. Quelque temps après, je me trouvai incommodé de la quantité d'eau que j'avais bue, et je ne pus continuer ma route qu'avec peine. N'est-ce pas une image de ce qui arrive fréquemment dans la vie? Dieu nous donne un peu de bonheur et de joie; mais nous ne sommes pas satisfaits; nous voulons en goûter davantage et, pour assouvir cette soif de jouissances, nous ne craignons pas d'aller puiser à des sources dangereuses et de dépasser la mesure. Alors vient le châtiment, tantôt sous la forme de maladie, tantôt sous celle de peines morales, ou d'autres épreuves : presque toujours nous sommes punis par où nous avons péché.

Le grand chemin, quoique la nuit fût avancée, était encore trop fréquenté pour que j'y pusse rester et le suivre. Tantôt, j'étais obligé de me cacher dans un bouquet d'arbres pour échapper aux regards des passants; tantôt, j'étais contraint

de faire un long détour afin d'éviter un cabaret
où j'entendais beaucoup de paysans qui buvaient
et faisaient grand bruit. Souvent je fis un circuit
immense pour ne pas être dépisté par le flair
d'un chien vigilant, qui eût aboyé après moi, ou
cherché à me mordre. Son aboiement m'eût trahi,
et il m'eût été impossible de me défendre de son
attaque. Je n'avais pour toute arme qu'une paire
de ciseaux ; le manque de forces m'avait même
empêché de casser une branche dans le bois, pour
me faire un bâton. Voulais-je côtoyer la Duna ?
je voyais ses bords garnis de trains de bois,
auprès desquels étaient allumés de grands feux
pour les hommes qui veillaient. Voulais-je
prendre des chemins de traverse ? je craignais de
m'égarer : ainsi, c'est en allant, partie dans les
bois, partie sur le chemin, partie sur les bords de
la rivière, que je parvins au but de ce long et
pénible voyage. A onze heures j'arrivai, épuisé de
fatigue, au château de Stockmannshof.

Ce château est situé sur une petite montagne ;
son jardin aboutit à la grande route, et finit par
une terrasse fermée d'une grille. De l'endroit où
j'étais, j'aperçus une lumière que l'on promenait
d'appartement en appartement. Bientôt elle s'é-
teignit au premier étage, et ne brilla plus qu'au
rez-de-chaussée. Alors je cherchai la sonnette,
pour prévenir de mon arrivée ; mais la porte que
j'agitai, s'ouvrit, et je pus entrer. Je restai un
moment dans l'incertitude, sans oser faire un
pas. Devais-je m'introduire ainsi dans le château

du chambellan? Ne risquais-je pas d'être pris
pour un voleur, d'exciter une alarme, et d'être
arrêté publiquement? Par quel hasard la porte
se trouvait-elle ouverte? Ne dirait-on pas, M. le
chambellan lui-même ne me croirait-il pas,
capable de l'avoir forcée? Était-ce de cette manière que je pouvais demander l'hospitalité?
Quand même on ne m'accuserait pas d'être entré
comme un brigand, l'effroi général ne suffirait-il
pas pour indisposer tout le monde contre moi?
Voilà ce que je pensais, et ce qui m'arrêtait au
moment d'être plus tranquille, moins souffrant,
et moins malheureux. D'un autre côté, je réfléchis qu'il m'était impossible d'aller jusqu'à Kokenhousen, dans l'état d'abattement où j'étais.
Mes pieds malades ne pouvaient me soutenir,
mon corps tremblait de faiblesse. Ces dernières
raisons l'emportèrent, et je me décidai à pénétrer
jusqu'au château, en me glissant dans le jardin.
Dès que j'y fus entré, je suivis un chemin bordé
d'une grande haie, qui conduisait droit au corps
de bâtiment où je voyais encore de la lumière.
A peine eus-je fait quelques pas, je vis une figure
blanche, que je pris pour une personne qui se
promenait. J'allais m'adresser à elle et je pressais
le pas, mais que trouvais-je? une statue de Nep-
tune, au milieu d'un bassin.

Mon erreur me chagrina; elle me plongea dans
de nouvelles réflexions. Dès ce moment je n'a-
vançai plus qu'en tremblant jusqu'au château.
Toutes mes craintes précédentes se réveillèrent;

peu à peu je me crus dans l'impossibilité d'aller
plus loin, sans manquer aux lois de l'honneur,
et sans me compromettre. Je me regardai comme
perdu, si quelqu'un me rencontrait avant le
chambellan. Toutes ces idées prirent un tel
empire sur moi, que je retournai vite sur mes
pas, que je sortis du jardin, et repris la route de
Kokenhousen.

Cet effort, pénible à la vérité, mais qui me
semblait sage et honnête, me rendit un peu de
courage. J'allai pendant une demi-verste sans
trop m'apercevoir de mes souffrances. Je pensais
que ma conduite révélée au chambellan, le dis-
poserait favorablement, et peut-être le déciderait
à me donner tout à fait un asile. J'espérais que
l'aubergiste de Kokenhousen me serait d'un grand
secours : enfin, je faisais mille songes agréables,
et j'endormais ma douleur. Ah! pourquoi la
nature s'empressa-t-elle de la réveiller! Elle
m'empêcha d'aller plus loin, en me faisant sentir
mes peines encore plus vives, encore plus aiguës.
Vaincu par la faim, par la fatigue, par le désespoir, je me jetai sur le sable, pour y mourir.
Jamais, jamais, le suicide, la pensée même du
suicide ne m'avaient inspiré que de l'horreur ; je
l'avais blâmé hautement ; je l'avais mille fois
qualifié du nom de crime. Eh bien, dans ce moment, c'était la seule pensée qui pût occuper
mon esprit, et si j'avais eu le poignard qu'autrefois je portais toujours sur moi, je me serais
infailliblement donné la mort.

Voilà où conduit cette morale purement humaine qu'on nous enseigne dans nos collèges, cette prétendue vertu de l'honnête homme, qu'on suppose capable de tenir tête à toutes les tentations et à toutes les épreuves ! Elle ne porte avec elle aucune force, parce qu'elle n'a aucune sanction ; elle est inefficace et ordinairement stérile, parce qu'elle ne peut par elle-même entraîner la volonté de l'homme sur la voie du bien et le préserver des entraînements mille fois plus violents de la nature et de ses passions vers la voie du mal. La loi divine, au contraire, agit d'une manière vraiment puissante sur l'esprit de l'homme, par la ferme espérance qu'elle lui inspire s'il fait le bien, par les châtiments redoutables qu'elle lui présente s'il fait le mal. Elle est surtout puissante par l'influence de cette lumière et de cette force mystérieuses dont Dieu favorise l'âme, la lumière et la force de la grâce. Avec ce secours, de faibles femmes sont plus intrépides et plus invincibles dans les situations les plus désespérées que des hommes qui se croyaient cuirassés contre toutes les épreuves et prêts à braver tous les périls. Oh ! combien on le sent fortement aux heures critiques de la vie, et comme on est obligé de reconnaître alors son néant et son impuissance !

Cependant la faim me torturait de plus en plus. Je regrettais extrêmement de n'avoir pas pris, lorsque rien ne s'y opposait, le pain qui était sur la table dans l'auberge d'où j'avais fui ! Il m'eût

soutenu pendant plus de deux jours; il m'eût mis
à même d'exécuter le projet de me rendre à
Kokenhousen. Hélas! ces regrets, ces réflexions
étaient inutiles. Je n'avais plus que deux partis à
prendre : l'un, d'aller, au risque de tout péril, à
Stockmannshof; l'autre, de chercher pour le jour
suivant un nouvel asile dans les bois. Ce dernier
projet me parut impraticable. Je ne pouvais rester jusqu'au soir sans manger; et quand je l'eusse
pu, mes forces eussent-elles été plus rétablies la
nuit suivante? J'en revins à l'idée de m'introduire
au château de Stockmannshof, et après m'être
reposé quelque temps, je me traînai avec peine
jusqu'au jardin.

La lumière que j'avais entrevue au rez-de-
chaussée brillait encore. Je traversai promptement l'allée qui y conduisait; je montai deux
terrasses, j'arrivai à une autre porte qui donnait
sur un chemin, entre le château et le jardin. Elle
n'était fermée que par une barrière de bois. Je
l'ouvris facilement, et me trouvai à trois pas de
l'escalier, au haut duquel était l'entrée de la maison. Je le montai, j'allai à la fenêtre de la chambre
où j'avais vu de la lumière. J'aperçus trois personnes, sans doute des femmes de chambre.
Vingt fois j'approchai ma main pour frapper,
vingt fois je la retirai avec inquiétude. Enfin, le
sentiment de mes maux, l'abandon total où j'étais
et la faim l'emportèrent! je frappai. C'en était
fait !

Une fille prit la lumière, ouvrit la porte d'entrée, et me demanda ce que je voulais. Je la suppliai, d'une voix faible et tremblante, de me donner un morceau de pain. Elle me regarda d'un air surpris. La bonté, la compassion étaient peintes sur son visage ; mais ma tournure timide, mon air craintif et l'heure qu'il était, ne pouvaient lui inspirer beaucoup de confiance ; elle me répondit qu'il était trop tard, que ses maîtres dormaient, qu'aucun domestique n'était éveillé, et qu'elle ne pouvait rien me donner pour le moment. « Ayez pitié de moi, lui dis-je avec douleur ; je suis resté toute la journée dans les bois, je n'ai ni bu, ni mangé, je ne peux me traîner maintenant ; il m'est impossible d'aller plus loin. — Pourquoi êtes-vous donc resté dans les bois, par ce temps affreux ? Seriez-vous ?... » Elle m'examina de la tête aux pieds, et fit un mouvement de frayeur. « Ne craignez rien, ajoutai-je, devinant sa pensée et la cause de son effroi ; ne craignez rien ; je ne suis ni un voleur, ni un mendiant. Regardez... j'ai plus d'argent qu'il ne m'en faut. Je suis une victime du sort le plus affreux. De grâce, faites que je parle à votre maître. — Mais, il dort. — Le baron de Lowenstern est-il à la maison ? — Non, il est à Kokenhousen ; il reviendra demain matin. — Et sa famille ? — Elle est dans ce château. — Mlle Plater, cette excellente personne qui est auprès de la famille de Lowenstern, et qui habitait avec elle à Leipsick, habite-t-elle ici ? — Oui. — Vous ne pourriez pas l'éveiller ? — Je n'ose. — Vous me sauveriez la vie. — Écoutez : allez chez

le secrétaire, vous attendrez là jusqu'à demain
matin. — Non, je ne puis, je veux entrer ici.
— Que faites-vous? — Ce que la nécessité m'oblige
de faire. » J'entrai aussitôt. Je déclarai que je ne
sortirais plus, et que je passerais toute la nuit
sur un sopha. L'embarras de ces trois pauvres
femmes ne pouvait se peindre; elles me regardaient avec une curiosité mêlée de crainte, et ne
savaient ce qu'il fallait faire pour me contraindre
à sortir. Elles me priaient, se fâchaient, me menaçaient, allaient même jusqu'à me prendre par le
bras; mais j'étais insensible à tout. Je ne pouvais
ni ne voulais bouger de place. Cette scène ne finit
que lorsque le chambellan et son épouse, réveil-
lés par le bruit de ces femmes, en appelèrent une
des trois, afin de savoir ce qui se passait. Le
moment était favorable pour remettre le billet que
j'avais écrit dans le bois et me faire connaître.
J'arrêtai la femme de chambre qui courait à la
voix de sa maîtresse, je fouillai dans ma poche,
en tirai le billet, et la priai de le remettre à son
maître : elle y consentit; je me rejetai sur le
sopha, où j'attendis la réponse avec impatience.

Quelques minutes après, cette bonne fille revint,
m'annonça que M. le chambellan allait se lever,
qu'il m'invitait à l'attendre, et que dans un instant je serais servi. Cet accueil me parut amical,
et je devais m'en réjouir ; cependant je fus inquiet
jusqu'à l'arrivée du chambellan. Il entra bientôt.
Quoiqu'il fût âgé, je trouvai sa figure douce et
aimable ; seulement j'y remarquai un embarras

qui ne me présageait rien de bon. Je m'avançai
vers lui, et je lui répétai ce que ma lettre lui avait
appris, c'est-à-dire le motif de ma visite dans
son château. Il me pria d'être tranquille, de me

Cette colère aveugle lui fit perdre le sang-froid nécessaire pour
prendre un bon parti. (P. 53.)

mettre à table. « Nous réfléchirons ensuite,
ajouta-t-il, sur ce qu'il faudra que vous fassiez. »
Mme de Beyer, qui parut dans ce moment, joignit
ses instances à celles de son époux pour que je

6

ne tardasse pas un seul instant de manger. J'obéis;
et pendant ce repas fait de bon appétit, je racon-
tai naïvement tout ce qui m'était arrivé : la permission de l'empereur, mon arrestation, mon
exil, l'ignorance où j'étais des causes de ma proscription, enfin la manière dont je m'étais évadé,
les souffrances que j'avais éprouvées, et mon
embarras pour me présenter à cette heure au
château. M. le chambellan et son épouse me témoignèrent la part qu'ils prenaient à mes maux ; ils
me témoignèrent le désir qu'ils avaient que je
prouvasse mon innocence ; mais en exprimant
ce vœu qui pouvait être sincère, ils ne me parurent
pas très persuadés que je n'eusse rien à me
reprocher. Je n'en étais point surpris ; de bonnes
gens, accoutumés à suivre scrupuleusement les
lois de leur pays, ne pouvaient s'imaginer que la
justice avait des torts. Je leur pardonnais donc
cette méfiance, et continuais à supplier M. le
chambellan de ne point m'abandonner dans une
circonstance si malheureuse. Je ne demandais
pas qu'il me gardât dans son château, mais qu'il
m'envoyât dans une de ses terres les plus éloi-
gnées, jusqu'à ce que je pusse trouver d'autres
moyens d'échapper à ma cruelle destinée. M. le
chambellan parut incertain sur la réponse qu'il
devait me faire ; il avait l'air d'un homme qui
tout à la fois désire et craint d'obliger. Mme de
Beyer, ne cédant qu'à son cœur, ne demandait
pas mieux que de me rendre service ; quoiqu'elle
ne me dît rien, l'humanité se peignait dans ses

regards. Mais tout à coup je vis entrer un homme auquel je ne saurais encore penser sans une véritable terreur ; il me dit se nommer Prostenius et être de Riga. M. et Mme de Beyer me le présentèrent comme un ami de la maison. Ce motif était suffisant pour que je lui fisse bon accueil ; je commençai à lui adresser la parole : il prétendit m'avoir connu autrefois ; je ne m'en rappelai nullement, mais sa politesse, son air honnête, me plurent au premier abord. Je fus bientôt désabusé. Je le mis au nombre de ces froids égoïstes qui vous annoncent avec indifférence les nouvelles les plus désespérantes, et qui, souvent, y préludent par un sourire dont la douceur ferait presque croire qu'ils ont quelque chose d'heureux à vous apprendre. On va du reste en juger.

Quand j'eus développé devant lui à M. le chambellan le plan de fuite que j'avais conçu, il s'empressa de le trouver mauvais et inexécutable. « Comment voulez-vous, me dit-il, que M. le chambellan vous aide dans cette occasion ? le conseiller de la cour, qui était chargé de vous conduire en exil, est venu ici. — Le conseiller ! — Il y a dîné. — Le conseiller ! — Il a sommé tous les habitants, et nous-mêmes, de vous remettre entre ses mains. — Qu'entends-je ? — Il est allé à Riga, où il doit être arrivé à présent. — Je puis donc l'éviter ? — Vous n'éviterez pas les paysans. — Depuis trente-six heures j'ai bien su échapper à leurs recherches. — Voulez-vous compromettre M. le chambellan ? — Je ne crois pas.... — Il se perdrait sans pouvoir vous sauver. — Je vous comprends, Monsieur. — Laissez-vous conduire à Riga. — Que dites-vous? — Je vous donne un conseil : le gouverneur de Riga, qui n'est instruit de rien, sera obligé d'écrire à Saint-Pétersbourg; pendant ce temps vous serez tranquille. — Et après? — Si l'empereur tient bon, vous irez à Tobolsk. — A Tobolsk! Sont-ce là, Monsieur, vos consolations? — Mais pourquoi donc craignez-vous tant de faire ce voyage? — Cela vous fait rire! — C'est que je ne vous conçois pas : refuser d'aller dans une ville où l'on envoie les plus braves gens de la Russie! vous y trouverez une excellente société de gens qui vous conviendront. — La seule société qui me convienne, Monsieur, c'est celle de ma femme et de mes enfants. — A propos, on vous dit philosophe. — Je suis père de famille et ne me soucie pas d'être philosophe. — C'est fort bien; et comment avez-vous été conduit jusqu'ici? quelles sont les personnes qui vous accompagnaient? — Un conseiller de la cour et un courrier du sénat. — Rien que cela? point de garde, point de soldats? — Non, Monsieur. — On vous traite d'une manière honorable; beaucoup de gens voudraient être à votre place. — Monsieur a-t-il assez plaisanté? — C'est sérieusement, très sérieusement. — Finissons, je vous prie, et permettez-moi de parler à M. le chambellan. — Parlez.

« Quelles sont, M. de Beyer, dis-je alors au chambellan, vos intentions à mon égard? ne m'offrirez-vous aucun secours? — Écoutez, me répondit-il, je puis d'abord vous servir auprès de l'empereur ; écrivez-lui en termes pressants et clairs sur toute cette aventure. — Qui lui remettra ma lettre? — Mon cousin le général Rehbinder, commandant actuel de Saint-Pétersbourg. — Que de bontés ! »

M. Prostenius voulut encore faire quelques représentations; mais M. de Beyer, pour l'en empêcher, m'invita à prendre promptement le repos dont je devais avoir besoin : il m'assura, ainsi que son épouse, qu'il était désolé de ne pouvoir me soustraire aux dangers qui me menaçaient ; que les circonstances les contrariaient beaucoup dans ce moment, où ils auraient voulu me rendre le plus grand service; mais les ordres de l'empereur étaient positifs, et la sommation faite par le conseiller de la cour, de remettre entre ses mains le prisonnier échappé, faisait un devoir à tous les habitants de ne point me cacher. Enfin il termina cette conversation en me pressant de ne pas refuser d'aller le lendemain à Riga. Aller à Riga ! me livrer de nouveau à toute la rigueur de mon sort! me remettre entre les mains de mes persécuteurs qui me tiendraient captif plus étroitement que jamais! peu s'en fallut que je ne reprochasse à M. de Beyer la cruauté avec laquelle il me conseillait une démarche qui me perdrait. Déjà la plainte était sur mes lèvres; mais je réfléchis tout à coup qu'il ne cédait qu'à l'impulsion de ce M. Prostenius, et qu'il ne pouvait me mettre

en sûreté, puisque son secret appartiendrait à
cet homme perfide. Je conclus de là qu'il n'y
avait plus pour moi d'espoir de liberté, que j'étais
venu de moi-même reprendre mes chaînes, et
qu'il fallait me soumettre aux coups de la destinée; ensuite je devais ménager M. le chambellan qui se chargeait de ma lettre pour l'empereur, et qui la ferait remettre par un homme
en crédit. Toutes ces raisons me déterminèrent
à lui faire, en soupirant avec douleur, la promesse de me laisser conduire à Riga.

« Cette bonne volonté, me dit–il, détruira le
mauvais effet qu'aura produit votre fuite; en mon
particulier, je vous en saurai gré. »

M. Prostenius ajouta qu'il était beau de remplir son devoir : je levai les épaules, il en rit aux
éclats. J'allais me fâcher; mais le chambellan
me pria, pour m'apaiser, de passer dans l'herberge (1), où un lit était préparé pour moi : je m'y
rendis. Lorsque je fus sur le pas de la porte, je
remarquai que cinq à six paysans m'avaient suivi
depuis le château jusqu'à mon logement : je crus
que c'était par curiosité, parce qu'il me répugnait
de penser que M. de Beyer eût pu se décider, pour
plaire à M. Prostenius, de transformer en prison
l'asile de l'hospitalité.

Je pris possession du lit qui m'était destiné ;
mais je m'aperçus, en me déshabillant, qu'on

(1) Ce qu'on nomme *herberge* dans toute la Livonie et la Lestonie, est
une aile de bâtiment où logent le précepteur, le secrétaire et les autres
officiers de la maison. Il s'y trouve toujours des lits prêts pour les étrangers.

fermait les volets en dehors : comme je n'ai
jamais pu supporter de dormir ainsi enfermé, je
priai que l'on se dispensât de cette honnêteté;
car je supposais que c'en était une. Je savais que,
pour procurer, à ceux que l'on reçoit, un sommeil plus long et plus tranquille, on ferme tout
hermétiquement; mais le domestique fit semblant
de ne pas m'entendre; il continua de m'emprison-
ner, et je compris au bruit que l'on faisait exté-
rieurement, que toutes les précautions seraient
bien prises pour me retenir dans une étroite captivité.

Croirait-on que, malgré l'humeur que me causa
ce procédé de mes hôtes à mon égard, je n'eus
pas même l'idée d'une seconde fuite? Je me con-
tentais de murmurer tout bas, et je n'osais me
plaindre. Je me disais à moi-même : « Si j'étais
à la place de monsieur le chambellan, avec le
plus vif désir d'être un sujet soumis et fidèle, je
ne porterais pas si loin la prévoyance. Supposant
que le conseiller de la cour lui ait montré des
ordres supérieurs capables de l'effrayer s'il se
rendait mon complice en me cachant, doit-il, par
frayeur, me faire garder comme un criminel? ne
suffisait-il pas qu'il mît un garde à ma porte et
un à ma fenêtre? fallait-il une armée de paysans
pour m'empêcher de fuir? le chambellan est-il
obligé d'avoir chez lui des moyens de sûreté qui
n'existent que dans les châteaux-forts? Si je
m'échappais, que pourrait-on lui reprocher? Sa
maison n'est pas une prison d'État, hérissée de

verrous et couverte de chaînes. Il avait fait ce qu'il devait en m'enfermant. Pourquoi donc ce raffinement de précautions? Mais devais-je accuser M. de Beyer? C'était encore un trait de M. Prostenius. Le cœur du chambellan pouvait être craintif, mais il n'était pas cruel. »

Au milieu de toutes ces idées qui ajoutaient encore à mon épuisement, le sommeil vint me surprendre. Je ne pus dormir avec tranquillité, parce que j'avais l'esprit trop inquiet; mais je m'assoupis jusqu'à cinq heures du matin. Alors je m'éveillai tout à fait. Ma première pensée fut pour la lettre que je devais adresser à l'empereur; je me levai à la hâte; je m'habillai, et me mis à une table sur laquelle était tout ce qu'il me fallait pour écrire. Jamais je n'avais trouvé tant de choses à dire, tant de moyens de défense sur toutes mes fautes présumées; jamais je n'avais fait une lettre avec plus de chaleur et même d'éloquence. J'y parlais avec le courage et l'audace que donnent à l'innocence l'injustice et l'oppression. Je ne suppliais point qu'on me pardonnât, je demandais qu'on me rendît justice. Ce mémoire était long. Quand on est malheureux, on n'a jamais assez dit et redit ses peines.

Dès que j'eus fini, un domestique m'apporta à déjeuner. J'écrivis une seconde lettre pour le comte de Palhen, favori de Paul Ier; j'en traçai une troisième pour le comte de Cobentzel, ambassadeur d'Autriche à Saint-Pétersbourg, et la quatrième était pour ma femme. J'en commençais une cinquième pour le général-procureur, quand le perfide Prostenius entra d'un air froidement amical, et m'annonça, en souriant, que mon plan

A la pointe du jour, je résolus de me cacher dans un bois. (P. 61.)

d'aller à Riga était détruit par l'arrivée du conseiller de la cour, qui venait me réclamer. « Ainsi, vous allez me livrer! m'écriai-je. — Que voulez-vous qu'on fasse? Monsieur le chambellan, malgré toute sa bonne volonté pour vous, est forcé

d'obéir : même après avoir bien réfléchi, il vient
de sentir qu'il lui était impossible de se charger
de votre lettre à l'empereur ; il n'ose même la
faire parvenir à son cousin le général Rehbinder ;
cela lui est impossible, en vérité. — Mais, Monsieur, c'est lui qui me l'a proposé ; il m'en a fait
la promesse. — Sans doute : dans les premiers
moments, on est disposé à obliger ; quand la
réflexion suit, on voit qu'on peut se perdre par
trop de générosité, et.... — Je vous entends : il
vaut mieux en effet me perdre moi-même, que de
faire une démarche qui ne peut qu'honorer. L'empereur en a-t-il jamais voulu à l'homme honnête
qui s'intéresse au sort d'un infortuné ? — Voilà
de beaux sentiments ; mais.... — Mais... remettra-
t-on ma lettre au général Rehbinder ? — Non. —
Qu'en fera-t-on ? — On l'enverra au gouverneur
de Riga, qui vraisemblablement en fera un usage
avantageux pour vous. — Et les autres lettres ? —
Celle pour votre femme sera remise aussi au gouverneur. Quant aux autres, je vous conseille de
les garder pour vous. » A ces mots, il prit la lettre
pour l'empereur, celle pour ma femme, et sortit.

Je restai un moment étourdi d'une pareille
scène. L'arrivée du conseiller au château, le refus
du chambellan de se charger de mes lettres après
m'en avoir fait la promesse, la manière insolente
avec laquelle ce Prostenius venait de me parler
et de m'enlever ces deux écrits, tout me révolta.
Je maudis la pensée que j'avais eue de me réfugier dans un lieu où je ne trouvais que des âmes

insensibles et fausses. J'accusai alors le chambellan, son épouse, la nature entière, et je me
trouvai plus malheureux encore qu'auparavant.
Mais soudain je changeai complètement de sentiments.... Oh! que de fois dans la vie nous ne
comprenons pas les desseins charitables de la
Providence qui, dans notre propre intérêt, fait
échouer nos projets et déroute toutes nos com-
binaisons! C'est ce qui arriva alors. Éclairé d'une
lumière nouvelle, je compris ma fausse manœuvre
et je me félicitai tout à coup de ce que M. de Beyer
n'avait plus voulu envoyer ma lettre à Paul Ier; je
trouvai que Prostenius, en voulant me nuire, me
rendait un grand service; je me rappelai en effet
chaque phrase de cette supplique, et je reconnus
qu'elle était conçue en des termes trop éner-
giques; j'y appuyais trop sur les droits de mon
innocence : j'y faisais voir trop clairement à
l'empereur ses torts envers moi; je le mettais
dans la nécessité de se trouver coupable, ce qui
ne pouvait que lui donner de l'humeur; j'invo-
quais avec fierté les lois généralement reconnues
de l'humanité et de la justice; j'osais même lui
parler de ma fuite, qu'il pouvait regarder comme
une désobéissance publique. Il est vrai que j'avais
dit auparavant de quelle manière on m'avait
arrêté; que le gouverneur de Courlande m'avait
trompé, en m'assurant qu'on me conduisait à
Saint-Pétersbourg; qu'un inconnu, sans aucun
ordre de Sa Majesté, voulait me traîner en
Sibérie; mais tous ces détails et cette justification

étaient tellement embrouillés, que je ne fus pas fâché de voir la lettre entre les mains du gouverneur de Riga. J'espérai qu'il la garderait ou la brûlerait, à cause des sentiments trop exaltés qu'elle renfermait, et qui ne pouvaient que déplaire, dans un moment où chacun parlait avec tant de réserve. En un mot, je me confiai dans la dureté de M. Prostenius et la timidité du gouverneur de Riga.

La lettre écrite à ma femme offrait aussi des inconvénients ; elle pouvait avoir des résultats terribles, par le désespoir qu'elle causait à cette pauvre Christel. Je lui racontais la position affreuse où je m'étais trouvé dans les bois ; je lui dépeignais mes souffrances d'une manière déchirante ; j'allais jusqu'à lui faire pressentir une séparation éternelle. Une pareille lettre eût donné à mon épouse le coup de la mort. Prostenius me conservait peut-être, sans le vouloir, ce que j'avais de plus cher au monde.

Les deux lettres aux comtes de Pahlen et de Cobentzel étaient seules restées entre mes mains. Comme elles ne renfermaient rien qui pût me causer de nouveaux chagrins, je cherchai quelqu'un qui voulût bien s'en charger. Je me trouvais justement tête à tête avec un jeune homme qui avait couché dans la même chambre que moi, et dont la physionomie douce et bonne annonçait un cœur obligeant. Je m'adressai à lui avec franchise ; je lui dis qu'il me rendrait un service important s'il voulait bien mettre ces lettres à la poste. Il me parut surpris de ma demande, et tout à la fois craintif. Je le rassurai en ajoutant que ces lettres ne renfermaient rien que de très innocent, que d'ailleurs elles étaient décachetées, que je le laissais maître de les parcourir et de les cacheter lui-même. Un peu remis de sa frayeur, il me répondit qu'il ne pouvait me satisfaire à l'instant, mais qu'aussitôt que je serais parti et que le bruit de ma fuite serait tout à fait étouffé, il ferait en sorte de réussir au gré de mes vœux. Je le remerciai cordialement et me reposai sur sa bienveillante promesse.

Aussitôt après, un autre jeune homme de dix-huit à vingt ans, que je pris, à cause de sa ressemblance, pour un des fils du baron de Lowenstern, entra précipitamment dans ma chambre, ôta de dessus la table tout ce qu'on y avait mis pour que j'écrivisse, et me dit que le conseiller de la cour, retenu jusqu'à ce moment, allait venir me trouver. Il me demanda ce dont j'avais besoin pour la route. « Rien que de la crème de tartre, lui répondis-je. » Il sortit. Bientôt après le conseiller de la cour et le courrier du sénat arrivèrent ensemble.

Le conseiller, souriant et relevant ses narines, me fit une révérence amicale, et ne m'adressa pas un mot de reproche sur les peines qu'avait dû lui causer ma fuite. Pour moi, je cherchais à m'excuser le mieux qu'il me fut possible. Je lui dis que ma méfiance était naturelle, que j'ignorais pour quelle raison il ne me conduisait pas à

Saint-Pétersbourg, conformément à l'ordre du gouverneur de Mittau. Il me répondit que l'humanité seule avait empêché M. de Driesen de s'expliquer franchement, que des égards hors de saison l'avaient déterminé à feindre, mais que l'ordre ne portait pas de me conduire à la capitale. Après cette réponse, il tira de sa poche une centaine de roubles qu'il donna aux paysans qui m'avaient gardé. Je voulus l'empêcher d'être si généreux, en l'assurant qu'ils ne m'avaient point attrapé, et que j'étais venu de ma propre volonté. Il ne me fit pas la grâce de m'écouter, continua ses largesses et s'éloigna, ainsi que le courrier, entourés de ces malheureux qui les remerciaient avec transports.

Dès que tout le monde fut parti, la bonne femme à qui j'avais demandé la veille un morceau de pain, et qui m'avait ouvert la porte de ma nouvelle prison, se présenta à moi d'un air inquiet ; elle dit tout bas quelques mots à plusieurs personnes qui restaient encore pour les faire sortir, et me donna bien vite, au nom de sa maîtresse, une espèce de petit sac avec deux grands rubans. Elle me pria de l'attacher tout de suite sur ma peau. « Cent roubles sont cousus dedans, me dit-elle ; on doit visiter vos poches, vous prendre votre argent, que du moins celui-ci ne vous soit pas enlevé ! » Au même instant elle gagna la porte, et sortit sans me donner le temps de lui répondre. Quoique je ne comprisse pas son dessein et son but, je fis machinalement ce qu'elle m'avait recommandé, et je n'eus fini qu'au moment de l'arrivée du conseiller.

Était-ce bien véritablement Mme de Beyer qui m'envoyait ce présent dont le motif faisait tout le prix ? « Qui que tu sois, femme généreuse et sensible, m'écriai-je en attachant cette bourse, qui que tu sois, tu peux croire que je conserverai ce don jusqu'à la mort comme un souvenir de ta pitié pour un malheureux ! »

Le moment du départ était arrivé ; le jeune de Lowenstern m'apporta, outre les remèdes que je lui avais demandés, une robe de chambre fourrée, une redingote de drap, deux bonnets de laine, une paire de bottes, et d'autres choses encore. Je l'embrassai, et le priai d'instruire ma femme de mon sort. Il me jura de le faire. Les pleurs qui inondaient son visage furent pour moi le plus sûr garant qu'il tiendrait sa promesse. Il prit ensuite la main du conseiller, le conjura de me traiter avec bonté, et de ne pas me faire expier le tort que j'avais eu de fuir. Le conseiller répondit, avec son amabilité ordinaire, que je pouvais être tranquille. J'étais plus occupé de la prière du jeune Lowenstern que de cette réponse. Ce jeune homme s'était exprimé avec la sensibilité expansive de la jeunesse. Croyant tous les cœurs aussi purs que le sien, il avait parlé avec une entière confiance, et j'en fus vivement attendri. J'aperçus, en sortant, la bonne femme de chambre qui m'avait apporté les cent roubles ; elle était à la fenêtre et fondait en larmes. M. Prostenius, que je cherchai de tous côtés, ne parut point; j'étais pris, son rôle était fini. Je n'entrevis même aucun habitué du château. Hélas! ce que je ne vis que trop, ce fut la charrette qui m'attendait à la porte de l'herberge, car ma voiture était restée à la station.

Quand je fus monté dans cet horrible équipage, je me trouvai en proie aux regards d'une multitude curieuse : beaucoup me blâmaient, bien peu me plaignaient. Le conseiller se plaça à côté de moi, le courrier derrière, et nous partîmes. Une heure après, nous atteignîmes la station, et l'auberge d'où je m'étais échappé. Je me retrouvai sur la frontière de Witepski.

Voilà quel fut le résultat d'une fuite que l'on peut assurément regarder comme légitime. Tant que j'espérai être conduit à Saint-Pétersbourg pour y subir un examen, je ne cherchai point à me soustraire à mon jugement. Mon évasion eût alors fait soupçonner que je redoutais la justice. Il était de mon devoir et de mon honneur d'aller au-devant des éclaircissements que l'on semblait désirer. L'empereur pouvait avoir reçu contre moi des plaintes injustes, mais qui lui faisaient craindre du trouble dans ses États. Il me faisait arrêter et conduire devant lui. Jusque-là, je ne pouvais que gémir d'avoir été calomnié, et je devais respecter l'autorité d'un souverain. Mais à présent que l'on me traînait en exil sans motif, sans accusation publique, le droit naturel de se soustraire aux vexations était plus fort dans mon

Son jardin finit par une terrasse formée d'une grille. (P. 74.)

esprit et dans mon cœur que la puissance de tous
les monarques.

Dès que je rentrai dans l'auberge, la maîtresse
de poste, méchante et vilaine femme, fit des
sauts de joie de ce que l'on m'avait rattrapé. Elle
dit qu'elle avait envoyé un exprès au régiment le
plus voisin de la frontière, et qu'elle avait attendu
avec impatience une troupe de soldats qui aurait
bien su me trouver. Elle invita le conseiller à me
faire désormais garder pendant la nuit. Elle
m'accabla d'injures et de menaces, parce qu'un
de ses chevaux, à force de courir, avait eu un
écart, ne pouvait plus aller et était près de périr.
Je ne comprenais qu'une partie de ses sottises ;
elle parlait moitié russe et moitié allemand. Dans
une autre circonstance je me serais peut-être permis de lui répondre ; mais j'étais trop attristé de
la situation où je retombais de nouveau. Je me
contentai de la regarder avec un sourire de pitié.
Cette manière de vengeance la mit plus en colère.
Elle devint comme une furie, et je crois qu'il s'en
fallait de peu qu'elle ne me sautât à la tête, si le
conseiller ne se fût placé entre nous deux.
Cette méchante hôtesse fut cause, par le bruit
qu'elle occasionna, qu'une quantité de paysans
se rassemblèrent autour de nous. Ils étaient
au moins une trentaine, entassés dans la
chambre. L'air en fut tellement infecté, que
le conseiller les chassa tous ensemble, jusqu'à
la maîtresse de poste, dont la fureur n'était pas
encore assouvie, et qui n'attendait que l'ins—

tant d'être seule avec moi pour recommencer.

Je me trouvais donc tête à tête avec mon conseiller, qui paraissait avoir des choses importantes à m'apprendre. Je fus un peu interdit d'abord de son air mystérieux; mais je ne m'effrayai pas. Je me soumis intérieurement, avec courage, à tout ce qui pouvait m'arriver. Il me salua fort honnêtement, suivant son habitude, avant que de me parler; ensuite il me dit : « Ne prenez pas en mauvaise part, Monsieur, les moyens sévères et rigoureux que je vais employer contre vous : votre fuite en est cause. » Ce début n'était rien moins que rassurant, et je crus qu'il allait me faire enchaîner. Le conseiller, qui remarqua l'impression que cette première phrase avait faite sur moi, s'expliqua aussitôt plus clairement; il ajouta : « Vous avez une petite cassette qu'on a laissée en votre pouvoir; veuillez bien m'en donner la clef, pour que j'y mette votre argent, et tout ce que vous pouvez avoir sur vous. Quand vous aurez besoin de ce que renferme cette cassette, demandez-le-moi, je m'empresserai de vous le donner. » Je fus plus tranquille, et j'obéis. Il n'était pas nouveau pour moi de vider mes poches. J'en sortis clefs, argent, ciseaux, crayons, petits morceaux de papier, ma montre, enfin tout ce que je possédais. Cette expédition se fit donc de bonne grâce de ma part. Le conseiller ferma la cassette avec précaution et serra la clef avec soin. Combien je me réjouis de ce qu'il n'avait pas touché au petit sac que j'avais suspendu autour de mon corps! Je remerciai bien vivement en secret la bienfaitrice qui m'avait secouru avec tant de prévoyance.

Quand tout fut empaqueté sur ma voiture, nous partîmes poursuivis par les cris de la maîtresse de poste, qui ne pouvait me pardonner la perte de son cheval. Il me serait impossible d'exprimer ce qui se passa en moi le premier jour de cette route : je ne pouvais ni boire, ni manger, ni dormir; j'étais comme anéanti, comme un homme qui a perdu sens et raison. Les cahots de la voiture me réveillaient seuls de cette insensibilité; je ne pouvais souffrir les moments où nous changions de chevaux et où la voiture s'arrêtait; je désirais impatiemmennt que nous nous remissions en route, et les chemins raboteux me plaisaient davantage, parce qu'ils me faisaient sortir de ma léthargie.

Pendant les deux premiers jours, je ne dis pas douze paroles; je ne répondais que par monosyllabes; encore fallait-il, pour m'arracher un *oui* ou un *non*, que la chose en valût la peine. Il m'arriva, le matin du premier jour, une aventure que je ne puis passer sous silence. Je vais la raconter avec la plus grande sincérité.

Nous passions dans une petite ville dont j'ai oublié le nom, mais que je sais appartenir à un staroste (1) de Korf, qui y demeure dans un vieux château. Nous ne devions pas nous arrêter là pour changer de chevaux; il plut à M. le conseiller

(1) Sorte de bourgmestre.

d'ordonner qu'on fît halte dans cet endroit. Le
staroste descendit de son château, traversa la
cour avec empressement, et vint prier avec instance le conseiller de dîner avec lui; il recommanda à ses gens de bien traiter le courrier, mais
ne m'adressa pas un seul mot aimable et ne me
proposa point de me rafraîchir. Au contraire, il
fit fermer la cour et entourer ma voiture par une
foule de gens qui me regardaient la bouche béante
et me riaient au nez. C'est ainsi que, pour me
tenir en sûreté pendant que mes conducteurs se
régalaient, ce staroste m'exposa, plus d'une
grande heure, à la risée de ses paysans. Quand
le repas fut fini, il accompagna ses convives
jusqu'à ma voiture. J'avais une soif dévorante;
je demandai à boire. Il me fit apporter un verre
de mauvaise bière, et me laissa partir, sans même
me saluer. On ne peut être ni plus insensible, ni
plus grossier (1).

Je fus quelques instants indigné de ce traitement, et ma colère me ranimait un peu; mais je
retombai bientôt dans le même assoupissement.
Enfoncé dans un coin de ma voiture, je ne cherchais qu'à être seul avec moi-même; les bras
croisés sur ma poitrine, les yeux fixés par terre,
je dédaignais de regarder le pays que nous traversions; je ne pensais qu'à me garantir du vent,
du froid et de la pluie : je refusais de manger;

(1) Croirait-on que ce staroste s'est ensuite vanté (je l'ai appris à
Riga) de m'avoir comblé de politesses, de m'avoir invité à sa table, enfin
d'avoir eu pour moi tous les égards imaginables?

mes forces s'épuisaient visiblement; je ne pouvais plus ni monter dans la voiture, ni en descendre sans le secours du courrier; j'étais tellement changé, que je reculais d'effroi quand je
m'approchais d'un miroir. Mon état devait inquiéter le conseiller : en effet, il me manifesta
des craintes, que je fus loin d'attribuer à la
commisération; mais je me dis seulement qu'il
redoutait de ne pouvoir remplir honorablement
la commission dont il était chargé, ou que peut-
être il était responsable de ma santé, qu'on
croirait altérée par ses mauvais traitements. Je
fus bien plus confirmé dans tous ces soupçons
quand je le vis faire ses efforts pour m'égayer,
pour me tranquilliser, pour me contraindre à
prendre quelque nourriture.... Je devais lui
paraître un homme perdu si je continuais
encore quelque temps ce genre de vie, et je n'y
eusse pas en effet résisté plus de huit jours.

Mon Dieu, que les hommes sont donc malheureux lorsqu'ils se tiennent éloignés de vous et
qu'ils se trouvent aux prises avec l'adversité !
Oui, terriblement malheureux, car ils souffrent
sans soulagement possible et ils ne tardent pas à
tomber dans un marasme voisin du désespoir. Et
ce qu'il y a de plus triste, c'est que tout ce qu'ils
endurent est en pure perte; il ne leur en revient
aucun avantage en ce monde, aucun pour l'autre.
Si pourtant ils vous aimaient, ils trouveraient à
leurs maux des adoucissements merveilleux, ils
resteraient en paix au milieu des plus cruelles

épreuves, parce qu'ils sauraient qu'elles sont permises par votre providence paternelle qui saura les faire tourner à leur plus grand bien; ils auraient enfin l'assurance que pas une de leurs larmes, pas un de leurs soupirs ne sera perdu pour le ciel. Ainsi envisagé, le malheur change complètement d'aspect et devient sans nul doute très tolérable. On souffre, mais on sait que cette souffrance a un Dieu pour témoin, et qu'un jour elle sera payée au centuple. C'étaient ces pensées qui soutenaient les martyrs dans leurs affreux supplices et les solitaires dans la vie horriblement austère qu'ils menaient au sein de leurs thébaïdes. Bien mieux, ces hommes-là recevaient de telles compensations morales, qu'ils se réjouissaient de souffrir, et ne craignaient ni les tyrans, ni les maladies, ni la mort. Que tous les philosophes du monde sont petits et misérables à côté d'un vrai chrétien !

Au demeurant, je n'avais que des considérations vulgaires et banales pour me rendre un peu de courage et d'espoir. Les brillantes perspectives que m'offrait M. le conseiller finirent par me distraire, me charmer, me réveiller de ma torpeur. Il ne cessait de me répéter que la ville de Tobolsk était une des plus belles villes du monde, que la société y était agréable, qu'on y était généralement aimable et gai. Le courrier se mêla aussi de me faire des descriptions de Tobolsk ; il me vanta la bonne chère et le bas prix des vivres dans cette ville. « Quel poisson !

s'écriait-il, quel poisson ! les meilleurs esturgeons pour dix kopeks ! les mêmes coûtent bien
des roubles aux gourmets de Saint-Pétersbourg.
Et du zétérino, ajoutait-il avec ravissement, du
zétérino délicieux ! De la viande, du pain, de l'eau-
de-vie ! on y trouve tout à foison. Le malheureux
n'eût pas tari d'éloges sur la cuisine sibérienne,
si le conseiller ne l'eût fait taire, afin de me
donner de meilleures consolations. Il m'assura
que, dès le jour de mon arrivée à Tobolsk, je
serais libre, absolument libre ; que je pourrais
aller où bon me semblerait ; qu'il ne tiendrait qu'à
moi de jouir du plaisir de la chasse, de voyager
dans tout le gouvernement, et de visiter les personnes qui me conviendraient. Il me dit et me
redit mille fois que de là je pourrais écrire à
l'empereur, à ma femme, à mes amis ; qu'on ne
m'empêcherait pas de prendre des domestiques,
et même de faire venir le mien ; que je vivrais à
ma fantaisie. Il finit par me vanter les bals, les
mascarades et le théâtre de Tobolsk, qui, suivant
lui, était excellent.

J'avoue que je souris malgré moi à tous ces
détails. La promesse de pouvoir entamer une
correspondance en toute liberté, fut ce qui me
charma davantage dans cette conversation. La
manière dont il me l'assurait surtout me donnait
quelque espérance. Bientôt pourtant cette description si pompeuse de Tobolsk me parut
suspecte. Je craignis, puisque la ville offrait tant
de plaisirs, que ce ne fût pas là ma destination,

et qu'on ne m'envoyât à Irkutzk, qui en est à trois mille verstes. « L'empereur a bien eu le droit de me faire conduire à Tobolsk, me dis-je à moi-même; pourquoi ne m'enverrait-il pas plus loin ? » Tout à coup je me rappelai, en cherchant les causes de mon exil, que j'avais publié, quelques années auparavant, une pièce intitulée : *Le comte Beniowski,* où je retraçais avec force les souffrances des exilés. Je me souvins que, dès que cette pièce avait été imprimée, l'impératrice Catherine avait envoyé un ordre secret au gouverneur de Reval, pour qu'il apprît de moi, sans laisser entrevoir de quelle part, le motif qui m'avait porté à faire cet ouvrage, et quel avait été mon but. J'avais répondu naturellement que l'histoire de ce comte m'ayant paru dramatique, je m'étais occupé à la mettre en scène, ainsi que l'avait fait avant moi M. Bulpius. Cette affaire en était restée là, et l'impératrice n'y avait plus pensé.

Mes soupçons sur ce point s'accréditèrent de plus en plus dans mon esprit; je me persuadai que l'empereur voulait me punir, dix ans après la représentation de cette pièce, en me faisant subir les mêmes peines dont j'avais sans doute fait une peinture trop frappante. Je fus intimement convaincu qu'il m'envoyait à Kamtschatka, qui est à six mille verstes d'Irkutzk; je ne pus m'empêcher de le dire à M. le conseiller, qui me jura par toutes les images des saints, qu'il ne me conduirait pas plus loin que Tobolsk. Je lui repré-

sentai qu'il avait tort de me parler avec cette
assurance, puisqu'il était sans doute porteur d'un
ordre cacheté pour le gouverneur, ordre dont il
devait ignorer le contenu. Il m'avoua qu'en effet
il avait un écrit sous enveloppe, mais il me donna
à entendre qu'il l'avait tracé lui-même; il ajouta
qu'on n'avait point coutume d'interrompre ainsi
les voyages des exilés; que si j'avais dû être
conduit à Irkutzk, il aurait eu l'ordre de m'accompagner jusque-là, comme il l'avait déjà fait plusieurs fois; qu'enfin ma passe ne portant que
jusqu'à Tobolsk, je devais être tranquille. « Comment voulez-vous, s'écria-t-il après un moment
de silence, que l'empereur ait la barbarie de
diviser ses ordres pour tourmenter les prisonniers et leur causer un nouveau martyre à chaque
distance? Il est incapable d'en agir ainsi; il a trop
d'humanité. » Tant de promesses, tant de réflexions, tant de remarques me laissèrent penser
que véritablement je n'irais que jusqu'à Tobolsk.
Combien je me fiais aveuglément aux plus légères
observations! Je ressemblais bien au malheureux naufragé qui cherche un bout de planche
pour se sauver. La suite fera voir que je n'étais
pas plus hors de danger que lui, malgré tout
l'espoir que je nourrissais.

Comme je l'ai dit plus haut, M. le conseiller
faisait tout son possible pour me tranquilliser;
c'est pourquoi il cherchait dans sa tête toutes les
anecdotes qui pouvaient remplir ses vues. Celle-ci
excita mon attention par l'image consolante

qu'elle me présenta. « Je conduisais, il y a à peu
près un an, me dit-il, une femme en Sibérie ;
elle était déjà arrivée près de Kasan, lorsqu'un
autre courrier l'atteignit, lui annonça sa grâce,
et l'ordre de revenir auprès de ses enfants. On
avait examiné à fond la cause de son exil, et l'on
avait reconnu son innocence. » Je l'interrompis à
cet endroit, pour lui faire observer que l'on pourrait faire de même envers moi, et me rappeler
dès que l'on aurait examiné mes papiers : « Assurément, me répondit-il. — Et que dit cette femme ?
répliquai-je. — Elle leva les yeux au ciel, poussa
des cris de joie, fondit en larmes, et me fit présent
d'une montre d'or. Jamais ce moment ne s'effa-
cera de ma mémoire. Je reçus ce don avec le plus
vif intérêt. Vous ne pouvez vous imaginer son
bonheur à chaque station qui la rapprochait de
la ville qu'elle habitait : je commandais les
meilleurs repas ; elle les payait. C'est surtout
quand elle aperçut de loin sa maison, ses enfants
que sa joie éclata. Elle nous donna sa bourse
avant de nous quitter : ce trait-là, je ne l'oublierai
de ma vie ! »

Le conseiller avait trouvé enfin la route de mon
cœur : voilà les consolations qu'il me fallait,
voilà le baume qu'il était nécessaire de verser sur
mes blessures. Dès ce moment j'espérais, d'heure
en heure, voir arriver un courrier de Saint-Pétersbourg. Aussitôt que j'entendais derrière nous
la clochette qu'on a coutume, en Russie, de
mettre à chaque voiture de poste, je m'imaginais

qu'on venait me chercher; je me retraçais l'image
d'un courrier hors d'haleine, me tendant la main
pour me remettre l'ordre de ma liberté : je me
sentais capable d'être aussi généreux que la
dame délivrée; ma montre, ma bourse, tout
appartiendrait à ce porteur de la plus heureuse
nouvelle. Ensuite je calculais combien il fallait
de jours pour que mes papiers parvinssent de
Mittau à Saint-Pétersbourg, combien il en faudrait pour les examiner, et je tâchais de retarder
notre voyage autant qu'il m'était possible, afin de
donner le temps au courrier de m'atteindre.

Qui ne reconnaîtrait là un malheureux prisonnier soupirant après les lieux qu'on l'a forcé
de quitter, après des êtres adorés dont on l'a
cruellement séparé? Tous ces calculs, ou plutôt
tous ces rêves sont les fils de l'infortune. En réfléchissant d'une manière plus sensée, je devais me
dire, pour renverser ce frêle édifice de bonheur,
que mes papiers, n'ayant pas été la cause de mon
exil, ne pouvaient être non plus la cause de ma
liberté. Mais dois-je me repentir de m'être abusé
pour me consoler? Ces moments-là furent les
seuls qui soutinrent ma faible existence.

Depuis trois jours que nous étions partis de
Stockmannshof, je n'avais rien voulu manger,
je n'avais pas même voulu boire ; enfin, plus
rassuré par de fausses espérances, je consentis
à prendre quelque chose. Je ne trouvai plus rien
de mes provisions : liqueurs, viande, pain, et les
différents mets que Mme de Beyer avait fait mettre

dans la charrette, tout avait été consommé par
mes conducteurs. Je désirai une tasse de café et
un verre de vin : je ne pus l'obtenir ; je fus obligé
de me contenter de deux œufs frais et d'un verre
d'eau. Les nuits devenant très froides, je voulus
mettre sur mes pieds le manteau de drap que le
jeune Lowenstern m'avait donné ; mais le courrier s'en était emparé, aussi bien que de mes
bottes : je n'osai pas les lui demander, et j'eus le
plus grand tort ; car, enhardis par ma faiblesse,
ces messieurs, pendant toute la route, ne se
gênèrent plus : ils se servirent constamment de
tout ce qui m'appartenait ; ils firent plus : après
la communauté d'effets, vint la communauté d'argent. Avais-je quelques bagatelles à acheter?
fallait-il faire raccommoder ma voiture? je donnais une banknote de vingt-cinq roubles ; ils la
changeaient, ne me rendaient presque jamais le
reste, ou bien me restituaient le moins qu'il leur
était possible. Quand M. le conseiller manqua
d'argent, il m'en emprunta, me força même à lui
en donner, alors que je lui fis quelques difficultés : c'était agir plus que fraternellement. Je fus
donc obligé de le défrayer tout le long de la route ;
et quoique je ne mangeasse que des œufs, du
lait, et par hasard un morceau de veau rôti, je
calculai que mon voyage me coûterait au moins
quatre cents roubles, sans compter les frais de
voiture.

Une autre délicatesse de ces messieurs, et qu'il
m'est impossible de passer sous silence, c'est

qu'il arrivait souvent qu'ils me faisaient payer
des mets que de pauvres paysans avaient par
force préparés pour rien.

Cette observation me mène naturellement à
parler de ces malheureux habitants de la campagne, qui sont ainsi victimes de la cupidité de
quelques gens grossiers. Les violences qu'on leur
fait sont d'autant plus horribles, que rien n'égale
leur désintéressement et leur hospitalité. Ce
caractère des habitants se manifeste de plus en
plus, à mesure que l'on avance dans les terres :
vous voyez les paysans s'empresser de vous offrir
leurs maisons pour asile ; ils se trouvent honorés
quand vous voulez bien les visiter ; ils vous
servent tout ce qu'ils ont de meilleur, et la joie
brille dans leurs regards, à proportion de l'appétit que vous montrez. Je me rappellerai toujours
la douleur de cette pauvre paysanne qui, voyant
arriver trois voyageurs inattendus, était désolée
de n'avoir rien de bon à leur donner ; elle courait
çà et là en se plaignant amèrement d'une circonstance aussi malheureuse pour elle ; il semblait
qu'elle avait tout perdu, parce qu'elle laissait
échapper l'occasion d'obliger.

A cet attrait pour l'hospitalité se joint un désintéressement aussi remarquable. Jamais un paysan ne veut qu'on lui paie le logement qu'il vous
a prêté ; il refuse de même tout salaire pour le
pain et le quass qu'il vous a servis ; et s'il vous
présente des poulets, de la crème ou des choses
plus recherchées, il n'en accepte qu'un prix mo-

dique. Mais ce ne sont ni les soldats, ni les courriers, ni les gens d'une pareille espèce qui
peuvent vanter la libéralité du paysan. Accoutumés comme ils le sont à lui demander tout inso-
lemment, à lui dire des sottises, à le menacer, à
le battre même quelquefois, ils en reçoivent partout des refus ; on n'a jamais rien à leur donner ;
le cœur et la porte du paysan leur sont fermés.
Quant à l'honnête et paisible voyageur qui prie
qu'on lui apporte des rafraîchissements, qui
remercie avec bonté, qui paraît sensible à l'empressement qu'on lui témoigne, il est toujours sûr
d'être bien reçu, bien traité, et comblé de bénédictions. J'ai eu bien des preuves de ce que je
viens d'avancer. Quand le conseiller et le courrier
ordonnaient aux paysans de leur présenter ce
qu'ils avaient, ils n'en obtenaient rien. Dès que je
réclamais leurs soins, leur complaisance, tout
était à mon service, et j'avais tout ce que je
désirais en abondance. Est-il rien de plus révol-
tant que de voir ces soldats, ces courriers demander en jurant, dès leur arrivée dans un village :
« Où est l'instituteur? » Ce pauvre diable vient
humblement se rendre aux cris des tapageurs,
qui lui répètent mille fois : « Donne-nous ce que
tu as! nous le voulons : donne! » S'il s'excuse
sur l'impossibilité où il est de trouver ce qu'ils
désirent, il est en danger pour ses jours. Il va
donc chercher ce qui lui reste de plus mauvais,
l'apporte, et s'éloigne sans être payé. Cet abus
est épouvantable ; ce pouvoir despotique d'hommes

armés sur les habitants paisibles excite l'indignation de tout observateur honnête, et tend à
détruire parmi ces bons et généreux paysans leur
penchant naturel pour l'hospitalité.

Je veux achever de donner une idée de la bonhomie de ces pauvres habitants de la campagne.
Croirait-on qu'il suffit qu'un voyageur distribue
quelques morceaux de sucre à leurs enfants
pour devenir l'ami des pères et gagner le cœur
des mères? Je me suis bien des fois donné ce
plaisir : je m'entourais d'enfants de l'âge de mon
Emmi et de ma Betti, surtout des petites filles,
et je faisais à chacune un présent à peu près
égal. Alors je goûtais un double bonheur; je
jouissais de la joie de ces innocentes créatures,
et je me rappelais tous les instants où, entouré
de ma petite famille, je jouais le même rôle,
non seulement comme un ami de l'enfance,
mais encore comme un bon père. Cette idée
faisait couler mes larmes. Les paysannes, s'en
aperce- vant, me faisaient vite cette question :
« Tu as sûrement des enfants? — J'en ai six;
le plus jeune n'a pas encore un an. » Cette
réponse les attendrissait à leur tour. Je voyais
sur leur front le nuage de la douleur, dans
leurs yeux un sentiment de pitié et d'intérêt.
Je ne remontais en voiture qu'au milieu de
leurs tendres acclamations et de leurs éloges
sincères.

Mais il nous faut revenir auprès de mes conducteurs, oublier ces tableaux délicieux, pour

la perspective horrible de l'exil et les maux insé—
parables de la proscription !

Je me rejetai sur le sofa. (P. 80.)

La première nuit que nous nous arrêtâmes, je
remarquai, avant de me coucher, que l'on pre—

8

nait les plus grandes précautions pour la sûreté
de ma personne. On plaça des sentinelles ; on
barricada les volets ; on disposa mon lit tout
près de celui du conseiller. Le courrier se coucha
par terre, de telle façon que j'eusse été obligé de
marcher sur lui si j'eusse voulu me sauver. Je
n'en avais pas encore l'envie, et m'embarrassant
peu de tous ces arrangements défensifs, je ne
cherchais qu'à dormir profondément.

Le lendemain matin, comme ma barbe était
effroyablement longue, je demandai mes rasoirs
pour la couper. Ils me furent refusés ; on m'offrit
de m'envoyer un barbier. Je représentai vainement que, depuis nombre d'années, j'étais accoutumé à me raser moi-même, et qu'il me répugnait de mettre ma figure entre les mains d'un
sale barbier de village ; on ne me répondit qu'en
faisant venir un homme de cette profession.
« Croyez-vous, dis-je au conseiller, que si j'avais
envie de me détruire, j'emploierais un pareil
moyen ? Ne me serait-il pas plus facile, lorsque
nous passons si souvent près des rivières, de
m'y précipiter ? » A ce mot il regarda le courrier,
comme pour lui dire : « Nous y prendrons garde. »
En effet, chaque fois que nous arrivâmes près de
l'eau, il ferma les glaces de la voiture, et me
retint par mes habits, pour prévenir un coup de
désespoir. Le pauvre homme ! il ne savait pas
que son pouvoir, l'autorité même de l'empereur
ne s'étendaient pas jusqu'à m'empêcher de disposer de mes jours. Un seul chemin conduit à la

vie; mille peuvent vous en faire sortir. N'ai-je
pas lu dans Raynal, que souvent des nègres au
désespoir retournaient leur langue dans leur
bouche, la repoussaient, et étouffaient au même
instant? Quelle puissance humaine pouvait s'opposer à cet acte de folie? Le suicide est un crime,
mais il n'est pas donné à l'homme de l'empêcher
d'une manière certaine. Malheur à celui qui, connaissant ce pouvoir sur lui-même, en abuse et
se donne la mort! Heureusement je n'avais plus
l'idée coupable qu'on me supposait; mon cœur
n'était sans doute qu'une terre glacée, mais l'espérance y semait encore quelques grains qu'un
seul rayon de bonheur pouvait faire germer.

Nous arrivâmes à Polosk : c'était la première
ville un peu grande que nous eussions vue jusque-là. Nous ne fîmes qu'y changer de chevaux.
Pendant qu'on les attelait, le conseiller s'occupa
d'écrire son premier rapport à Saint-Pétersbourg; il était pressé de faire savoir qu'il avait
heureusement conduit sa victime jusqu'à cet
endroit. J'étais certain qu'il se garderait bien de
parler de ma fuite. La crainte d'être accusé de
négligence et de perdre un poste si agréable,
devait lui faire garder le silence sur ma faute,
ou du moins sur ce qu'il appelait ma faute. Ce
que je craignais, lorsqu'il faisait ce rapport,
c'était qu'il n'avançât quelque chose qui me fût
préjudiciable. Cette raison me détermina à me
laisser tranquillement rançonner par ses em-
prunts, et à ne lui parler jamais qu'avec prudence.

Rien n'était plus pitoyable que son embarras
pour tracer quelques lignes. Il avait bien l'air
d'un homme qui savait à peine écrire. La mala-
dresse avec laquelle il fermait le paquet conte-
nant son rapport suffisait pour faire voir qu'il
n'avait jamais été homme d'affaires. M. le conseiller n'était vraiment bon qu'à remplir une place
d'archer, et à conduire les condamnés au lieu de
leur exécution. Je ne fus pas surpris que ce fût
son unique talent quand j'appris qu'il avait fait
ce métier toute sa vie. Il était officier dans le régiment au service du sénat : on ne l'avait placé
dans le civil, on ne l'avait élevé à la place de conseiller, que pour lui faire remplir la commission
de me traîner jusqu'à mon exil. Pourquoi avait-on
cru nécessaire de me donner un officier civil ?
Était-ce pour éviter toute apparence militaire qui
m'eût effrayé ? Quelle était la raison de ce ménagement ? Je l'ignorais. Mais le conseiller ne laissait pas échapper l'occasion de vanter son nouveau
titre, et de se prévaloir de l'espèce d'honneur
qu'on m'avait fait en le choisissant de préférence
à tout autre. Il ne cessait de me dire que j'étais
traité par l'empereur de la manière la plus distinguée, et que partout, sur la route, on me regardait comme un personnage de la plus haute
importance. En effet, j'avais remarqué que, sur
mon passage, on s'étonnait de me voir accompagné d'un conseiller, et conduit dans une bonne
voiture. On était accoutumé à voir des hommes
de mon rang, et même des généraux, jetés dans

un chariot sous la garde d'un seul chasseur.
Mais cette distinction ne me rendait pas plus
heureux. « L'honneur d'être escorté par M. le
conseiller » ne m'empêchait pas de penser que je
m'éloignais de plus en plus de ma patrie. J'aurais
mieux aimé que l'empereur m'eût moins consi-
sidéré, et m'eût laissé dans l'obscurité au sein de
ma famille. Pour être une victime parée, en
est-on moins une victime?

Sur le chemin de Polosk à Smolensk, mon
ancien mal commença à me tourmenter; il s'y
joignit même d'autres souffrances qui m'étaient
inconnues : un tremblement et une palpitation
involontaires dans tous les membres; une chaleur qui se portait à la tête, à la poitrine, où elle
me causait des étouffements cruels; une oppres-
sion accablante dans le cerveau; un feu dévorant
dans les yeux et un tintement d'oreilles insupportable; mon pouls battait tour à tour lentement,
précipitamment, et surtout d'une manière iné-
gale; l'appétit et le sommeil me manquaient totalement; quelquefois je rêvais tout éveillé; je parlais de choses que je croyais voir; je montrais
mille objets qui n'existaient point; je ne finissais
pas mes phrases; j'entamais une conversation où
je divaguais au sixième mot; mes pensées étaient
embrouillées; mon imagination ne m'offrait que
des idées incertaines; en un mot, j'étais dans le
délire; je ne songeais plus à ma femme, à mes
enfants, avec ce plaisir qui me faisait arrêter sur
eux mes souvenirs; tout provoquait en moi des

sentiments désagréables; la mort seule, la mort
me présentait quelques charmes; je l'appelais, je
la considérais, je la voyais arriver avec joie.
Hélas! j'étais bien malade, et j'étais sans médecin, sans remède, sans aucun secours! A l'exception d'un peu de crème de tartre que m'avait
apportée à Stockmannshof le jeune Lowenstern,
je n'avais aucun médicament qui pût me sauver
la vie. Les recettes médicinales que j'avais rassemblées autrefois et qui m'avaient été données
par les plus fameux médecins allemands, étaient,
avec mes autres papiers, sous le scellé. J'avais
bien pensé à les demander; mais quelques instances que j'eusse faites pour qu'on me les laissât, on m'eût constamment refusé. Les médecins
ont l'habitude d'indiquer les quantités avec des
chiffres, et peut-être se fût-on imaginé que ces
chiffres renfermaient une correspondance qu'il
était essentiel de connaître. Je n'avais donc rien
qui pût me rendre la santé. Bientôt mes souffrances me donnèrent de l'humeur; elles réveillèrent ma sensibilité, elles me firent désirer ma
guérison, et j'attendis avec impatience le moment
de notre arrivée à Smolensk. Je me flattai d'y
trouver du repos, quelque soulagement, et surtout un médecin.

Nous n'atteignîmes cette ville que fort tard dans
la soirée. M. le conseiller qui avait soin d'éviter
les auberges, parce qu'il y avait été dupé, me fit
conduire droit à la poste; je n'étais pas content
qu'il voulût me loger là : fort heureusement il n'y

avait point de chambre vacante. Au moment où il se disposait à me faire partir pour aller plus loin, je lui signifiai l'intention où j'étais de rester dans cette ville, et le besoin que j'avais de me reposer, dans l'état pitoyable auquel j'étais réduit par la fatigue. Conformément à ses ordres, qui lui imposaient sans doute l'obligation de condescendre à mes désirs, il se vit contraint de chercher une auberge. Nous nous arrêtâmes devant une maison de fort bonne apparence; le maître vint au-devant de nous avec deux lumières à la main, nous fit monter un escalier superbe, et nous introduisit dans une antichambre très bien meublée. Je crus, dès ce moment, que nous allions être traités à merveille; j'applaudissais au choix du conseiller, et je me félicitais de passer enfin la nuit dans une bonne chambre, dans un bon lit : mais il était dit que je serais toujours trompé dans mes espérances. Quand l'aubergiste revint, et nous conduisit à la pièce qu'il nous destinait, je changeai bien d'avis, et je fus, hélas! désagréablement surpris. Qu'on s'imagine une immense chambre d'une hauteur prodigieuse, où l'écho répétait chaque parole, où chaque pas retentissait sourdement; les fenêtres étaient cassées, le bois de lit tout nu, la table pourrie; point de chaises, point de banc, point de glace, pas le plus petit objet de luxe : des lambeaux d'une antique tapisserie couvraient seuls les murs. Pour achever cette peinture, je puis dire que c'était un vrai galetas. Son aspect m'effraya et me fit une

peine indicible ; cependant je n'eus pas le courage de me plaindre ; j'étais trop abattu : je demandai seulement qu'on étendît un peu de foin sur
le bois de lit, et dès que cela fut fait, je me couchai sans rien dire. Le vent soufflait précisément
sur moi, grâce aux vitres cassées ; et je n'avais
pour me couvrir, que mon manteau et une robe
de chambre fourrée qui me restait seule, puisque
mes conducteurs s'étaient emparés de tous mes
autres effets. J'espérais néanmoins pouvoir dormir ; mais le froid et la vermine ne me permirent
pas de fermer l'œil. Il est aisé de croire que tant
de contrariétés augmentèrent mes maux. Une
fièvre violente vint brûler mon corps ; son ardeur
fut telle que je sentis les yeux qui me sortaient
de la tête. J'attendais avec impatience le réveil du
conseiller : le malheureux ronfla plus tard que
jamais ; enfin il se leva. Je le suppliai de me faire
venir un médecin ; le barbare refusa sans pitié :
il me dit que le repos était le seul remède dont
j'eusse besoin ; il me fit la grâce d'ajouter, qu'il
ne tenait qu'à moi de passer la journée entière
dans la ville. Le courrier, que je cherchais à
attendrir, me répondit à son tour, que je n'avais
qu'à bien boire et bien manger pour me rétablir
tout à fait. Cet ennuyeux gourmand trouvait que
la nourriture, en grande quantité, était le remède
universel contre les maladies de l'âme et du
corps.

Indigné d'un pareil traitement, je regardai mes
bourreaux avec colère ; je refusai la permission

qu'ils voulaient bien m'accorder de passer la
journée dans cet abominable cachot : je leur criai

L'ARC DE TRIOMPHE A MOSCOU. (P. 128.)

que j'aimais mieux mourir sur le grand chemin.
Les tigres me portèrent aussitôt dans ma voiture; et malgré les plaintes que m'arrachaient
mes souffrances aiguës, malgré les reproches

affreux dont je les accablais, ils ordonnèrent au
postillon de partir, et nous continuâmes notre
route. Dès ce moment, ils m'inspirèrent une
horreur qu'il leur fut facile de constater.

Le conseiller s'en aperçut le premier et voulut
faire sa paix avec moi : à quelques verstes de la
ville, il me présenta un verre de vin du Rhin, que
j'avais bien des fois désiré inutilement. Je fis tout
mon possible pour le boire; mais il était si mauvais que je fus obligé de le jeter. Je ne pouvais
l'offrir à ces messieurs, qui ne buvaient que de
l'eau-de-vie, et qui trouvaient cette liqueur trop
douce pour leur palais, endurci comme leur cœur.
Cependant ce verre de vin leur avait, me dirent-ils,
coûté deux roubles à Smolensk.

Entre cette ville et Moscou, mon mal empira
sensiblement : j'avais tout à fait perdu la raison;
je ne savais plus où j'étais; je ne voyais plus ce
qui m'entourait; je me croyais au milieu d'une
profonde obscurité; je demandais quel était le
nom du lieu que j'habitais. Tout à coup je me
crus enchaîné des pieds et des mains; je me
débattais avec force; ma femme venait pour me
délivrer, mais disparaissait avant d'avoir pu me
mettre en liberté. De grands éclats de lumière,
un bruit spontané, m'arrachaient des cris de terreur. Cet égarement était l'effet inévitable de la
fièvre qui me brûlait, et du long jeûne auquel
j'avais été réduit.

Le conseiller ne pouvait plus se dissimuler que
mon état ne fût très dangereux. L'inquiétude de

me voir mourir sur la route, avant que je fusse arrivé à ma destination, le rendit plus humain. Il s'excusa de ne m'avoir pas procuré un médecin à Smolensk, et me promit de m'en amener un aussitôt notre arrivée à Moscou. Les secours m'étaient devenus presque indifférents; et si quelquefois, dans un de ces moments de calme que la nature laisse aux malades, je n'eusse pas cru revoir ma femme et mes enfants, qui me suppliaient de vivre pour eux, j'eusse passé dans les bras de la mort comme dans ceux d'un ami attendu, désiré depuis longtemps.

Le 7, avant midi, nous arrivâmes à Moscou. Le conseiller, toujours de mauvaise humeur contre les auberges, se garda bien de nous conduire même dans celle qui lui paraissait la plus sûre. Après nous avoir fait traverser les rues les plus sales, il nous fit descendre chez un de ses amis, le major Maximoff. Cet officier n'avait pour tout logement qu'une petite chambre et un très petit cabinet, qu'il partageait avec un enseigne. On peut penser combien trois personnes de plus devaient se trouver à leur aise dans un pareil trou. Ce fut cependant là que le conseiller se décida à me loger. Le major, tout aussi grossier, tout aussi mal élevé que son camarade, fut beaucoup plus serviable; il eut des égards pour moi : il chercha à adoucir ma situation en me procurant ce que je pouvais désirer. Par exemple, j'avais besoin d'un lit, il me donna le sien; je demandais du café, il m'en fit servir; je voulais une soupe, j'en obtins une. Ces complaisances me firent oublier un moment son ton soldatesque. Quand j'eus pris ce léger repas, je me couchai : le lit était dur, mais je m'y trouvai bien, et je m'y sentis même un peu soulagé.

A peine eus-je fermé les yeux que le conseiller, me croyant endormi, fit part au major de son nouvel avancement. Maximoff le félicita, mais en ajoutant : « Je ne voudrais pas être à ta place; tes commissions ne peuvent être que désagréables et doivent t'affliger; il vaut mieux être avec des gens heureux qu'avec de pauvres exilés qui vous regardent comme leurs bourreaux. » J'entr'ouvris les yeux, et je remarquai le conseiller qui, retroussant ses narines, lui faisait comprendre, par un sourire affreux, que le gain indemnisait suffisamment des peines qu'on éprouvait. Après cet aveu, dont je pouvais certifier pour ma part la sincérité, il se leva, et sortit pour se rendre à l'étuve. Je désirai pour lui qu'il pût, avec sa sueur, y évaporer ses sentiments peu charitables.

C'est en vain qu'aussitôt mon réveil j'attendis d'heure en heure le médecin que l'honnête conducteur m'avait promis; je ne le vis pas venir : je me plaignis, et je le demandai. Me voyant mieux, le conseiller me répondit qu'il n'en avait averti aucun, parce que ses instructions ne le lui prescrivaient pas. Il leva les épaules, comme un homme qui veut vous dire : J'en suis fâché; mais votre prière est inutile, je ne puis m'y rendre.

J'étais toujours très impressionnable. « On vous
a donc recommandé de me laisser mourir sans
secours? dis-je alors avec fureur. — Buvez, man-
gez, me repartit mon persécuteur, et vous vous
porterez bien. » Ce dernier trait, quoique peu
nouveau pour moi puisqu'il était répété, me jeta
dans le plus profond abattement, et je gardai un
morne silence. « Que la volonté de Dieu soit faite ! »
pensais-je en moi-même. Je ne désirais plus que
tracer sur un papier mes dernières intentions,
mes volontés irrévocables; surtout je voulais
écrire à ma femme, exhorter mes enfants à lui
prodiguer leurs soins. Si le barbare conseiller eût
bien voulu consentir à me faire venir un notaire
au lieu d'un médecin, j'eusse fait mon testament
d'une manière claire et précise ; mais j'étais bien
certain qu'il me le refuserait encore. Je me contentai de lui demander la permission de recevoir
les secours de la religion et d'épancher mon âme
dans celle d'un prêtre. Je le trouvai aussi inexo-
rable, me répondant toujours que cela n'était pas
dans l'ordre qu'il était chargé d'exécuter. Fatigué
de tant de refus, je répliquai : « Si vous prenez si
peu d'intérêt au salut de mon âme, pensez au
moins que je suis un homme, que j'ai des affaires
d'intérêt à débrouiller, qu'il est indispensable
qu'avant ma mort j'instruise ma famille de la
situation de ma fortune, pour qu'elle n'ait point
à souffrir des pertes considérables. L'intention
de l'empereur ne peut être de punir ma femme,
mes enfants, et le droit de faire un testament est

un droit sacré que l'on ne refuse pas même aux
criminels. » Vaines observations ; ses oreilles
étaient sourdes comme son cœur. « Au moins,
ajoutai-je, vous me permettrez d'écrire quelques
lignes à ma femme ? je vous les laisserai lire. Ne
m'avez-vous pas promis plusieurs fois, pendant
la route, de vous charger de ce message pour elle
si je perdais la vie ? » Après s'être encore longtemps consulté, après avoir paru douter qu'il
m'eût promis une telle grâce, il se décida pourtant à me l'accorder. Je n'écrivis que cinq lignes ;
elles ne contenaient rien qui eût rapport à ma
situation douloureuse ; elles renfermaient simplement une prière amicale à mon épouse de supporter avec fermeté l'affreuse nouvelle que je lui
donnais : je l'invitais surtout à se conserver pour
ses enfants, qui n'auraient plus de père quand
elle recevrait ce billet. Dès que j'eus fini, le conseiller se fit traduire ce que je venais de tracer.
N'y trouvant rien à redire, il me permit de
cacheter le papier, le reçut de mes mains, et pria
devant moi le major de le faire mettre à la poste.
Ces dispositions prises, je fus tranquille, et j'attendais avec courage le coup de la mort qui devait
me frapper. Mais, quelques heures après, le courrier profita d'un moment où le conseiller me laissa
seul avec lui, pour me dire : « Votre lettre a été
brûlée à la cuisine. » Alors je ne fus plus maître
de moi ; je voulus accabler d'injures mon abominable tyran. Hélas ! la crainte de compromettre
le courrier vint enchaîner ma langue ; mais si ma

fureur ne pouvait s'exhaler, elle ne perdait rien
de sa force. Jusque-là, aucun trait aussi caracté-
risé ne m'avait donné la mesure des sentiments
barbares du conseiller : ce dernier m'inspira pour
lui une aversion à jamais invincible.

Quand je fus un peu calmé, je réfléchis
qu'Alexandre Schulkins, m'ayant dévoilé cette
perfidie, ne serait pas capable de se conduire
d'une manière aussi inhumaine. L'idée me vint
tout à coup d'avoir recours à lui, de l'intéresser à
me servir. Enhardi par la persuasion qu'il était,
quoique grossier, plus sensible et plus officieux,
je lui proposai, moyennant une somme considérable, de se charger lui-même de mettre une lettre
à la poste pour ma femme. Il fit beaucoup de
difficultés, mais enfin consentit. Je recommençai
quelques lignes à peu près semblables à celles
que j'avais tracées; je les lui confiai. Il me jura,
comme le conseiller, par tous les saints du
ciel, qu'il remplirait mes intentions. Je me crus
donc bien assuré que ma femme recevrait de mes
nouvelles, et j'adressai à Schulkins les plus
tendres remercîments. Eh bien, je fus encore
trompé. Cette lettre ne partit pas. Le courrier
trahit ma confiance. Mais tout cela n'était-il pas
permis de Dieu pour un plus grand bien? Une
telle lettre n'aurait-elle pas eu pour effet de plonger dans le désespoir celle à qui elle était écrite?
N'en serait-elle pas morte de chagrin? Dieu qui,
dans ses desseins de miséricorde, voulait qu'un
jour les deux époux fussent réunis, dérangea un

plan dangereux et intempestif, et les préserva l'un
et l'autre d'une nouvelle catastrophe bien plus
grande que la première.

Le 8 mai, avant de quitter Moscou, ses églises
et son immortel Kremlin, nous allâmes nous
promener le soir dans la ville, près d'une avenue
de bouleaux qui avait beaucoup de ressemblance
avec celle de Berlin. Là, comme dans cette dernière ville, le beau monde était rassemblé pour
jouir de la promenade. Je vis un grand nombre
d'équipages brillants; je remarquai beaucoup
d'hommes de bon ton, beaucoup de femmes richement parées; mais aucun de ces individus ne
daigna jeter les yeux sur le pauvre auteur qui,
peut-être bien des fois, les avait divertis par ses
compositions dramatiques. Je ne pus m'empêcher
de me dire, en voyant tant de gens aller et venir
sans me regarder : « Comme les heureux de ce
monde et les malheureux sont insouciants les uns
des autres ! Ils se croisent, se rencontrent sans
se parler; ils passent les uns auprès des autres
sans chercher à se connaître, sans être curieux
de pressentir les sentiments qu'ils éprouvent. Le
riche évite le pauvre qui le cherche; l'homme
heureux ne reconnaît pas son ami dans l'infortune. Une promenade publique offre tous les
tableaux imaginables de l'ingratitude et de
l'égoïsme. Cependant tous ces gens-là, qu'ils
jouissent ou qu'ils souffrent, marchent vers la
mort. Le même tombeau les recevra, la même
terre les couvrira, et la mort n'a pas plus d'égards

ÉGLISE DE L'ASSOMPTION A MOSCOU. (P. 128.)

9

pour celui qui a passé une vie voluptueuse que
pour celui qui a supporté de continuels malheurs.
Et ensuite?... » Ces réflexions m'occupèrent tout
le temps que je traversai Moscou....

Oh! que cette pensée de la mort est expressive
pour l'homme qui se trouve en proie à de grandes
infortunes! Comme cette égalité du riche et du
pauvre devant Dieu l'impressionne et lui rend
courage! Chacun se rappelle les frappants aperçus
des moralistes sur cette grande vérité; chacun
a contemplé dans le secret de son cœur cette
mort plus puissante que les plus puissants
monarques, qui nivelle toutes les conditions et
met au même rang l'orgueilleux potentat et le
dernier de ses sujets. Mais il faut aller plus avant
pour que cette méditation soit profitable, il faut
se demander ce que seront les uns et les autres
au delà du tombeau. Alors il y aura de nouveau
des distinctions : plusieurs se verront couverts
de gloire, tandis qu'une multitude d'autres seront
couverts d'ignominie; les uns se verront destinés
à une vie d'éternelles délices, les autres voués à
des tourments épouvantables et sans fin. Mais
ces distinctions ne correspondront pas à celles
qui existaient sur la terre : la vertu seule les
établira; le mérite de chacun sera pesé dans la
balance de Dieu. L'Écriture Sainte a sur cette
solennelle et définitive séparation des élus et des
réprouvés une page d'une beauté incomparable,
en même temps que d'une force tellement supé-
rieure qu'elle subjugue l'intelligence et l'oblige à

reconnaître le doigt divin. Voici ce passage si remarquable, qu'on ne saurait lire attentivement sans éprouver une profonde et salutaire impression. Le spectacle auquel nous fait assister l'écrivain sacré semble être la contre-partie de cette promenade publique de Moscou, où le luxe insolent coudoyait l'indigence méprisée.

« Quand les méchants viendront à mourir, ils n'emporteront avec eux aucune espérance ; mais le juste, quand il mourra, entrera dans le lieu de la paix.

» Le juste mourant condamne déjà l'impie qui demeure en vie ; une jeunesse tranchée dans sa fleur condamne la longue existence du pécheur.

» Les méchants n'ont que du mépris pour cette mort prématurée ; mais Dieu, à son tour, les méprisera.

» Le jour viendra où ils tomberont honteusement ; alors ils seront pour toujours un objet de dérision parmi les morts ; ils deviendront muets ; Dieu brisera leur sot orgueil, il les ébranlera jusque dans leurs fondements.

» Du premier jusqu'au dernier, ils seront dans la désolation ; ils se livreront au désespoir.

» Tout tremblants au souvenir de leurs péchés, ils s'avanceront couverts de confusion, et leurs iniquités les condamneront.

» Alors les justes se tiendront debout, pleins d'assurance devant ceux qui sur la terre les ont tourmentés et dépouillés.

» En présence de leurs victimes d'autrefois, les

impies seront saisis d'épouvante et de stupeur.
Ils regarderont, muets d'étonnement, ces justes au
comble de leurs vœux.

» Et ils se frapperont la poitrine en versant des
larmes, et ils diront : *Voilà pourtant ces hommes
dont nous nous sommes tant moqués et que nous
avons bafoués !*

» Insensés que nous étions ! nous disions qu'ils
avaient perdu l'esprit et leur mort nous semblait
une honte.

» Maintenant les voilà au nombre des enfants
de Dieu et dans la société des saints !

» *C'est donc nous qui étions dans l'erreur* et le
mensonge ; la lumière de la vraie justice était
loin de nous ; notre intelligence demeurait dans
les ténèbres.

» Nous nous sommes fatigués dans les voies
de l'iniquité ; nous avons marché par des chemins
impraticables, et nous avons méconnu les voies
du Seigneur.

» A quoi nous a servi notre orgueil ? à quoi
nous ont servi les richesses dont nous étions si
fiers ?

» Tout cela a passé comme une ombre, comme
un messager qui court et ne s'arrête pas, comme
l'oiseau qui fend les plaines de l'air et ne laisse
pas de traces de son passage, comme la flèche
qui traverse l'espace sans y marquer le plus léger
sillon.

» Nous non plus, nous n'avons laissé aucun
vestige de vertus ou de bonnes œuvres ; à peine

nés, nous avons cessé d'être, et la mort nous a
surpris dans notre perversité.

» Voilà ce que diront en enfer les impies et les
pécheurs. Leur espérance, s'ils en ont une, s'éva-
nouira, pareille au flocon de laine emporté par le
vent, pareille à l'écume que soulève la tempête, pareille à la fumée qui se dissipe en un
instant.

» Les justes au contraire, vivront éternellement;
Dieu sera leur récompense ; ils recevront de sa
main un royaume de gloire et un diadème incor-
ruptible. Lui-même s'armera comme un guerrier
invincible pour les venger de leurs ennemis. »

Qui ne sent pas un souffle divin traverser ces
lignes et n'y reconnaît pas la main de Dieu, que
l'industrie humaine ne saurait contrefaire? N'eus-
sions-nous pas les irrécusables témoignages qui
nous garantissent la divine origine des Livres
Saints, il faudrait encore convenir que la vérité
réside dans cette page sublime ou qu'elle n'est
nulle part.

O folie des sages de ce monde, qui préfèrent se
retrancher dans leur orgueilleuse obstination et
faire les braves derrière leurs arguments de
sophistes, que de s'humilier en confessant ici-bas
la seule véritable sagesse ! O inconcevable aber-
ration des impies et des pécheurs, qui, au lieu de
se condamner eux-mêmes aujourd'hui, veulent
attendre le jour du jugement pour s'adresser les
foudroyants reproches formulés anticipativement
par la Vérité éternelle : « Fous que nous étions,

nous nous sommes moqués de ceux qui pra-
tiquaient la religion : maintenant ils sont au
comble du bonheur et nous sommes voués aux
plus affreux supplices ! » Car c'est bien là ce que
répéteront les athées et les voluptueux de tous
les siècles quand ils seront réunis pour expier
les crimes de leur vie. Voilà le nivellement de
la justice après celui de la mort; heureux ceux
qui l'auront compris pendant qu'il en était encore
temps !

Je ne sais si ce fut ma résignation, désormais
parfaite et totale, qui provoqua sur mon physique
une heureuse réaction, ou s'il faut attribuer cet
effet à l'influence salutaire du printemps ; toujours est-il qu'à peine sorti de Moscou, je me
trouvai mieux ; je repris des forces ; je commençai
même peu à peu à retrouver du courage. Le souvenir d'aventures semblables à la mienne vint
occuper mon esprit, les nouvelles proscriptions
me frappèrent surtout. Je pensai à ces malheureux français déportés à Cayenne. Ceux-là
devaient souffrir bien plus que moi ; ils n'avaient
point non plus mérité les tourments dont on les
avait accablés ; mais ils étaient victimes, par suite
d'opinions qu'ils avaient peut-être imprudemment
poussées trop loin : et moi, quelles opinions
avais-je émises? C'est ainsi qu'à chaque objet de
comparaison j'ajoutais un *mais,* pour me trouver
plus à plaindre que les autres, en ce que mon
innocence était plus certaine et plus facile à
prouver.

Est-il un tourment cruel comme celui d'un homme qui, pendant des semaines entières, est forcé, malgré toutes les distractions qu'il veut se donner, d'en revenir à l'idée de ses maux? De même que Laocoon fait d'inutiles efforts pour étouffer ou dénouer les serpents qui enveloppent son corps, de même je voulais vainement me débarrasser des chagrins qui circonvenaient mon âme. En effet, de qui pouvais-je recevoir des conseils, des consolations, des marques d'intérêt? Était-ce d'un courrier dont les chansons troublaient jusqu'à mon sommeil? était-ce d'un postillon dont les refrains me déchiraient les oreilles? était-ce d'un conseiller dont les plaisanteries sottes, ou plutôt les mauvaises farces me faisaient hausser les épaules? Ces dernières, surtout, me contrariaient à un point que je ne puis dire. Cet homme niais s'amusait, lorsque le courrier dormait, à lui chatouiller le nez avec le cordon de sa canne; ensuite il riait aux éclats d'avoir si malignement réveillé son compagnon. Arrivions-nous au pied d'une montagne très escarpée, il répétait vingt fois, toujours avec un gros rire : *Moladinka gora* : « voilà une petite montée. » Était-ce une colline peu élevée qu'il fallait gravir, il s'écriait : *Wot starucha :* « quelle montagne affreuse!» On conviendra que de pareilles puérilités redites souvent devaient lasser la plus ferme patience. Les personnes qui ont contracté, comme moi, l'habitude de sociétés douces, aimables et spirituelles, sentiront tout l'ennui que je de—

vais éprouver dans une semblable compagnie.

La seule qualité que me fit admirer en lui cet homme brutal, ce fut une véritable témérité dans les occasions périlleuses. Il affrontait tous les dangers avec une intrépidité surprenante ; il bravait même des obstacles qu'il pouvait éviter. Quand, par exemple, nous descendions une montagne escarpée, il mettait pied à terre, pour tâcher de retenir la voiture si elle était prête à verser, ou bien d'arrêter les chevaux s'ils se laissaient trop emporter. Depuis que j'étais devenu plus taciturne et plus insouciant, je ne voulais point quitter ma voiture dans les chemins les plus difficiles. J'y restais tranquillement, comme si nous roulions sur un terrain uni. Un jour que nous étions tous les trois renfermés, les chevaux descendaient une haute colline, au bas de laquelle était une rivière rapide et un pont très étroit : nous ne remarquâmes pas d'abord que le postillon, ne pouvant maîtriser ses chevaux, ne prenait pas la direction du pont, mais bien celle de la rivière. Quand je m'en aperçus, je poussai un cri d'effroi : le danger était évident ; nous nous trouvions à quelques pas de l'eau. Le conseiller sauta tout à coup hors de la voiture, sans même ouvrir la portière ; il se jeta en avant des chevaux, les effraya, jusqu'à ce qu'ils eussent pris le chemin du pont. Si ces fougueux animaux eussent résisté, ils lui passaient sur le corps ; mais son audace fut couronnée de succès ; il en fut quitte pour une main démise et nous empêcha d'être précipités dans le torrent et entraînés par les flots. Il nous donna encore par la suite d'autres occasions de remarquer sa témérité, principalement sur l'eau.

On sait qu'en Russie le passage des rivières est très dangereux au printemps, parce que la fonte des neiges fait des plus petits ruisseaux d'immenses torrents, et surtout parce que les moyens usités pour cette navigation sont vraiment misérables. On se sert de deux petites nacelles que l'on joint ensemble en les attachant à leurs extrémités avec des cordes d'osier. Sur ces nacelles réunies on pose quelques planches pour placer la voiture. Deux matelots se postent du même côté, et un troisième tient à l'autre bout un mauvais gouvernail. L'eau entre ordinairement par l'intervalle des nacelles, et les fait enfoncer de plus en plus, de manière à ce qu'on ne parvient pas à l'autre bord sans être complètement mouillé. On use encore de radeaux faits avec des pièces de bois liées ensemble par des branches d'arbres. Une seule traverse retient, avec des chevilles, tous les morceaux de ce frêle bâtiment. Des cordes attachées de distance en distance aident les matelots à résister au fil de l'eau. S'il ne se trouve pas de cordes, le radeau, abandonné au courant, vous jette dans une direction oblique. De toutes les manières on a de l'eau jusqu'à mi-jambes.

Près d'une petite ville, nommée Wasilskoe, nous fûmes obligés de passer la Sura, qui se

jette à cet endroit dans le Volga. Toute la contrée, à une verste à la ronde, était submergée.
On voyait çà et là quelques pointes d'arbres
au-dessus des eaux. Pendant l'été, ce passage est
facile et court; alors il nous fallait au moins
une heure pour le faire, et encore n'était-ce pas
sans danger, d'autant plus que nous n'étions
parvenus au bord qu'après un violent orage.
Nous fûmes contraints d'attendre longtemps
avant d'apercevoir une double nacelle. Enfin nous
en entrevîmes une qui revenait. La lenteur avec
laquelle nous la voyions marcher, quoiqu'elle ne
fût pas chargée, nous mit à même de calculer le
temps qu'il nous faudrait pour arriver de l'autre
côté. Elle était cependant conduite, contre la coutume, par cinq hommes. Quand ces habiles navi-
gateurs furent près de nous, chacun d'eux nous
engagea à ne point nous exposer sur l'eau par le
temps qu'il faisait. Tous, d'une commune voix,
assurèrent qu'il était impossible de surmonter la
tempête et nous conseillèrent d'attendre jusqu'au
lendemain; mais le conseiller, que rien n'effrayait,
insista pour passer tout de suite. Moi-même, qui
ai une peur insurmontable de l'eau, je joignis
mes instances aux siennes : il semblait que je
voulusse braver les éléments et lutter contre de
nouveaux malheurs. Les matelots obéirent; la
passe du courrier leur en imposait l'obligation.
Ce ne fut pas sans faire plusieurs signes de croix,
sans dire à diverses reprises : « Mon Dieu, ayez
pitié de nous ! » Ces hommes-là comprenaient

qu'en face des grands périls l'industrie humaine
est impuissante, et que le secours de Dieu peut
seul préserver d'une catastrophe. Ils recouraient
donc à lui, ce qui est infiniment plus sage que
de le blasphémer, comme on le fait trop souvent
ailleurs. L'événement montra qu'ils n'avaient
pas tort.

Les voilà donc qui quittent le rivage. Dans le
commencement, la navigation était tranquille et
sans obstacle; nous voguions à l'abri d'une langue
de terre, et la tempête avait moins de prise sur
nous. Tout changea quand nous l'eûmes dépas-
sée et que nous nous trouvâmes au large; le
vent sembla s'acharner contre nous avec une
véritable fureur, et s'engouffra jusque dans ma
voiture. Malgré les rames, le gouvernail et les
efforts redoublés de l'équipage, nous ne cessâmes
pas de dévoyer et de nous diriger vers une touffe
de branches qui était encore assez éloignée de
nous. Le pilote criait de toutes ses forces après
ses matelots; ceux-ci ramaient à tour de bras.
C'était vainement : nous approchions toujours
du bouquet d'arbustes tant appréhendé. Je ne con-
cevais pas d'abord pourquoi le pilote craignait si
fort cette rencontre, car je pensais que dans tous
les cas on ne pouvait qu'échouer et non pas se
noyer. Nous étions si près de la ville que les
secours ne pouvaient nous manquer. Je revins
bientôt de mon erreur : lorsque la tempête nous
eût jetés sur ces énormes branchages, je reconnus que c'était le sommet de grands arbres, et

que, dans cet endroit, la plus longue perche ne
pouvait toucher le fond.

Que faire alors? La grande quantité des feuilles
à l'ombre desquelles nous nous trouvions, nous
garantit un moment des fureurs du vent, mais le
froissement de nos nacelles contre les branchages ne fit qu'ajouter à nos craintes et à nos
dangers. Notre esquif était formé de deux pièces
reliées seulement par des cordes d'osier; si le
lien se brisait par ce frottement, la voiture tombait nécessairement dans l'eau, ainsi que tout ce
qu'elle contenait, et nous autres nous n'avions
que le temps de nous jeter à droite et à gauche
dans la nacelle qui ne serait pas engloutie, pour
y courir de nouveaux risques. Toutes ces suppo-
sitions ne se réalisèrent pas; mais un danger
d'une autre espèce nous menaça plus cruellement
encore. Une des deux nacelles se trouva portée
par le battement de l'eau sur la branche la plus
élevée, et y resta prise, de manière que l'autre
nacelle fut tout à fait penchée vers l'eau et que
les vagues ne tardèrent pas à y entrer. Les quatre
chevaux qui étaient sur notre pauvre bâtiment
pouvaient à peine se tenir : se sentant glisser, ils
commençaient à devenir inquiets. En vain nous
nous tenions tous à la voiture, notre perte semblait certaine. Le conseiller vit alors que c'était
le moment de déployer son audace : quoique pâle
et tremblant, ainsi que le courrier, il s'arma
d'une longue perche ferrée qu'il appuya contre
l'arbre le plus rapproché. Après avoir fait quitter

les rames et le gouvernail à tous les matelots,
pour qu'ils se munissent aussi de perches propres
à prévenir le chavirement, il poussa de toutes
ses forces, et parvint à remettre la nacelle au
niveau de l'autre. Moi, trop faible pour donner
le moindre secours, j'avais à peine le courage
de me cramponner aux roues de ma voiture. A
la secousse que fit la nacelle en retombant, je
me crus englouti ; mais je ne poussai pas le
moindre cri, car je voyais la mort avec un sang-
froid inconcevable.

Quand ce premier danger fut passé, il nous
resta toujours l'embarras de sortir du milieu de
ces arbres. Les matelots, excités par le conseiller
qui leur donnait l'exemple, redoublèrent d'efforts ;
ils ne purent toutefois parvenir à nous remettre
au large. Les forces étaient épuisées, l'espoir
détruit, le courage perdu ; enfin nous étions dans
la plus affreuse position, sans qu'il nous fût
possible de nous en tirer : il fallait se résoudre
à périr, et je me soumettais à la volonté divine.
Tout à coup nous aperçûmes une nacelle montée
par quatre hommes, qui venait à notre secours.
On nous avait aperçus de la ville, et l'on nous
envoyait du renfort. Dès que les quatre hommes
nous eurent abordés, ils attachèrent leur nacelle
aux nôtres et nous remorquèrent : à force de
rames, ils nous firent sortir de notre prison, et
nous arrivâmes à l'autre bord sains et saufs,
après trois heures de fatigues.

En lisant l'épisode de cette délivrance inespérée, les gens sans religion ne manqueront pas de dire : « C'est un heureux hasard ! » Mais les croyants, plus sensés, y verront une protection de la Providence qui récompensa ainsi la prière des matelots et leurs efforts surhumains pour conjurer le péril.

S'il m'était permis de plaisanter sur de pareils événements, je pourrais dire comme le prince Tamino dans *la Flûte enchantée :* « J'ai traversé l'eau et le feu pour être initié aux mystères de la Sibérie; » car après cette scène sur le torrent, j'arrivai la nuit suivante à un bois tout en feu, qui ne laissait aux voyageurs qu'un chemin très étroit. Ordinairement, dans de pareils cas, la grande route ne présente aucun danger, parce que les flammes ne la couvrent pas; mais celle-ci ne laissait point d'intervalle, il fallait passer au milieu de cette forêt enflammée.

D'abord, la perspective de ce bois m'offrit à quelque distance un tableau vraiment admirable. Rien ne semblait plus beau que la cime des pins qui, par leur prodigieuse hauteur, paraissaient vouloir éclairer la voûte céleste. La chute de ces arbres superbes faisait jaillir mille étincelles qui variaient la couleur des flammes. Que n'étais-je peintre en ce moment! je n'eusse pas perdu un si magnifique coup d'œil. Mais je n'étais qu'un simple observateur; bientôt je ne fus plus qu'un pauvre voyageur, et cette vue n'eut plus aucun charme pour moi, quand je me trouvai forcé de parcourir cet enfer terrestre. Les plus grands

arbres, bordant la route, étaient couchés les uns
sur les autres, et se croisaient au milieu du chemin. Il nous fallait passer sous ce portique
enflammé. Je me rappelle encore avec étonnement avoir vu plusieurs arbres d'une hauteur
de quarante pieds, brûlés à l'intérieur, et qui
semblaient n'avoir pour se soutenir que leur
écorce encore intacte. Ces pins menaçants pouvaient s'écrouler au moment de notre passage :
néanmoins nous avançâmes avec audace; mais
les chevaux, effrayés, s'arrêtèrent tout à coup. Je
cherchai la cause de leur frayeur : ils se trouvaient devant un arbre qui traversait la route
et dont les branches en feu barraient le passage.
Quel parti nous restait-il à prendre ? Il était plus
dangereux de nous arrêter que de continuer notre
route. Nous excitâmes donc les chevaux, et nous
les forçâmes à s'élancer sous les branches les
moins épaisses. L'espace que nous parcourûmes
ainsi fut au moins de mille pas. J'ai bien vu
brûler des forêts, mais jamais d'aussi près; aussi
la frayeur que je ressentis, me porta à demander
pourquoi l'on ne prenait point de précautions
contre ces incendies. J'appris que, vu l'immensité
des forêts qui couvrent ces contrées et dont on
ne voit pas la fin, loin d'être fâché d'un pareil
événement, on s'en réjouit presque, parce que
c'est un moyen d'éclaircir la région forestière.

Après ces eaux débordées et ces forêts incen-
diées, nous traversâmes Wolodimer et Nijni-
Nowogorod. Un matin, après avoir passé la nuit

dans un village, pendant que l'on se disposait à atteler les chevaux, j'entendis la cloche d'un chariot de poste qui paraissait venir de Moscou. Un paysan qui était monté sur une haie pour voir de loin, s'écria : «Un courrier! » A ce mot, je restai immobile; ensuite un tremblement se produisit dans tout mon corps. Le son de la cloche devint de plus en plus distinct; bientôt le chariot parut : c'était effectivement un courrier, mais il conduisait aussi un malheureux en Sibérie. Cet exilé me parut d'un certain âge : enveloppé dans une robe de chambre, la tête couverte d'un bonnet de nuit, il avait un air respectable. Je vis avec douleur, lorsqu'il descendit de son véhicule, qu'il était chargé de chaînes; je le plaignis encore bien davantage, quand j'appris que c'était un lieutenant colonel de Rœsan, honnête homme, époux et père comme moi, qui, pour quelques propos avec le gouverneur, avait été arraché de son lit, enchaîné et jeté dans une voiture, sans qu'on lui donnât le temps de prendre du linge et quelques habits. Les pieds de ce pauvre vieillard étaient enflés par le poids de ses fers, et sa figure disait assez qu'il était très malade. Il avait pour l'accompagner un bas officier et un officier de police de Kasan, qui était Grec de naissance, et qui savait parfaitement l'italien. Ce conducteur était du moins instruit, éveillé, et faisait son possible pour adoucir le sort de son prisonnier. Sa gaieté me plut. Je demandai la permission de m'entretenir avec lui; elle me fut accordée : rare faveur!

Je vis dans cette avenue un grand nombre d'équipages. (P. 128.)

Il fallait qu'il eût produit une heureuse impression sur le cœur du conseiller! Cette grâce était d'autant plus surprenante que nous fûmes obligés de parler ensemble une langue qu'il ne comprenait pas. Quoique je susse à peine l'italien, j'éprouvai un plaisir inexprimable à pouvoir causer avec un être au moins raisonnable; depuis trois semaines, j'avais vécu avec des hommes si ignorants!

Après cette rencontre, nous fîmes presque toujours route ensemble, et si nous nous séparions un moment, nous nous retrouvions bientôt. Le lieutenant-colonel me parut un homme sage et courageux, qui supportait ses maux avec beaucoup de fermeté; il était plus heureux que moi avec son conducteur, mais son sort était moins doux que le mien du côté des nécessités de la vie: il était dépourvu de tout, n'ayant eu que le temps de cacher une somme d'argent, dont il lui était impossible de profiter en route, pour faire achat d'habits et autres objets indispensables. Ce compagnon d'infortune, que j'avais ainsi toujours sous les yeux, me fit une grande impression. Je pris exemple de sa résignation; je résolus même de l'imiter. Le regardant comme un ami de voyage, je lui offris, avec le plus grand plaisir, du sucre et du thé que j'avais en réserve. Comme il me souriait avec reconnaissance pour de pareilles bagatelles! il était toujours sur le point de me parler et de commencer un long entretien avec moi; mais cette consolation nous était interdite.

Environ à quatre-vingts ou quatre-vingt-dix
verstes avant Kasan, nous vîmes une sorte de merveille que je ne puis m'empêcher de faire connaître : c'était un homme de cent trente ans. Son
fils en avait plus de quatre-vingts, et n'en paraissait pas cinquante. Il avait quantité de petits-fils
et d'arrière-petits-fils. Quand nous arrivâmes au
lieu qu'il habitait, nous le trouvâmes couché sur
un vieux matelas, la tête appuyée sur un mauvais
oreiller; il avait presque perdu la vue, mais il
n'était pas impotent; il allait encore lui-même
dans les bois, pour chercher des écorces d'arbres,
avec lesquelles il se faisait des souliers. Ce qui me
frappa le plus dans ce respectable vieillard, ce
fut la fraîcheur de ses mains, qui n'étaient ni
décharnées, ni ridées, comme le sont même ordinairement celles d'un sexagénaire ; elles étaient
potelées et très unies. Dès qu'il entendit que des
étrangers arrivaient chez lui, il demanda sa robe
de chambre, afin de se lever et de pouvoir me
céder son lit. Je ne saurais dire combien une
pareille attention, à cet âge, me toucha vivement.
Un homme né en 1670, un homme plus vieux que
moi presque d'un siècle entier, voulait me donner
son lit, et préférait coucher par terre plutôt que
de manquer aux devoirs de l'hospitalité ! Comme
ses paroles ont pénétré dans mon cœur! La vieillesse complaisante et sensible est encore un des
beaux âges de la vie. Non, jamais je n'avais vu
homme qui m'eût causé une émotion aussi douce!
Sa tête vénérable captivait mes regards, au point

qu'il m'était impossible de ne pas tenir les yeux fixés sur lui. Avec quel plaisir j'eusse appris tous les détails de sa longue vie! et avec quelle avidité j'eusse reçu ses instructions sur le régime qui l'avait conduit à un âge aussi avancé! Mais je savais si peu la langue russe! Je ne pus obtenir de lui que quelques mots dans ce genre : « J'ai bu de l'eau-de-vie très rarement. » Je regrettai bien, quand nous fûmes partis, de n'avoir pas obtenu de plus longs éclaircissements.

Nous atteignîmes bientôt l'avant-dernière station de Kasan. Là je fis une rencontre qui me fut bien agréable. Je trouvai le général Mertens, Allemand de naissance, que j'avais connu autrefois. Il se rendait à Perme, dont il venait d'être nommé vice-gouverneur; il allait, comme nous, être obligé de passer le Volga, qui était débordé au loin dans le pays. Fort heureusement ce passage dura quelques heures. C'était le premier compatriote avec qui je pusse m'entretenir des jours d'un bonheur passé, et qui daignât s'intéresser à mes peines présentes. Le conseiller avait servi autrefois sous ses ordres; il n'osa donc, par égards et par respect, s'opposer à notre conversation, encore moins la troubler. J'appris du général Mertens bien des choses qui se passaient dans le grand monde, et qui n'étaient rien moins que consolantes. Il se plaignait aussi du sort qu'on lui réservait. Malgré son rang de vieux général-major, il me dit avoir été placé dans l'état civil sans le savoir et sans le désirer; on l'envoyait,

malgré lui, à Perme, distant de deux mille lieues
de Saint-Pétersbourg. « Le poste de vice-gouverneur, ajouta-t-il avec chagrin, loin d'être un avancement, est plutôt une espèce de dégradation.
Mais ce n'est pas encore là ce qui m'afflige le
plus ; c'est d'avoir laissé à la capitale ma femme
et mes enfants : voilà le grand motif de ma douleur. » Sa tendresse réveilla la mienne. Il vit bien
dans mes yeux pleins de larmes que c'était aussi
ma plus grande peine. Je finirai promptement
son histoire, en disant, qu'après m'avoir quitté
avec les témoignages du plus vif intérêt, il se
rendit à Perme ; que là son exil ne dura pas longtemps, car il trouva dans cette ville un brevet de
gouverneur de Twer, ville située à quelque distance de Moscou. C'est un des gouvernements les
plus honorables et les plus doux des provinces
russes. Outre qu'il donne de bons appointements,
on peut y vivre en famille, et le général Mertens
n'avait plus rien à désirer. Il est vrai que cette
nouvelle lui arrivait singulièrement. Aller à Perme,
pour y recevoir l'ordre de revenir prendre possession du gouvernement de Twer! Qu'importe?
il alla *per aspera ad astra* (1). Et plût au Ciel que
l'empereur m'eût fait conduire de Mittau à Saint-
Pétersbourg en traversant la Sibérie : avec quel
plaisir j'eusse chassé de ma mémoire le souvenir
de mes souffrances et de mes douleurs !

Nous n'arrivâmes que tard à Kasan. Nous évitâmes, comme de coutume, toutes les auberges,

_____

(1) A la gloire par de rudes chemins.

et je ne pus rien voir de ce qu'il y a de remarquable dans cette ville. Le conseiller avait encore
là un ancien ami, chez lequel il nous fit descendre. Ce fut à trois verstes de Kasan, dans ce
que l'on nomme communément le faubourg Tartare, que nous allâmes nous loger, chez le lieutenant Justifei Timofeitsch, âgé de cinquante ans,
que je trouvai très humain. Il était marié, mais
n'avait point d'enfants. Fort honoré de l'amitié du
conseiller, il se recommandait à tout moment à
sa protection. Ce lieutenant me parut n'être point
riche ; aussi je reçus avec une extrême reconnaissance toutes les marques de compassion qu'il
me donna. On ne peut se faire une idée de l'empressement avec lequel lui et sa femme nous
offraient tout ce qu'ils avaient, tout ce qu'ils soup-
çonnaient que nous pussions désirer. Que
n'avais-je un estomac comme Alexandre Schulkins pour goûter de tous les mets, ou plutôt pour
les faire disparaître ! j'en eusse d'autant mieux
profité qu'à nos dernières stations avant cette
cette ville, nous nous étions trouvés dans des
villages occupés par les sales et grossiers Tsche-
remisses, Tchouwasches et Wotiaks. Ces vilaines
gens refusent l'hospitalité, n'ont jamais rien à
donner, et ne vous invitent pas même à vous
reposer. Ils font bien du reste : leurs habitations
sont si dégoûtantes que personne n'y voudrait
entrer. Mais quoique je n'eusse rien mangé
chez eux, j'avais toujours l'estomac aussi faible ;
aussi mon appétit était-il aisé à satisfaire. Je ne

pouvais prendre tout ce que M. et Mme Justifei
servaient tour à tour : le matin, du café avec du
pain blanc et du beurre frais ; une heure après,
des pirogues (1) ; deux heures après, de l'eau-de-
vie, des poissons marinés, des saucissons et
autres choses semblables ; ensuite un dîner composé de quatre pièces de résistance ; à trois
heures, du café et du zviébach ; à cinq, du thé
avec toutes sortes de pâtisseries ; enfin, le soir,
un souper splendide. Je laisse à penser ce que
disaient mes deux conducteurs. Quelle jouissance
pour eux pendant cette journée! Comme ils man-
gèrent! comme ils dévorèrent! Ils semblaient
faire des provisions pour plusieurs jours. Quand
ils eurent bien goûté les charmes de ce repas, je
demandai à me coucher. Pour la première fois,
j'eus un bon lit ; j'y dormis un peu. Ce séjour
m'eût beaucoup délassé, si je n'eusse été contrarié par une sorte d'insectes nommés *trakanen* (2)
dont il y avait des myriades dans cette chambre.
Je n'en avais jamais vu, et je crois qu'il était
impossible d'en voir davantage, même dans la
plus mauvaise cabane de paysan. Ils couraient
par bandes le long des murs, sur le plafond ; et
dès que l'on apportait de la lumière, ils semblaient
encore se multiplier. Un morceau de pain laissé
par mégarde en était couvert dans l'espace d'un
instant. Il fallait éloigner des murs la table sur
laquelle on voulait manger ou boire, sans quoi il

(1) Petits pâtés de viande.
(2) C'est la *Blatta orientalis.*

était difficile qu'on pût y rester. Souvent, malgré
ces précautions, on était incommodé, car on voyait
tomber sur soi ceux qui étaient aux plafonds. Ils
ne sont pas gênants quand on dort : mes rideaux
en étaient couverts ; je ne m'en sentis point piqué.

Pendant ces deux jours que nous séjournâmes
à Kasan, ou plutôt dans le faubourg Tartare,
j'eus occasion d'envoyer à la poste une petite
lettre pour ma femme. Lorsque toute espèce
d'écriture m'était sévèrement défendue, on sera
peut-être curieux de savoir comment je pus me
procurer ce qu'il me fallait pour écrire : je le dus
au conseiller, qui avait permis à Moscou que le
courrier m'achetât un crayon. Je lui avais donné
pour prétexte que je voulais prendre note de
l'éloignement respectif des stations. Il m'avait
aussi permis d'acheter un Vocabulaire en deux
volumes dont je lui dis avoir besoin pour
apprendre la langue russe. Ces deux livres étaient
imprimés sur bon papier, et avaient, au bas de
chaque page, un grand espace de blanc. Ce fut
là-dessus que je projetai d'écrire tout ce qu'il me
viendrait dans l'idée pour un Mémoire que je
voulais adresser à l'empereur. Utilisant tous
les moments où le conseiller n'était pas près de
moi, je mis à profit plusieurs heures pendant lesquelles il faisait raccommoder ma voiture. Le
conseiller se disait un habile homme en char-
ronnage, et ne quittait pas l'ouvrier que les réparations ne fussent bien faites. De cette manière
je parvins à écrire beaucoup de choses sans être

remarqué ; mais, où je le faisais plus tranquillement encore, c'était dans mon lit, quand mes
rideaux étaient fermés et que l'on me croyait
bien endormi. Ce travail me semblait indispensable, non seulement parce que je doutais qu'il me
fût possible d'écrire de Tobolsk aussi librement
que le conseiller me l'avait dit, mais encore parce
qu'en cas de défense, j'espérais trouver l'occasion,
par l'entremise d'Alexandre Schulkins, d'envoyer
mes brouillons à ma femme : elle les eût fait
mettre au net et parvenir à leur destination.

Malgré ce travail, le temps me paraissait encore
long. Arrivé dans les lieux où nous changions
de chevaux et où mes conducteurs voulaient se
reposer, je ne savais que faire, je passais la plupart de mes moments à la fenêtre ; alors seulement je considérais avec attention tout ce qui se
présentait à ma vue.

La rencontre du lieutenant–colonel de Rœsan
m'avait causé une émotion dont je n'étais revenu
qu'avec peine. Le bruit de la cloche m'avait fait
espérer dans cette circonstance qu'on venait me
délivrer, et j'avais été trompé d'une manière bien
cruelle. Au moment où nous allions partir de
Kasan, lorsqu'on attelait les chevaux et que
nous faisions nos adieux à notre respectable hôte,
une pareille scène se renouvela. Alexandre Schulkins, qui se trouvait à la fenêtre, s'écria tout à
coup : « Un courrier du sénat ! » Et aussitôt il
l'appela par son nom et lui dit : » Qui cherches-
tu ? — Toi. » A ces mots, je courus moi-même à

la fenêtre, et je vis le courrier accompagné d'un
commis de la poste. Cet aspect m'occasionna une
révolution que je ne saurais décrire. J'étais tremblant et tout à la fois dans l'ivresse de la joie ; je
voyais, mais n'entendais rien. Tout le monde
s'empressait de voler au-devant du nouveau
venu : je voulais faire un pas, je n'en eus point
la force ; mais un rayon d'espérance avait pénétré
plus avant que jamais dans mon cœur. Un courrier du sénat qui nous cherche ! me disais-je...
un commis de la poste lui montre notre demeure !
que veut-il ?... qu'apporte-t-il ?... Dans tous les
cas, sa commission ne peut assurément que me
regarder.... Que vais-je donc apprendre ?

Hélas ! ce courrier n'avait rien à dire qui me
concernât. Il accompagnait deux sénateurs qui se
trouvaient en voyage pour visiter le gouvernement de Sibérie. Ayant appris notre séjour à
Kasan, il eut envie d'embrasser son camarade
Schulkins. Cette seconde déception me fut encore
plus sensible que la première. Les probabilités de
ma délivrance avaient été plus fortes cette fois,
et en raison de cela, mes pressentiments avaient
été plus vifs. Que l'on juge de ma douleur quand
je fus détrompé ! Plusieurs heures s'écoulèrent
sans que je pusse revenir de mon trouble ni
arrêter mes larmes. Dans cette nouvelle angoisse,
je priai mes conducteurs d'accélérer notre route.
Jusque-là, l'espoir d'être rappelé par un courrier
extraordinaire m'avait fait chercher tous les
moyens de retarder ce voyage ; mais, dès que je

ne fus plus bercé de cette chimère, je préférai arriver promptement au lieu de ma destination. Deux motifs augmentaient ce désir : le premier, d'être enfin assuré du terme de mon exil ; le second, de pouvoir écrire à l'empereur et à ma femme.

Nous quittâmes Kasan le 29 mai ; nous trouvâmes, malgré la chaleur qu'il faisait depuis quelque temps, beaucoup de neige dans les bois. La distance de Perme à Kasan est de six mille verstes environ, et le chemin côtoie toujours des forêts affreuses ; à peine y trouve-t-on un misérable village de quatre en quatre verstes. Quoique cette route soit large et droite, elle a le désagrément d'être très marécageuse ; l'épaisseur des arbres offre aux voyageurs l'image horrible d'un désert, et ce spectacle déchire l'âme.

Nous rencontrâmes ici, pour la première fois, de grandes troupes d'exilés, qui, enchaînés deux à deux, allaient à pied, soit à Irkutzk, soit aux mines de Nertschinski. Chaque troupe était accompagnée par des paysans, les uns à pied, les autres à cheval. De tels exilés sont souvent plus de six mois en route. Leur garde est changée à chaque village. Ils nous demandèrent la charité, que nous leur donnâmes de bon cœur. Hélas ! quoique je passasse à côté d'eux dans une bonne voiture, ma position n'était-elle pas aussi cruelle que la leur ? A cela près de quelques commodités de la vie, n'étais-je pas exilé comme eux ? D'ailleurs la juste mesure de nos peines nous est donnée par notre âme, et la mienne me faisait croire que j'étais le plus infortuné des hommes.

Pauvres mortels que nous sommes, notre égoïsme nous domine toujours! Nous ne pensons qu'à nous, nous rapportons tout à nous seuls. Nous comparons le bonheur d'autrui au nôtre pour le jalouser et nous plaindre; nous comparons surtout nos misères à celles de nos frères, et celles-ci nous paraissent bien plus légères et plus supportables. Nous ne voulons pas admettre, dans l'adversité, qu'il y ait des hommes plus malheureux que nous. Cette disposition nous est très préjudiciable. Elle aigrit et augmente nos maux, en nous faisant perdre le mérite de la souffrance. Qu'il est regrettable que l'esprit du christianisme ne soit pas plus vivace au fond des cœurs!

L'aspect de ces victimes, les ténébreuses forêts, les chemins affreux, le récit des meurtres naguère commis dans ces déserts, tout devait augmenter ma douleur et mon effroi en ce moment; mais je fis des efforts pour me distraire de pensées qui eussent redoublé mes souffrances. Je m'imaginai de chercher s'il n'y aurait pas encore quelque espoir de fuite. Quel n'était pas mon aveuglement de courir après un rayon d'espérance, à travers ces sombres feuillages qui ne laissaient pas même percer un rayon de soleil? N'est-il donc pas d'obstacle pour l'imagination? Non, il n'en est véritablement point. Je le sentis en ce moment : j'eus en effet l'idée de comploter avec ma femme, pour qu'elle m'aidât à fuir de la Sibérie. Je lui confiais mentalement mes projets, je lui en détaillais

l'exécution ; je me reposais sur son adresse. Elle
m'assurait que la réussite n'était point douteuse,
et je me trouvais au comble de la joie. Je la félicitai de l'empressement qu'elle avait mis à venir
me retrouver. Croirait–on que ce plan, d'abord
purement idéal, fut, un moment après, le sujet de
sérieuses réflexions, qui ne tendaient à rien moins
qu'à une exécution réelle ?

Au milieu de toutes ces rêveries, nous arrivâmes à Perme sans accident. Le conseiller
n'avait là aucune connaissance chez laquelle il
pût nous mener ; et commençant à perdre peu à
peu la crainte d'une nouvelle fuite, il nous fit
descendre chez un horloger qui tenait une espèce
d'auberge. Cette ville de Perme est très misé–
rable ; mais nous fûmes bien chez l'horloger
Rosemberg, où l'on nous mena. Cet homme avait
été autrefois au service du prince Biron, qui fut
exilé. Le conseiller, qui me laissait souvent seul
chez lui, avait oublié, en sortant, de fermer ma
cassette. Je profitai de son oubli pour séparer
cent roubles de ce qui restait de mon argent
comptant, et je les serrai avec soin, comme si
j'eusse prévu que mon conducteur allait faire une
dernière sortie sur ma pauvre bourse. En effet,
une heure après que j'eus pris cette précaution,
il me demanda de l'argent. Je le refusai nette-
ment ; il témoigna la plus grossière humeur,
laissa échapper mille paroles dures, et finit par
me menacer de faire des rapports désavantageux
sur mon compte. La crainte qu'il ne se vengeât

de cette manière me força à céder; mais je lui
dis, quand ma cassette fut ouverte : « Voyez, il
ne me reste plus que cent dix roubles : c'est bien
peu pour un homme qui aura mille besoins dans
un lieu étranger, et qui n'aura aucune autre ressource, jusqu'à ce qu'il ait écrit dans son pays.
Je veux bien cependant partager encore avec vous
ce qui me reste, mais c'est pour la dernière fois.
Voilà cinquante roubles; je ne puis vous en donner davantage : si vous n'êtes pas content, faites
contre moi tel rapport qu'il vous plaira ; je saurai
de mon côté porter aussi mes plaintes quelque
jour, et nous verrons qui des deux l'on désap-
prouvera. » Ces derniers mots parurent lui déplaire extrêmement, et même le rendre honteux;
mais il n'en prit pas moins mes cinquante roubles.
Je gagnai, à lui avoir parlé aussi sèchement, qu'il
ne me fut plus à charge sous ce rapport; au
reste, il parut adopter une pratique toute contraire à celle des mariniers. Ceux-ci sont ordinairement très malhonnêtes dans le commencement du voyage, et se radoucissent, à mesure
qu'ils approchent du port. M. le conseiller devint
plus déplaisant, plus haïssable, plus cruel, à
mesure que nous approchions du terme de notre
route. Apparemment qu'il ne craignait plus que,
lassé de ses vexations, je cherchasse à lui échapper. Je vais donner encore un trait qui montrera
le plaisir qu'il prenait à me contrarier. La punition suivit de près sa cruauté.

Un soir, étant encore à Perme, nous vîmes

éclater un violent orage. Au moment où l'on
changeait de chevaux, le tonnerre gronda si fort,
les coups devinrent si multipliés et si effrayants,
que je priai le conseiller d'attendre, pour partir,
que l'orage eût cessé. C'était faire une demande à
laquelle tout homme sensé se fût rendu : il refusa.
Je le suppliai de rester seulement une petite demi-
heure où nous étions ; il voulut partir. Je lui
représentai le danger que nous allions courir,
soit parce que nous étions obligés de traverser
une forêt, soit parce que notre voiture était couverte d'une grande quantité de fer qui pouvait
attirer la foudre sur nous : il se mit à rire, et me
répondit que c'étaient des contes d'écoliers. En
vain je l'assurai que tout voyageur surpris par
un orage avait la précaution de descendre de
voiture, et de s'arrêter même en plein champ,
plutôt que de continuer sa route : il rit encore
plus fort et me dit que j'étais un enfant de croire
de pareilles choses. Je n'eusse pas dû me fâcher
contre lui, mais je ne pus me contenir. Seulement, au lieu d'insister encore pour attendre la
fin de l'orage, je sautai dans ma voiture, en lui
disant : « Si la foudre tombe sur moi, j'ai moins
à perdre que vous ! »

Nous nous mîmes donc en route : les coups de
tonnerre devenaient toujours plus forts. Environ
à deux verstes de la station, nous parvînmes à
une lande couverte de petites broussailles, qui
du côté droit du grand chemin était tout enflammée. L'aspect d'un incendie de ce genre se dis-

tingue facilement de celui d'un bois tout en feu.
La flamme court, rampe, serpente sur la terre,
tantôt doucement, tantôt vite; elle s'élance de
temps en temps vers le ciel; ensuite elle redes-
cend, couve, sans se montrer, jusqu'à ce qu'elle
ait rencontré une autre place où l'herbe haute et
desséchée lui fournisse un nouvel aliment. Nous
n'avions autre chose à craindre dans cet embra-
sement qu'une épaisse fumée; mais l'aspect en
était effrayant, il y avait de quoi avoir peur. A
droite, cette lande tout en flammes; à gauche, le
ciel tout en feu; c'est ainsi que nous allâmes pendant plusieurs verstes, jusqu'à ce que nous eûmes
atteint un bois de pins très élevés et de bouleaux
épais, qui heureusement n'était pas fort étendu.
Nous l'eûmes bien vite traversé, et nous trouvâmes, en le quittant, de grandes eaux débordées
qui interceptaient le passage jusqu'au village suivant. Il y avait bien un radeau tout prêt pour
traverser ce lac, mais il était vide. La crainte de
l'orage avait sans doute forcé les matelots à se
retirer dans quelque maison. L'inondation était
telle dans cet endroit, que nous fûmes obligés
d'appeler et de crier longtemps avant que l'on
nous entendît sur l'autre bord.

Enfin une nacelle conduite par un seul homme
osa braver les flots. Je crus qu'elle n'arriverait
jamais jusqu'à nous. Le malheureux qui la gui-
dait, se trouva épuisé de fatigue quand il nous
eut rejoints; et ses forces furent insuffisantes
même pour remorquer le frêle bâtiment sur lequel

nous allions monter. Cependant nous étions résolus à passer. Nous lui dîmes d'approcher le radeau jusqu'à la terre ferme ; il nous déclara qu'il lui

Au pied d'une montagne très escarpée.... (P. 155.)

était impossible de le pousser tout à fait au bord,
parce qu'il le ferait entrer dans la vase, et qu'on
ne pourrait plus ensuite l'en retirer. Il ajouta
que nos chevaux, qui étaient au nombre de cinq

11

et qui paraissaient vigoureux, pouvaient bien
conduire la voiture. Nous eûmes la sottise de le
croire, et nous suivîmes son conseil. Les roues
entrèrent dans l'eau jusqu'à l'essieu ; quatre des
chevaux arrivèrent heureusement jusqu'au radeau ; mais le cinquième, un des limoniers, resta
les pieds de derrière dans la vase, tomba sur le
côté, et ne put se débarrasser ; les cris, les coups
de fouet furent inutiles. Plus on faisait d'efforts,
plus la voiture penchait, plus le radeau sur lequel
tiraient les quatre autres chevaux menaçait de
chavirer. Mes conducteurs, avant tous ces embarras, étaient sortis de la voiture ; mais moi,
retenu par une malicieuse audace, j'avais voulu
y rester. Cependant, lorsque je vis quels dangers
je courais, et que la mauvaise corde d'écorce qui
retenait le radeau au rivage pouvait être facilement rompue par les secousses multipliées des
chevaux, je trouvai qu'il était prudent de descendre
à mon tour et de gagner notre embarcation. Je
me mis dans l'eau jusqu'aux genoux pour y parvenir. Dès que j'y fus, le conseiller prit lui-même
le fouet à la main et s'assit sur le siège ; le postillon tira les chevaux par la bride, le courrier les
frappa avec un morceau d'écorce d'arbre, le paysan
tint la corde de toutes ses forces, pour qu'elle ne
pût échapper ; mais tout cela n'aboutissait à rien.

Pendant que chacun criait, jurait, se mettait en
fureur, le tonnerre continuait de gronder avec
fracas, les éclairs semblaient se rapprocher de
nous. Bientôt les coups de la foudre devinrent si

effrayants, que la crainte s'empara de moi; je n'osai plus lever les yeux; de quelque côté que j'eusse regardé, le ciel couvert d'épais nuages aurait ajouté à la terreur que je ressentais déjà. Le conseiller se mit à rire de pitié quand il me vit ainsi tremblant; il bravait la tempête; mais au moment où il montrait le plus de témérité, un éclair nous aveugla tous, et le feu du ciel tomba sur un bouleau, à trois cents pas de l'endroit où nous étions. Nous devînmes à la fois sourds, aveugles et pour ainsi dire muets. Mes deux conducteurs et le paysan ne retrouvèrent la voix que pour s'écrier : « Dieu, miséricorde! » Le conseiller, pâle et défait, demeurait dans une stupéfiante immobilité; lui-même, ainsi que le courrier et le paysan, ne cessaient plus de faire des signes de croix. C'est que lorsqu'on se voit à deux doigts de la mort et que la puissance divine se manifeste parmi les éléments d'une manière si saisissante, il n'y a plus rien qui puisse retenir ou refouler le cri instinctif de l'âme vers Celui de qui seul on peut attendre du secours. Les blasphèmes n'oseraient plus se faire entendre; l'homme est irrésistiblement entraîné à se prosterner devant Dieu.

Lorsque l'orage fut un peu calmé, Schulkins reprocha amèrement au conseiller l'entêtement qu'il avait mis à ce que l'on partît malgré le danger. Le paysan se plaignait de son côté de cette folie d'avoir voulu passer l'eau malgré l'orage. Je mêlai mes plaintes, mes reproches aux leurs, et

M. le conseiller ne sut plus à qui répondre. Il
était hébété comme un homme qui sent qu'il a
fait une sottise.

Cependant le ciel redevenait plus clair et plus
serein. Alors quelques hommes qui nous aperçurent de l'autre bord accoururent à notre secours. Ils nous aidèrent à relever notre cheval et
à faire entrer la voiture dans le radeau; nous partîmes ensuite. La traversée fut heureuse, et M. le
conseiller voulut bien promettre de n'être plus
aussi opiniâtre à l'avenir.

De Perme à Tobolsk, on compte encore plus de
neuf cents verstes; mais les chemins sont bien
meilleurs, et le pays offre des sites autrement
agréables qu'entre Kasan et Perme. On ne rencontre plus de forêts de sapins, mais de jeunes
bouleaux : ces forêts en outre sont entrecoupées
de terres ensemencées. Des villages assez grands
et bien bâtis, habités soit par des Russes, soit
par des Tartares, se trouvent à peu de distance
les uns des autres. Les dimanches et les jours de
fête, la multitude de gens qu'on voit se réjouir
fait oublier que l'on entre dans la Sibérie. Les
maisons de la plupart de ces habitants sont aussi
plus propres et plus commodes que celles des
autres villages russes. On y remarque dans chacune, outre la chambre qui est occupée ordinairement et qu'on nomme *isba*, une autre jolie pièce,
la *gornitza*, où il y a des fenêtres de pierre spé-
culaire, ou talc transparent. De plus, on y trouve
des meubles : une table couverte d'un tapis, des

bancs commodes, des images de saints bien enca-
drées, etc., ainsi que des ustensiles que l'on ne
voit pas communément dans les ménages de
paysans. Les Sibériens paraissent porter l'amour
de l'hospitalité à un degré plus haut que les
Russes. On peut aisément les distinguer à un
dialecte qui leur est particulier.

Mais si cette population paraît nombreuse les
jours de fête, parce que tous les habitants sont
réunis dans les places publiques, combien elle
paraît faible quand chacun est employé dans les
champs! On fait quelquefois plusieurs verstes
sans apercevoir un seul être humain.

On ne rencontre dans le gouvernement de
Perme qu'une seule ville d'importance : c'est
Ekaterinenbourg. Le conseiller s'aperçut dans
cet endroit que j'avais rempli d'écriture les intervalles blancs de mon vocabulaire. Il en fut effrayé
et entra en fureur. Il voulut même effacer ce que
j'avais écrit; mais je m'y opposai avec une égale
fureur. Il me menaça d'en rendre compte au gouverneur de Tobolsk. Je lui dis qu'il était maître
de le faire ; que ce qui était écrit ne pouvait ni me
compromettre, ni me rendre coupable; que rien
ne pouvait m'empêcher de faire un mémoire
adressé à l'empereur; enfin qu'il ne devait pas
oublier que lui-même, malgré sa sévérité, m'avait
permis d'y travailler. « Cela dépendra, me répondit-il, des instructions que vraisemblablement le
gouverneur a reçues à votre égard. — Ainsi, repartis-je avec vivacité, vous n'êtes pas sûr de ce

que renferme le paquet dont vous êtes chargé
pour ce gouverneur, ou des ordres qui ont pu lui
être envoyés? Vous m'avez pourtant affirmé que
vous en étiez instruit. Vous ne savez donc si je
dois rester à Tobolsk, ou si je dois être conduit
encore plus loin?» Vos assurances, je le vois,
étaient perfides. Il demeura interdit un moment;
mais ensuite il me jura de nouveau qu'il n'avait
pas d'ordre pour me conduire plus loin que Tobolsk. Au milieu de cette dispute, il oublia tout
à fait mon vocabulaire et mon mémoire, ou du
moins il ne m'en parla plus. Pour moi, je ne pus
oublier ce qu'il venait de me dire, et je ressentis
un nouveau chagrin, en raison de mon incertitude
nouvelle sur le sort qui m'attendait à Tobolsk.

Nous partîmes d'Ekaterinenbourg pour nous
rendre à Tinnen. Quarante et quelques verstes
avant d'y arriver, nous traversâmes, au milieu
d'un bois, les frontières de la province de Tobolsk,
qui y sont désignées par quelques poteaux. Le
conseiller eut la cruauté de me faire remarquer
ces premières indications du lieu de mon exil. Je ne
lui répondis rien : un sentiment d'horreur déchira
mon âme. Hélas! mon imagination vive et ardente
ne suffisait-elle pas à me tourmentter? Fallait-il,
par des observations minutieuses et barbares, augmenter l'amertume de mes pensées? Mais il était
écrit que je devais boire jusqu'à la lie ce calice amer
de la douleur et qu'aucune sorte de souffrance,
physique ou morale, ne devait m'être épargnée!...

DEUXIÈME PARTIE

L'exil.

'ÉTAIS véritablement sur la terre de l'exil; ce n'était point un rêve ni un jeu de mon imagination, mais la plus douloureuse, comme la plus inexplicable, des réalités. La première rencontre que je fis sur cette terre maudite sembla me présager un malheur sans mesure ni limites; aussi laissera-t-elle dans mon esprit un souvenir aussi pénible qu'ineffaçable; c'est cet épisode que je dois maintenant raconter à mes lecteurs.

Nous étions arrêtés dans un village, pour y changer de chevaux, et pendant qu'on attelait,

nous buvions, dans une auberge, du lait aigre
qui nous avait été offert amicalement. J'étais,
moi, sur le pas de la porte, trempant mon pain
dans ce breuvage. Je vois venir un vieillard
d'environ soixante-dix ans, les cheveux et la
barbe blanche. Il se jette à mes genoux avec une
peine infinie, et me demande, avec empressement,
si je lui apporte quelques lettres de Reval. A ces
mots je fus tellement surpris, que je regardai
fixement ce malheureux. Il me répéta : « Avez-
vous apporté de Reval quelques lettres pour
moi? » Je ne pouvais lui répondre. Il pensa que
je ne l'avais pas entendu, et allait recommencer
encore, lorsqu'une paysanne se mit entre nous
deux, et me dit tout bas, en riant : « C'est un
insensé : toutes les fois qu'un voyageur passe, il
se lève de son lit de mort, et vient, ou plutôt il
se traîne, ne pouvant se soutenir même sur son
bâton, pour faire la même demande. » Elle nous
pria de lui donner à l'instant un morceau de
papier; car, ajouta-t-elle, pour le satisfaire et
s'en débarrasser, il faut lui lire quelque chose
qui ressemble à une lettre : autrement, il pousse
des cris lamentables, et ne veut pas quitter la
place. Je donnai à cette femme le papier dont
elle avait besoin. L'infortuné, qui suivait des
yeux tous mes mouvements, fit éclater tous les
transports de sa joie au seul aspect de ce qu'il
croyait une lettre. La paysanne s'approcha de
lui, et feignant de lire, lui dit : « Mon cher mari,
je me porte bien; nos enfants sont aussi en

bonne santé ; nous viendrons bientôt te voir, et t'apporterons tout ce que tu peux désirer. »

Cette fausse lecture, qu'il avait écoutée avec la plus vive attention, ranima sa vieillesse ; il parut moins faible, moins courbé. Le sourire du bonheur vint rafraîchir ses lèvres. Il m'adressa mille remerciements, ainsi qu'à la paysanne ; et prenant, avec le plus grand soin, la lettre qui l'avait tant charmé, il la porta sur son cœur, l'y pressa tendrement, et promit qu'elle ne le quitterait jamais. Il me raconta ensuite qu'il avait été soldat, qu'il avait servi sur la flotte à Reval et à Cronstadt, et qu'il avait obtenu sa retraite d'invalide dans le lieu où il se trouvait actuellement ; mais que, depuis le moment de sa retraite, il n'avait plus entendu parler de sa femme et de ses enfants qu'il avait laissés à Reval. Quand il fut assis sur un banc, près de nous, le conseiller et le courrier voulurent plaisanter avec lui. Il parut ne faire aucune attention à eux, et se parlait à lui-même, sans qu'il fût possible de rien distinguer de ce qu'il disait. Enfin, il prononça tout haut ces dernières paroles : « Où es-tu maintenant, ma pauvre femme ? Es-tu à Reval, à Riga, ou à Saint-Pétersbourg ? » Ces mots avaient tant de rapport avec ma situation, ils m'émurent si vivement, qu'à peine eus-je la force de me lever et de me retirer dans la cour de l'auberge. Ah ! que de larmes je versai ! « Grand Dieu ! m'écriai-je, est-ce encore un avertissement que je reçois ? ce vieillard m'offre-t-il l'image de ce que je puis

devenir? serai-je un jour insensé comme lui?
implorerai-je chaque voyageur, en me jetant à
ses pieds? demanderai-je une lettre avec autant
d'instance, sans pouvoir l'obtenir? et me laisse-
rai-je tromper aussi aveuglément? Déjà je puis
dire comme lui : « Où es-tu, ma chère épouse?
où êtes-vous, mes enfants chéris, adorés? Habi-
tez-vous Reval, Riga, Saint-Pétersbourg? » Jamais,
jamais, je n'ai senti une impression si terrible,
si déchirante! L'image de ce vieillard me suivit
partout, jusqu'à mon réveil. Rien n'afflige un
malheureux comme le spectacle d'une infirmité
qui peut résulter des suites de ses propres
maux.

Je n'étais pas encore remis de mon trouble,
quand la voiture se trouva prête; j'y montai en
pleurant, et dois-je l'avouer? je mis une pièce
d'argent dans la main de ce pauvre vieillard, au
moment de partir. Ce n'était pas certainement
pour le consoler : un homme qui, depuis trente-
cinq ans, tenait encore à sa femme et à ses enfants,
n'avait point un cœur dont l'argent pût soulager
les peines; aussi parut-il tout à fait insensible
au don que je lui fis; il ne m'en remercia même
pas. Cette indifférence m'attendrit, et ajouta
encore à la bonne idée que j'avais déjà conçue
de lui. Nous partîmes. Je cachais mon visage
dans mes deux mains; de temps en temps des
sanglots, que je me forçais d'étouffer, m'échappaient malgré moi. Mes conducteurs, qui ne
concevaient pas pour quelle raison je m'aban-

donnais à ce désespoir, me demandèrent ce qui
m'affligeait, et pourquoi je n'avais pas mangé à
l'auberge; je ne leur répondis rien : leurs cœurs
ne m'eussent pas compris; et peut-être j'aurais
eu la douleur de voir tourner en dérision ma trop
juste sensibilité.

Cette aventure était pour ma bienvenue en
Sibérie. Toujours déchiré secrètement par cette
douloureuse épine, j'arrivai à la dernière station
avant Tobolsk. Les rivières d'Irtick et du Tobol
avaient inondé tout le pays dans un espace de
quelques verstes. Nous fûmes obligés de laisser
là notre voiture, d'empaqueter tous nos effets sur
une petite nacelle, et de faire le reste du voyage
par eau. L'atmosphère était brûlante. Nous
voguâmes assez vite. Pendant ce temps, mes
conducteurs s'endormirent, et je crus qu'ils le
faisaient exprès pour n'être pas obligés de répondre à mes nouvelles questions; car, plus
j'approchais de Tobolsk, plus je doutais que ce
fut là le lieu de mon exil.

Après trois heures de navigation, j'aperçus, à
une distance d'environ une demi-verste, cette
ville qui devait, m'avait-on dit, être ma prison.
Tobolsk est bâti sur les rocs escarpés de l'Irtich;
son aspect a quelque chose de pittoresque, à
cause d'une multitude de clochers : son côté
remarquable est principalement la partie haute,
qui présente aux regards la citadelle et l'ancienne
demeure du gouverneur. Ce château a été presque
entièrement détruit par un incendie, mais il offre

encore quelque chose d'imposant. Ici mes conducteurs se réveillèrent, et je vis bien quelle
différence existe entre un cœur grossier, qui
l'est par simple nature, et celui qui l'est par perversité. Dans ce moment, le conseiller s'aban-
donna à tous les transports de sa joie; il ne
cessa de plaisanter, de rire, de chanter; et man-
quant aux égards, au respect que l'on doit au
malheur, il ne semblait occupé que de faire
admirer avec quel succès il avait terminé ce long
voyage. Le courrier au contraire gardait un
morne silence; il paraissait rentrer en lui-même:
il savait bien que c'était là que mon sort allait se
décider, et ne jetait sur moi que des regards à la
dérobée. Je lui sus gré de cette réserve qui révélait
quelque sensibilité.

Après avoir navigué dans la partie basse de la
ville, qui était tellement inondée que les habitants
allaient en bateau pour se visiter et vaquer à leurs
affaires, nous débarquâmes à Tobolsk, le 30 mai,
à quatre heures après-midi, dans un endroit
voisin du marché, appelé bazar. Là, nous fîmes
venir un homme avec un chariot; nous y trans-
portâmes nos effets, et nous allâmes droit chez le
gouverneur, qui demeurait sur la montagne.

Quand nous fûmes arrivés devant la maison, le
conseiller descendit le premier, afin d'avoir une
audience secrète, et me laissa seul avec le
courrier. Pendant un quart-d'heure que dura cet
entretien, dont je redoutais l'issue, les domestiques du gouverneur sortirent les uns après les

autres, me regardèrent avec curiosité, et se parlèrent tout bas. C'était moins le désagrément
d'être ainsi en spectacle à tant de sots, qui m'affligeait, que la crainte d'apprendre un nouveau
malheur. Le conseiller parut enfin : il me fit signe
de le suivre, et me conduisit, par le jardin, au
pavillon où le gouverneur venait de faire sa sieste.
Je ne fis qu'une seule question en chemin :
« Resterai-je ici? » A quoi il me répondit : « Je
n'en sais rien. »

La porte du pavillon s'ouvrit; le conseiller me
fit entrer, et resta derrière moi. Je m'avançai
avec courage; je fus bientôt devant le gouverneur,
M. de Kuschelef, qui me parut âgé de plus de
quarante ans, et dont la figure noble et spirituelle
ne démentait pas la réputation qu'il avait d'être
très humain. Les premières paroles qu'il m'a-
dressa, furent : « Parlez-vous français, monsieur?
— Oui, monsieur, » répondis-je promptement;
j'avais cru, à ce mot, entendre la voix d'un ange,
et je fus au comble de la joie quand je vis que je
pourrais me faire comprendre. Il m'invita, non
pas avec cet air sévère que l'on témoigne aux
prisonniers, mais avec honnêteté, à m'asseoir
près de lui; j'obéis. « Votre nom m'est bien
connu, monsieur, me dit-il d'abord; il y a un
homme de lettres qui le porte comme vous. —
Hélas! monsieur, je suis cet homme de lettres. »
Cette réponse l'interdit; il me fixa, et s'écria :
« Comment se peut-il que vous soyez?... comment
vous trouvez-vous ici? pour quel motif? — Je

l'ignore : on n'a pas cru nécessaire de me l'apprendre. J'ai eu jusqu'à ce moment l'espérance que vous daigneriez m'en instruire. — Moi? je l'ignore comme vous ; je ne sais rien autre chose que ce qui est renfermé dans cet ordre : il porte purement et simplement, que le président de Kotzebue, venant de Reval, est confié à ma surveillance. » Il me montra l'ordre qui, en effet, ne paraissait contenir que cette courte instruction. » Mais je ne viens pas de Reval, ajoutai-je, je viens des frontières de la Prusse. — Vous n'aviez peut-être point de permission de l'empereur : il faut une passe, qui sans doute vous manquait.— Non, assurément, j'étais tout à fait en règle ; ma passe était donnée au nom de sa Majesté l'Empereur de toutes les Russies, et signée, d'après ses ordres, par le ministre ; mais elle n'a pas été respectée. On a fait plus : on m'a arraché des bras de ma famille, sous le prétexte de me conduire à Saint-Pétersbourg ; et dès que nous avons eu passé Riga, on a changé de route, et l'on m'a traîné jusqu'ici sans aucun interrogatoire, sans aucun examen. »

Le gouverneur allait me répondre ; il se retint par prudence, et continua en me disant : « Comment? vous ne savez rien des motifs qui vous ont fait condamner à l'exil? vous ignorez absolument de quoi l'on vous accuse? — Absolument. J'ai cherché pendant toute la route, et je cherche encore la cause d'un pareil traitement. » Il garda encore le silence avec une espèce de contrainte,

et poursuivit après, en ajoutant : « J'ai lu, de vos
ouvrages, tout ce qui est traduit en langue russe ;
je me réjouis fort d'avoir fait votre connaissance,
quoique par rapport à vous, je n'eusse pas désiré
que ce fût dans cet endroit. — C'est au moins,
repartis-je, un grand adoucissement à mes maux,
que d'être tombé entre les mains d'un homme
aussi respectable : j'espère qu'il me sera permis
de rester près de vous. — Je le voudrais, puisque
je ne pourrais que gagner infiniment dans votre
société ; mais hélas ! il n'est pas en mon pouvoir
de satisfaire votre désir à ce sujet. — Que dites-
vous, monsieur ? quel effroi vous me causez !
Quoi ! je ne puis pas même espérer de rester
ici ? ce n'est pas un malheur assez grand d'être
obligé de regarder le séjour de Tobolsk comme
une grâce ? il faut que dans l'état de maladie où
je suis, je voyage plus loin encore ! — Je ferai,
monsieur, tout ce qui dépendra de moi pour
adoucir vos peines, et je me trouverai trop
heureux de vous soulager : croyez que je suis
très affligé de ce que mon ordre porte de vous
désigner un endroit pour habiter, non dans Tobolsk, mais dans le gouvernement de Tobolsk.
Vous savez que je ne dois, ni ne peux m'écarter
de mes instructions ; cependant, pour vous
prouver que j'ai du moins la bonne volonté de
vous rendre service autant qu'il m'est possible, je
vous laisse le maître de choisir, parmi toutes les
petites villes de mon gouvernement, celle qui
vous conviendra le mieux : je n'en excepte que

Tinnen, parce qu'elle est sur la grand'route.

— Je vous remercie beaucoup de cette déférence, répondis-je; mais comment voulez-vous que je choisisse d'une manière convenable? étranger, comme je le suis en Sibérie, je réclame auprès de votre Excellence, la bonté de fixer elle-même mon choix; je la prie, surtout, de m'éloigner le moins possible de Tobolsk. — Voulez-vous aller à Ischin? c'est la ville la plus prochaine; elle est à trois cent quarante-deux verstes, ou à peu près cinquante milles d'Allemagne : si pourtant vous consentez à suivre mon conseil, je vous engage à choisir de préférence Kurgan, qui est à la vérité plus éloignée, puisque l'on compte d'ici quatre cent vingt-sept verstes, ou soixante-quatre milles d'Allemagne, mais dont le climat est infiniment plus doux : c'est l'Italie de la Sibérie, et même il y croît des cerises sauvages; ce qui vaut mieux encore, vous y trouverez de bonnes, d'excellentes gens, avec qui il est facile et agréable de vivre. — Je consens à me rendre à Kurgan. Dites-moi si je pourrai demeurer ici quelques semaines, pour me délasser des fatigues et des incommodités du voyage? »

Le gouverneur réfléchit quelque temps, puis il souscrivit à ma demande avec complaisance, en me promettant même de m'envoyer un médecin. J'avais une seconde question à lui faire, question bien plus intéressante : je redoutais un refus, et je n'osais parler; le gouverneur s'aperçut de mon irrésolution, me questionna; alors j'avouai naïve-

Le château de Stockmannshof est sur la grande route. (P. 51.)

ment que je craignais de lui demander s'il me
serait permis d'écrire à ma femme. « Assurément, me répondit-il. — Et à l'empereur? — Sans
aucune difficulté, mais ce sera sous le couvert du
général-procureur : c'est lui qui fera passer vos
lettres, si elles ne contiennent rien de répréhen-
sible ou de dangereux. »

Je me levai aussitôt, et je sentis mon cœur soulagé d'un poids écrasant; je priai M. de Kuschelef de me désigner un logement dans la ville;
il s'empressa de m'indiquer celui que je devais
prendre. Je le quittai en l'assurant de ma reconnaissance et en me recommandant à lui.

Mon conseiller me parut être à ses yeux un
homme de peu d'importance, car il reçut ses
ordres d'une manière bien soumise. Dès que nous
fûmes hors de chez le gouverneur, il me demanda
si je demeurerais à Tobolsk. « Non, » lui répondis-je d'un air qui lui fit comprendre mon mécon-
tentement d'avoir été trompé. Mais je m'ouvris
sans peine au courrier, et je lui dis que j'avais
reçu de M. de Kuschelef d'agréables félicitations,
comme étant le littérateur dont il croyait que je
portais seulement le nom. Aussitôt mon conseiller
s'écria : « Il a voulu savoir de moi si vous en étiez
le parent; je n'ai pu satisfaire sa curiosité. » Je
souris à cette exclamation. Sa surprise fut
extrême lorsqu'il remarqua que beaucoup de personnes dans Tobolsk me saluaient, m'embras-
saient, et me comblaient d'honneurs. En réalité
j'étais aussi très étonné de trouver dans un coin

de la terre si éloigné et si sauvage, tant de personnes de connaissance, et même des amis qui s'intéressaient à mon sort. Mais je ne dois pas interrompre mon histoire.

La police nous montra le quartier que doivent occuper à leur arrivée tous les malheureux exilés d'un rang distingué. Ce sont deux chambres vides, chez un bourgeois de la ville. Ces chambres, je ne sais pourquoi, ne sont pas payées. Ce bourgeois s'embarrasse donc fort peu de leur embellissement. Les fenêtres sont cassées, les murs couverts de quelques vieux morceaux de tapisserie; la vermine y abonde, et il y au-dessous de la croisée un bourbier qui exhale une odeur méphitique. Voilà les agréments que je reconnus au premier coup d'œil. Croirait-on que je n'en fus pas effarouché? Je pouvais craindre de me voir jeté dans une noire prison. Avec le même droit qu'on avait eu de m'envoyer en Sibérie, on pouvait me plonger dans un cachot, me charger de chaînes, et me faire donner le knout.

Par une libéralité qui parut nouvelle à mon hôte, mais dont j'ai toujours tâché de me faire une vertu d'habitude, j'obtins bientôt quelques meubles, une table, des bancs; pour un bois de lit, je ne pouvais espérer d'en avoir un; il fallait que je l'achetasse, ainsi qu'un matelas : je m'y déterminai, quoiqu'il ne fût pas nouveau pour moi de coucher par terre. Je m'étais plus d'une fois déjà étendu sur mon manteau, et couvert de ma vieille robe de chambre de soie. Ce dernier

de mes effets, que mon domestique avait emballé, me faisait éprouver, chaque fois que je
le touchais, les plus douces émotions. Je me
rappelais qu'on avait la coutume d'en envelopper
mon jeune fils, et ce souvenir me rendait cet effet
d'un prix inestimable. Je ne pouvais le poser sur
moi, sans croire encore à la présence de mon
aimable enfant.

Une heure après que j'eus pris toutes ces dispositions, et que je me fus installé dans mon
logement, un officier de police se présenta, accompagné d'un bas-officier. Il venait, suivant la
forme, me recevoir des mains du conseiller. Sa
visite me plut beaucoup, en ce que je pressentis
que je serais débarrassé de ce désagréable conducteur, et que je n'aurais plus rien à démêler
avec lui. L'officier de police, M. Katalinsky, me
parut très aimable. Il me dit honnêtement, que
comme il était de son devoir de faire tous les
jours son rapport sur moi, il viendrait chaque
matin prendre de mes nouvelles. Il ajouta que
le bas-officier devait rester près de moi, mais
plutôt pour me servir que pour me garder.
Ensuite il me quitta. Je n'eus qu'à me louer,
pendant mon séjour à Tobolsk, de la liberté qu'il
me laissa.

Le conseiller se voyant débarrassé de moi, et
conséquemment dégagé de sa responsabilité,
devint moins méfiant, moins empressé à me contrarier. Il me promit, en sortant de ma chambre,
de m'amener un ami qu'il avait aussi accompagné

un an auparavant, et dont il n'avait cessé de me faire l'éloge pendant la route. Comme j'étais intimement pénétré du peu de discernement de M. le conseiller, j'avais une mauvaise idée de ceux qu'il disait ses amis. Les louanges qu'il leur prodiguait, me faisaient craindre qu'ils ne fussent dignes de lui; et ceux chez qui j'avais logé, devaient me donner une juste opinion des autres. Je ne parus donc pas très curieux de voir ce personnage qu'il voulait me présenter; mais je fus bien agréablement surpris, quand je vis M. Kiniœkof, avec qui il revint un moment après. Ce jeune homme, aussi instruit qu'aimable, m'aborda en me parlant français. Il commença par m'assurer qu'il m'estimait et m'honorait, comme homme de lettres; il plaignit mon malheureux sort, et surtout il me témoigna la plus vive compassion de ce que j'avais fait la route sous la garde du conseiller qui l'avait lui-même accompagné. « Mais il se vante d'être votre ami! lui dis-je. — Dieu me préserve d'une pareille liaison! me répondit-il aussitôt; vous concevez facilement que j'ai dû le ménager, et je le dois encore, puisqu'il me procure une connaissance aussi intéressante que la vôtre. » On ne pouvait rien dire de plus obligeant.

Kiniœkof était fils d'un riche seigneur de la ville de Simbirsk. Il avait été, au moment où il s'y attendait le moins, arrêté et conduit à Tobolsk avec deux de ses frères et trois autres officiers. Leur crime était d'avoir laissé échapper, dans un

repas joyeux, une plaisanterie un peu libre,
qu'un traître avait promptement rapportée à l'empereur. Lui seul avait eu le bonheur de rester
dans cette ville. Deux d'entre eux avaient été
envoyés à Irkutzk; et le plus jeune de ses frères
était à quatre mille verstes de Tobolsk, dans un
petit fort où on le tenait enchaîné. Un autre languissait à Bérésow, c'est-à-dire, « dans l'enfer »
de la Sibérie.

La rencontre de ce jeune infortuné contribua
à me donner quelques jours de tranquillité. La
délicatesse, la pureté de ses sentiments, me permettaient de me livrer avec lui aux douces impressions de l'amitié. Pour la première fois, je
remerciai le conseiller. C'était à vrai dire la première consolation qu'il me donnait depuis qu'il
était avec moi.

Kiniœkof, après toutes les cérémonies d'usage
entre gens qui ne se connaissent pas, me témoigna la plus grande confiance et le désir sincère
de se lier avec moi. Il en chercha les moyens et
les trouva sans peine. D'abord il me parla d'une
petite bibliothèque dont il était possesseur;
quelle bonne nouvelle! Il me promit des livres;
quel bonheur! depuis si longtemps je n'en avais
pu voir! J'appris de lui que l'empereur avait
défendu, depuis peu, l'entrée de tous ouvrages
étrangers dans ses États; par conséquent, chaque
livre de contrebande que l'on pouvait se procurer, devenait un vrai trésor. Il me raconta que
plusieurs de mes compositions avaient de la

vogue en Sibérie. Et il ajouta, ce qui était bien
flatteur, que mon arrivée à Tobolsk avait fait
plus de sensation que celle des six généraux
envoyés par l'empereur. Il finit par me proposer
sa maison et sa table. Nous nous quittâmes après
une heure d'entretien, très satisfaits l'un de
l'autre.

Peu à peu je reçus les visites d'autres exilés;
d'abord le baron de Sommaruga, né à Vienne,
qui se disait colonel au service de l'Autriche, et
chevalier de l'ordre de Marie-Thérèse. Quinze
jours après qu'on l'avait emmené, sa femme
s'était séparée avec courage de ses parents, pour
le rejoindre. Sans savoir un seul mot de la langue
russe, et accompagnée d'un simple voiturier, elle
s'était mise en route, décidée à aller jusqu'au lieu
où son époux avait été exilé. Apprenant à Moscou
qu'il était malade à Twer, elle était revenue tout
de suite sur ses pas et l'avait retrouvé dans cette
ville. Là, prodigue de soins envers lui, elle était
parvenue à le guérir; ensuite elle l'avait suivi jusqu'à Tobolsk. Je fus à même d'admirer cette merveille de constance et d'affection; je pus admirer
aussi sa charité; car, dans les premiers jours de
mon arrivée, comme je n'avais à manger que du
pain, puisque je ne savais rien préparer moi-
même, encore moins demander ce que je désirais, elle eut la bonté de m'envoyer plusieurs fois
de la soupe et d'autres mets de sa table.

Je vis encore un autre exilé, le comte Soltikow,
homme très âgé qui, à ce qu'on me dit, était déjà

à Tobolsk depuis plusieurs années, pour avoir eu
des livres prohibés. Ce comte tenait dans cette
ville une fort bonne maison; il savait plusieurs
langues et paraissait être de très bonne société.
Il me proposa de me faire lire les gazettes fran-
çaises et allemandes : j'acceptai avec reconnaissance.

Trois marchands de Moscou, dont deux Français, et un Allemand nommé Beker, furent du
nombre de ceux qui vinrent me visiter. Ils avaient
été exilés pour avoir fait la contrebande jusqu'à
concurrence de la somme de deux cents roubles.
M. Beker, surtout, me sembla un aimable et
excellent homme. Sa femme était allée à Saint-
Pétersbourg, dans l'espoir d'obtenir la grâce de
son mari, et de le faire mettre en liberté. Si elle
ne réussissait pas, il l'attendait avec ses enfants.
Je fis des vœux secrets dans ce moment pour que
ma famille fît route avec la sienne.

Trois ou quatre Polonais dont j'ai oublié le
nom, et qui avaient été exilés pour affaires politiques, se présentèrent aussi chez moi. C'étaient
de pauvres gentilshommes qui recevaient par jour
de la couronne vingt kopeks pour leur nourriture et leur entretien. Enfin ma chambre ne fut
pas vide de la journée. Ces hommages commençaient à devenir gênants, et je soupirais après le
soir pour être seul et tranquille. Je désirais me
jeter sur mon lit et m'y livrer à mes pensées.

Ce moment arriva. Je me couchai, mais j'eus
une peine infinie à m'endormir. Il m'arriva cette

nuit un singulier événement, dont j'abandonne l'explication à mes amis Huffeland et Gall; voici le fait :

Je m'éveillai tout à coup. Il me sembla que j'étais sur un vaisseau : non seulement j'en sentais le mouvement, mais encore j'entendais le murmure des vagues, les voix et les cris des matelots. J'étais cependant en pleine connaissance. Mon lit étant très bas, je ne pouvais apercevoir par la croisée que le ciel azuré, cet aspect ajoutait à mon illusion. Enfin je croyais si bien que tout cela existait tel que je l'imaginais, qu'il me fut impossible de ne pas me lever. Eh bien! mon erreur subsistait toujours. J'étais partagé entre ces deux sentiments de la crédulité et de l'illusion. J'avais beau me promener dans ma chambre, voir le conseiller qui dormait, retrouver tout ce que j'avais remarqué la veille, je me sentais toujours sur un vaisseau. Quand je m'approchai de la croisée pour fixer les maisons, je vis devant moi un grand édifice construit en pierre : il était seul immobile ; toutes les autres maisons de bois m'offraient l'aspect de bâtiments qui voguaient autour de moi sur l'immensité de la mer. « Où me conduit-on? » me disais-je ; je me répondais à moi-même : « Nulle part; je suis dans ma chambre, et mon erreur est complète. » On ne saurait décrire à quel point cet état fait souffrir. Je fus ainsi pendant une demi-heure. Peu à peu l'illusion se dissipa, et cessa tout à fait. il ne me resta qu'une forte palpitation de cœur. La crainte, le trouble avaient agité mes sens ; mais je n'avais ni mal, ni chaleur, ni oppression dans la tête. Je pensais que c'était un signe avant-coureur de ma folie, et je me retraçai aussitôt l'image du vieillard à qui l'égarement ne laissait que le souvenir de sa famille. Si je dois devenir tel que lui, m'écriai-je, au moins que la même pensée m'occupe jusqu'à la mort ! (1).

Le jour suivant je reçus la visite du conseiller de la cour, Peterson, chirurgien-major de Tobolsk, originaire de Reval : je me hâtai de lui raconter ce que j'avais éprouvé pendant la nuit. Il me répondit que cette espèce de délire provenait de la fatigue du voyage et des peines continuelles qui avaient un peu aliéné mon esprit; mais il m'assura qu'il n'y avait aucun danger. Cette définition ne me parut pas très psychologique; je m'en contentai à défaut d'une autre plus satisfaisante; d'ailleurs, j'avais pour ce brave homme la prévention la plus favorable : c'était un compatriote de ma femme. Sans ce motif, il avait bien d'autres titres à mon estime : son humanité seule devait me le rendre infiniment cher, si l'intérêt qu'il me témoigna n'eût dû lui gagner toute ma confiance. Pendant mon séjour à Tobolsk il me prodigua tous les secours de son art avec un empressement inimaginable; il me soulagea

(1) C'était simplement une hallucination, provenant de l'état maladif de l'auteur. On peut voir un récit analogue dans *Mes Prisons* de Silvio Pellico; mais l'hallucination portait sur un objet différent. Il n'était pas nécessaire de recourir à Gall pour avoir l'explication de ces phénomènes.

même quand je fus loin de lui ; car j'avais emporté, par suite de ses conseils, une petite provision de médicaments qui me devinrent bien
nécessaires à Kurgan, où je fus obligé d'être mon
propre médecin. Il fit aussi tout ce qui dépendit
de lui pour engager le gouverneur à me garder
dans cette ville ; mais M. de Kuschelef ne pouvait
déroger à l'ordre qu'il avait reçu. Il est toujours
spécifié dans les instructions remises au gouverneur, aussitôt l'arrivée d'un prisonnier, que
l'exilé est envoyé à Tobolsk, ou dans le gouvernement de Tobolsk. Dans le dernier cas, le lieu est
quelquefois désigné, comme Bérésow, Omsk, etc.;
s'il n'est pas indiqué, le gouverneur est le maître
de déterminer l'endroit ; et c'est là-dessus que
mes amis fondaient leur espérance de me voir
rester avec eux. Mais, suivant la règle générale,
le gouverneur ne pouvait choisir de préférence
Tobolsk. S'il prenait ce parti, ce n'était qu'en
faveur de quelque prisonnier de peu d'importance,
et duquel on ne s'occupait plus le lendemain de
sa punition. Mais moi, j'étais par malheur trop
connu : la manière dont on m'avait exilé avait
été accompagnée de circonstances particulières
qui devaient nécessairement faire ouvrir les yeux
sur moi. Je devenais intéressant pour le public
qui me voyait victime d'un acte arbitraire, et je
l'étais bien davantage pour celui qui avait injustement provoqué mon exil ; alors le gouverneur
ne pouvait faire pour moi ce qu'il eût osé si j'eusse
été dans la foule du peuple ; il avait à craindre

qu'on ne fît au ministre des rapports secrets qui le compromettraient. Je ne pouvais donc l'accuser s'il ne prenait pas envers moi une décision plus favorable; je dirai même qu'il souffrit beaucoup de ne pouvoir accéder à la demande de mon médecin, qui appuyait la nécessité de mon séjour à Tobolsk sur les raisons de ma faible santé. Il ne lui fut possible que de m'accorder la permission de venir dans cette ville, toutes les fois que mes maux physiques l'exigeraient.

Je passai la première journée, pendant laquelle je me vis libre, à m'occuper du Mémoire que j'avais résolu d'envoyer à l'empereur. Comme j'avais rassemblé tous les matériaux utiles pour le faire, je n'avais plus besoin que de transcrire. Je le divisai en dix-huit articles, que j'appuyai chacun de la preuve la plus forte. Voici comment se terminait cette défense :

« Kotzebue croit avoir prouvé par tout ce qui précède que, depuis vingt ans, il a vécu sans reproche; qu'il n'a jamais eu d'opinions révolutionnaires; qu'il n'a jamais entretenu de correspondances cachées; qu'il n'a jamais écrit sur la politique; qu'il a toujours respecté et honoré ses souverains; qu'enfin il aime sa femme, ses enfants, la vertu et l'obscurité.

» Par quelle faute a-t-il donc été assez malheureux pour attirer sur lui le courroux de sa Majesté l'empereur de Russie? Il n'en sait rien; il cherche en vain à le deviner. Il ne lui reste d'autre suspicion que celle-ci : Un ennemi secret

aura pu tirer de ses écrits quelques principes,
quelques phrases, et les aura placés dans un jour
défavorable. Plein de cette idée, il réclame de sa
Majesté la permission, la grâce de se défendre.
Elle n'ignore pas que les choses les plus innocentes peuvent être présentées d'une manière
perfide. Kotzebue a pu se tromper souvent : c'est
un malheur qui arrive à tous les gens de lettres ;
un mot irréfléchi, une phrase équivoque, échap-
pent au plus scrupuleux des littérateurs; mais il
jure devant Dieu, comme devant sa Majesté, que
cette faute est involontaire, et n'a jamais été pré-
méditée; il n'a jamais voulu s'écarter davantage
des bornes du respect que de celles de la vertu.
Si enfin il est coupable d'un pareil tort, n'en a-t-il
pas assez supporté la peine? C'est à la main
paternelle de son souverain à le tirer de l'abîme
où il est plongé innocemment, et à rendre au
bonheur le plus soumis des sujets.

» Que sa Majesté daigne jeter un regard de
pitié sur l'infortuné Kotzebue; qu'elle envisage
sa cruelle position! La douleur creuse peut-être
en ce moment le tombeau d'une malheureuse
épouse. Bientôt aussi la fortune de Kotzebue sera
renversée, et cette ruine entraînera celle de ses
enfants! Sa réputation est en jeu, et toute la
terre va le croire coupable d'un crime : enfin, il
est d'une santé faible et languissante, et manque
de tout dans un climat affreux. Le désespoir, la
misère, les souffrances auront bientôt fini d'épui-
ser les sources déjà éteintes de sa vie. Un époux

tendrement chéri, un père de six enfants sera
abandonné de toute la nature, au moment de
rendre le dernier soupir! Et ce sera là le sort
d'un innocent! Non... non; Paul le juste, Paul
vit encore; il rendra à cet infortuné l'honneur, la
vie et le repos, en le ramenant dans les bras de
sa famille. »

Lorsque j'eus fini ce Mémoire, le conseiller de
la cour entra, et me dit qu'il allait faire une visite
au gouverneur. Je le priai de s'informer de l'heure
à laquelle je pourrais le lendemain lui rendre
mes devoirs, et lui faire part de ce que j'avais
écrit. Il me promit de le faire. Je relus, pendant
son absence, plusieurs fois mon Mémoire, et le
trouvant simple comme la vérité, je brûlai d'impatience de voir le conseiller rentrer de chez
M. de Kuschelef. Il rentra en effet peu de temps
après, et m'annonça que M. le gouverneur serait
à mon service depuis cinq heures du matin jusqu'à onze du soir. Il était impossible de me
témoigner plus de déférence : aussi le conseiller
ne pouvait concevoir comment on avait tant
d'égards pour un exilé, et comment on faisait si
peu de cas de sa propre personne.

Le lendemain matin, je me rendis de bonne
heure chez M. de Kuschelef, et sans être accompagné de gardes. Il me reçut avec une considération marquée. Je lui lus mon Mémoire. A la fin
de la lecture, à l'endroit où j'invoque l'empereur,
où j'implore son humanité, pour qu'il ne fasse
pas périr à la fois ma femme et moi, pour qu'il

ne ruine pas mes enfants; à ce moment, dis-je,
il ne put retenir ses larmes, me prit la main avec
affection, la pressa vivement, et dit avec une assurance consolante : « Soyez tranquille, monsieur,
votre malheur ne peut durer. » Il eut ensuite la
bonté de relire lui-même mon Mémoire, d'en
peser chaque phrase, chaque mot, et de me montrer les expressions qu'il croyait nécessaire
d'adoucir. Je notai exactement toutes ses remarques; je fis les sages corrections qu'il me
demanda, et je remis le tout au net, sur de beau
papier qu'il eut la complaisance de m'offrir. La
copie faite avec soin, je la déposai entre ses
mains, comme un gage de ma confiance en lui, et
comme le monument du malheur et de l'innocence. Il la prit, m'assura qu'il l'enverrait à l'empereur par le conseiller qui m'avait accompagné,
et qui devait retourner à la capitale sous peu de
jours. Je le remerciai de tant de bienveillance. Il
me fit voir par son émotion sincère, que tout ce
qu'il serait obligé de statuer contre mon désir, lui
coûterait infiniment.

Comment ne pas reconnaître toute ma vie de
pareils traits de générosité! Voilà bien le véritable homme en place; il sait ne pas confondre la
victime avec le coupable; il sait ce qu'on doit à
l'infortuné, fidèle à la vertu. Il ne tenait qu'à
M. de Kuschelef de m'envoyer à Berésow, sur les
côtes de la mer Glaciale, où, dans les jours les
plus chauds, on voit à peine quelques portions
de terre dégelées; mais cet homme respectable

choisit exprès le climat le plus doux de son gouvernement, une petite ville dont il connaissait les
habitants pour de braves et honnêtes gens. Au
lieu de m'abandonner à Tobolsk, et de me laisser dans une affreuse solitude, il m'invita tous
les jours à sa table ; il brava pour moi les regards
de deux sénateurs qui étaient alors présents pour
surveiller son administration. C'étaient précisément ceux à l'occasion desquels le courrier
m'avait donné à Kasan une espérance à la fois si
douce et si cruelle.

M. de Kuschelef fit encore plus : comme il
s'aperçut que je n'étais pas très versé dans la
langue russe, et que souvent cette ignorance me
mettait dans le plus grand embarras, il me permit
de prendre un domestique qui, outre la langue
russe, en saurait une autre avec laquelle je serais
familier. Cette nouvelle attention me fit un plaisir
inexprimable : mais le choix d'un pareil sujet
n'était pas très facile à Tobolsk ; il ne s'y trouvait
qu'un seul homme, un Italien nommé Rossi, qui
pût remplir mes vues. Il était aussi exilé depuis
vingt ans ; ayant servi autrefois sur la flotte de
Cherson, il avait fait avec plusieurs de ses camarades, le complot d'assassiner l'officier qui les
commandait, et de livrer leur vaisseau aux
Turcs : la conjuration avait été découverte avant
qu'elle pût être mise à exécution, et mon Rossi
avait été envoyé par le prince Potemkin en Sibérie ; il s'était fait inscrire comme paysan, et était
obligé de payer les impositions ; mais il recevait

Il s'écriait : « Quelle montagne affreuse!... » (P. 135.)

chaque année une passe du prévôt de village,
pour se nourrir par son travail dans la ville.
Aussi savait-il mille métiers : aujourd'hui il faisait des habits ou des souliers ; demain des pâtisseries ; il se présentait aux voyageurs comme
domestique de place, et les suivait partout, lorsqu'ils ne dépassaient pas les frontières du gouvernement; en un mot, c'était une espèce de fac-
totum. Une physionomie fine, le regard vif et
rusé, faisaient connaître au premier abord son
caractère. Son talent inné était de tromper, et le
gouverneur me prévint de me méfier de lui, parce
qu'il avait déjà friponné les cent maîtres qu'il
avait servis. De tels renseignements n'étaient pas
faits pour m'inspirer beaucoup de confiance dans
M. Rossi; rien n'était moins rassurant que la
société d'un tel homme : il pouvait fort bien
recommencer le complot qu'il avait tramé contre
l'officier de son bord; il pouvait me dévaliser
comme il avait coutume de le faire ; cependant
j'avais besoin de lui; il me devenait de plus en
plus indispensable, et je ne pouvais faire un autre
choix, puisque lui seul réunissait les avantages
de parler le français aussi couramment que le
russe, de faire le pain et la cuisine, et de connaître tous les endroits du pays. Je le pris donc à
mon service, moyennant la nourriture, et trois
roubles et demi par mois. Le gouverneur eut
encore la bonté de m'accorder la permission de
l'emmener avec moi quand je partis pour Kurgan; faveur qui, si elle eût été sue à Saint-Péters-

bourg, eût pu lui faire perdre son gouvernement.
A la vérité le nom de Rossi ne fut point porté sur
la passe de poste que l'on me donna ; ce coquin
de valet n'avait pas besoin de passe, par la connaissance qu'il avait de tous les villages ; il n'était
jamais rencontré, et voyageait librement.

Mais revenons à toutes ces honnêtes personnes
de Tobolsk, qui s'étaient empressées tour à tour
de me visiter. Rien ne s'opposait à ces liaisons
aimables; on venait chez moi, j'allais chez les
autres : c'était mon nouvel ami Kiniœkoff qui me
voyait le plus souvent; à peine était-il sorti de ma
demeure, que je courais le retrouver dans la
sienne. Il avait un logement aussi propre que
commode; sa bibliothèque, qui consistait pour la
majeure partie en ouvrages français, me fit passer
bien des moments agréables : je lui empruntais
des livres; j'allais seul me promener hors de la
ville et me livrer aux douces émotions de la
nature, au charme puissant de la poésie.

Rien n'était plus consolant pour moi, au sein
de la captivité, que cette espèce d'indépendance.
La société, les marques d'estime et de considération, la lecture, l'amitié, tout versait un baume
adoucissant sur les blessures encore fraîches de
mon pauvre cœur. J'avais été si martyrisé par
le conseiller, que j'étais forcé de trouver mon
nouveau sort plus heureux, ou plutôt moins
cruel : aussi je goûtais avec délices tous ces instants de liberté, et surtout je ne cessais de remercier M. de Kuschelef des égards et de l'humanité

qu'il avait pour moi. Hélas ! tant de douceurs ne furent pas de longue durée. Un matin le gouverneur me fit appeler. Je vis, en entrant chez lui, l'embarras peint sur sa figure ; je tremblai ; il le remarqua, et ne me laissa pas plus longtemps dans l'incertitude : « Votre arrivée, me dit-il, fait toujours encore dans cette ville une sensation si extraordinaire, qu'il m'est impossible de vous regarder comme un simple exilé ; je suis forcé d'être, au contraire, très circonspect à votre égard. Le conseiller, votre conducteur, ne se dispose pas encore à s'en retourner. Peut-être a-t-il reçu en secret l'ordre d'examiner ma conduite avec vous ; et ce sont des gens pour qui la plus petite attention envers les exilés est un crime punissable. Peut-être aussi les sénateurs, qui se trouvent dans mon gouvernement, remarqueront-ils que je vous traite plutôt en ami qu'en prisonnier. Votre propre sûreté et la mienne, exigent donc impérieusement que je restreigne la liberté que je vous ai laissée jusqu'ici. Je me vois forcé de vous prier (car je n'ai pas le courage de vous l'ordonner), de vous prier, dis-je, de ne plus recevoir d'autre visite que celle de votre médecin, et de n'aller chez personne que chez lui et chez moi, car ma maison vous sera toujours ouverte. »

Des inquiétudes fondées sur des motifs aussi puissants ne pouvaient m'indisposer contre M. de Kuschelef. J'étais bien loin de vouloir compromettre un homme aussi généreux, et qui avait

mis tant de délicatesse à m'obliger. Je ne pouvais
douter que ses craintes ne fussent sincères : il
s'exprimait avec cette candeur qui décèle la vérité.
Où a-t-on vu un supérieur comme lui, prier ses
subordonnés de se rendre à ses raisons, et n'ap-
puyer la nécessité de ses rigueurs que sur le bien
qui peut en résulter pour eux? Le gouverneur ne
me vit donc pas recevoir avec déplaisir un ordre
qui me séparait cependant d'une société charmante, et à laquelle j'étais déjà très attaché. Sa
bonté, en me faisant part de ses sollicitudes,
devait m'imposer silence sur les regrets que
j'éprouvais ; je ne lui dis rien autre chose, sinon
pour lui demander la permission de voir seulement M. de Kiniœkoff. A ce nom il leva les
épaules, et me répondit : « J'estime beaucoup
l'amabilité de ce jeune homme ; il a vraiment de
l'instruction et du mérite ; ses formes sont douces
et affables, sa compagnie est amusante ; moi-
même je suis charmé de me trouver avec lui ;
mais c'est un des exilés qu'il est le plus dangereux que vous voyiez souvent. M. de Kiniœkoff
est innocent, je le crois, j'en suis même persuadé : cependant il est mal vu à la cour de Saint-
Pétersbourg, et je crains qu'une intimité publique
avec lui ne vous fasse partager la haine qu'on
paraît lui porter injustement. C'est donc encore
pour votre bien, que je vous chagrine par ce
nouveau refus. » Que pouvais-je dire à cela?
Chaque parole de M. de Kuschelef n'était-elle pas
un trait de bienveillance pour moi? Cet homme

respectable ne voyait que mon bonheur ; et comme
un père qui aperçoit son enfant se jeter dans un
buisson d'épines, il s'empressait de me garantir
de tous les dangers auxquels je m'exposais
étourdiment. Je le quittai donc, en l'assurant de
mon obéissance. Il chercha à lire dans mes yeux
quel était le sentiment qui m'agitait, si je prenais
bien ou mal ses observations ; il n'y trouva que
l'expression de la plus vive amitié ; et nous nous
séparâmes, comme les autres jours, en nous
promettant de nous revoir bientôt.

Je rentrai chez moi. Jusque-là je n'avais eu
pour ma garde qu'un bas-officier, nommé Iwanowitsch, homme fort avancé en âge ; j'en trouvai
un second, plus jeune. Mon vieillard, quoique
borné, était assez bon diable, et ne m'avait gêné
en rien, car il passait toute la journée à dormir ;
je craignis que le nouveau venu ne fût plus
sévère ; mais je fus bientôt détrompé : tous deux
se disputèrent le plaisir de m'être utiles ; c'était
à qui me servirait plus promptement ; ils me
faisaient mon thé, allaient au marché prendre les
provisions, se chargeaient de tous mes messages ;
seulement ils refusaient l'entrée de ma demeure
à toute autre personne que le médecin, et chaque
fois que je sortais, un d'eux m'accompagnait toujours. Je ne pouvais leur en vouloir ; ils exécu-
taient leur consigne. Je m'aperçus bientôt qu'il
leur était recommandé de prendre garde que je
ne parlasse à qui que ce fût, et surtout que je
n'entrasse dans aucune maison étrangère. Ces

bonnes gens y mettaient de la douceur, et ne se plaignaient jamais, malgré le chemin que je leur faisais faire à l'intérieur ou au dehors de la ville, où j'étais libre d'aller.

Je me trouvais néanmoins un peu contrarié de ne pouvoir correspondre avec mes amis; il fallut que j'eusse recours à la ruse : mon intelligent domestique me servit avec adresse. Nous nous donnions rendez-vous au marché, dans les boutiques couvertes; et là, en faisant semblant de marchander quelque chose, nous trouvions le moyen de nous dire quelques paroles à la dérobée. Je pouvais me reposer sur la discrétion des marchands. J'avais remarqué que le malheur d'être exilé en Sibérie donnait des droits à l'estime générale et à l'assistance publique. Plusieurs marchands que je voyais pour la première fois de ma vie, me proposaient tout bas, en passant devant leur boutique, de se charger d'une lettre pour ma famille. « Confiez-vous à moi, me disaient-ils, je vous proteste que je ne vous trahirai pas, et que votre lettre sera remise exactement. » Ces propositions les rendaient d'autant plus recommandables à mes yeux, qu'elles m'étaient faites sans aucun intérêt de leur part, et qu'elles n'étaient payées en aucune manière. Ce qui me fit observer que les exilés dans ce pays y sont traités, pour la plupart, avec ménagement, et même avec bienfaisance, c'est qu'on les nomme *Neschtschastii*, malheureux. Passe-t-il un d'entre eux dans la rue? on dit : « Voilà un malheu-

reux. » Je n'ai jamais entendu nommer différemment les exilés, ou du moins on ne leur donne
jamais de nom qui puisse rappeler l'image de
quelque crime. Il faut avouer aussi qu'on y est
généralement persuadé de leur innocence. De là
vient sans doute l'intérêt qu'ils inspirent.

Je dois dire que les étrangers se font de ces
mots, *exil en Sibérie*, une idée très sombre et
assez inexacte ; aussi je crois leur rendre service
en mettant sous leurs yeux les différentes classes
d'exilés.

Première classe. — Ce sont les personnes
reconnues pour criminelles par la justice, et
suivant les lois : leur arrêt a été confirmé par le
sénat de Saint-Pétersbourg. Ces coupables sont,
outre la peine de l'exil, condamnés à travailler
aux mines de Nerstschinski ; ils font la route à
pied et enchaînés. Leurs souffrances sont mille
fois plus cruelles que la mort : ils ont ordinairement reçu le knout avant leur départ, et leurs
narines ont été fendues.

Deuxième classe. — Elle est composée des
personnes reconnues également coupables par
la justice, suivant les lois, et dont l'arrêt a été
confirmé par le sénat de Saint-Pétersbourg ; mais
leur crime étant moins horrible, elles sont ins-
crites en Sibérie comme s'occupant de culture,
et sont obligées de travailler à la terre. On voit
aussi parmi elles beaucoup de nez fendus. Ces
coupables peuvent, s'ils sont laborieux, gagner
assez d'argent pour adoucir leur sort et se mettre

à même de supporter agréablement leur captivité. Cette punition les contraignant au travail,
est propre à leur inspirer des remords et à les
ramener à la vertu.

Troisième classe. — Elle est composée de gens
qui ont été condamnés, suivant les lois, à l'exil
pur et simple, sans aucune autre circonstance
afflictive et déshonorante. S'ils sont nobles, ils ne
sont pas déchus de leurs titres à cause de ce châtiment; il leur est permis de vivre librement dans
le lieu qui leur est assigné, de faire venir l'argent
qui leur est nécessaire; lorsqu'ils sont pauvres,
ils reçoivent de la couronne vingt, trente kopeks
par jour, quelquefois davantage.

Quatrième classe. — Elle est formée de ceux
qui, sans arrêt et sans aucun droit, sont exilés
par le seul ordre et la seule volonté du souverain.
Ces derniers sont ordinairement traités comme
ceux de la troisième classe : on leur permet
d'écrire à leur famille et à l'empereur; il faut seulement que leurs lettres soient remises entre les
mains du gouverneur. Plusieurs exilés de cette
classe sont néanmoins conduits dans des places
fortes, et tenus aux fers; mais, Dieu merci, ce cas
est très rare (1).

Je ne sais dans laquelle des deux dernières
classes était mon malheureux compagnon de
voyage, le lieutenant-colonel de Rœsan, dont je
n'ai point parlé depuis longtemps, quoique nous
ayons fait presque toujours route ensemble; mais

(1) Cette dernière classe n'existe plus.

il me parut qu'il était destiné à éprouver un sort
bien cruel. A son arrivée à Tobolsk, le gouverneur lui avait d'abord fait espérer qu'il resterait
dans cette ville : ranimé par cette espérance, il
avait commencé à s'y établir ; mais il reçut deux
jours après, l'ordre subit de se rendre sur-le-
champ à Irkutzk. Deux heures après, il était déjà
parti, et je n'entendis plus parler de lui ; à peine
lui laissa-t-on le temps d'envoyer chercher chez
son tailleur ses habits qui n'étaient encore que
coupés. Il fallait que M. de Kuschelef, si généralement reconnu pour un homme humain et bienfaisant, eût de bien graves raisons pour employer
contre ce malheureux de pareilles mesures de
rigueur.

Pour moi, toujours dans la même situation, je
passais beaucoup de temps à écrire à ma femme.
Plus de dix lettres devaient lui être arrivées jusqu'à elle, par l'entremise de mes nouveaux amis,
et par le moyen des honnêtes marchands. Du
reste, je jouissais d'une meilleure santé, et je
cherchais à me distraire autant qu'il m'était possible ; je n'étais plus gêné dans ma solitude par la
présence de mon conseiller, qui logeait chez un
de ses amis : aussi j'employais mes après-dînées
à écrire l'histoire de mes malheurs. Je n'avais
point d'encre, mais j'en faisais avec un bâton
d'encre de Chine, que je délayais dans un petit
vase. Vers midi, j'allais faire un tour de promenade ; je gravissais les rochers qui sont autour de
Tobolsk, et qui s'élèvent pittoresquement au

milieu de torrents impétueux; je découvrais les vastes plaines d'eau et les immenses forêts dont elles sont entourées; mon œil se reposait sur chaque navire que j'apercevais; mon imagination ardente me faisait croire que ma famille naviguait vers moi, et je regardais avec angoisse si je ne la verrais point débarquer. Après ces continuelles illusions, je revenais dîner chez le gouverneur, ou chez le conseiller de la cour Péterson : je mangeais rarement chez moi. C'était surtout auprès de M. de Kuschelef que j'aimais à me trouver; je ne le quittais jamais sans quelque consolation, ou sans quelque adoucissement à mes peines : la sensibilité de son cœur lui faisait toujours découvrir de nouvelles routes pour parvenir jusqu'au mien; il savait saisir avec empressement la moindre occasion de faire luire à mes yeux un rayon d'espérance.

Hélas! lui-même n'était pas très heureux. Souvent, lorsque nous nous trouvions tête-à-tête dans le pavillon de son jardin, et que nous promenions nos regards sur la plaine argentée et sur les bois à perte de vue, il laissait échapper un soupir, et me dévoilait ses secrets sentiments. « Voyez-vous, me disait-il, ces forêts qui s'étendent au delà d'un espace de onze cents verstes, jusqu'à la mer Glaciale? personne n'a encore osé les traverser; elles sont habitées par des bêtes sauvages : cependant elles sont dans mon gouvernement; il embrasse un territoire plus vaste que l'Allemagne, la Turquie et la France réunies; mais quels avan-

tages, quels plaisirs en puis-je retirer? Dans
l'intérieur même de la ville où je gouverne, quels
sont mes agréments? Il ne se passe pas un jour
sans que je sois affligé par un spectacle cruel. On
traîne devant moi des infortunés, seuls ou par
troupes, et je ne dois, ni ne peux les secourir.
Leurs cris seuls déchirent mon cœur : eh bien,
il faut que je prononce un arrêt qui ajoute à leur
désespoir! Si je fléchis, si je ne suis pas insensible comme l'exige le poste que je remplis, je
m'expose à le perdre. Une responsabilité effrayante
pèse sur moi; et quoique je m'acquitte bien de
mon devoir, qui me répondra qu'un rapport secret
et calomnieux ne compromettra pas mon honneur
et ma liberté? Ce malheur est toujours possible.
Je n'en serai instruit qu'au moment où une sentence injuste me frappera. C'est une triste existence que de vivre au milieu des infortunés, dans
un pays sauvage, et sous le glaive de l'autorité
arbitraire! »

J'oubliais alors mes propres infortunes, pour
consoler cet honnête gouverneur, aussi vertueux
que sensible. Je lui disais qu'il était placé à ce
poste par le Ciel lui-même, comme le père et
l'ami des malheureux; je le priai de ne pas
donner sa démission, comme il était souvent
tenté de le faire. « Que deviendraient, m'écriai-je
avec chaleur, tous ces pauvres exilés qui sont
sous votre surveillance paternelle? Le seul soulagement qu'ils éprouvent dans leur adversité, c'est
de se voir entre les mains d'un homme juste et

bon, qui adoucira leur misère plutôt que de l'augmenter. Les bénédictions de ces innocentes victimes rassemblées autour de vous avec respect,
avec amour, n'ont-elles aucun attrait pour votre
âme? Ces prisonniers font entendre leurs cris,
quand ils arrivent à vos pieds; mais dès qu'ils se
voient dans vos bras, ils ne versent plus que des
larmes secrètes, et leur douleur se calme peu à
peu. Restez dans un poste où vous ne cherchez
qu'à faire du bien, où vous vous honorez par la
générosité, où vous vous faites estimer par une
douce puissance! Vous sacrifiez, dites-vous, à un
devoir rigoureux des moments que vous voudriez
passer dans le repos; mais vous avez comme moi
de la religion, votre bon cœur me le dit assez:
Vous croyez donc que tout ne finit pas avec cette
vie et qu'au moment où nous en sortirons, nous
comparaîtrons au tribunal de Dieu. C'est là qu'il
faut attendre votre récompense. Aussi bien,
est-on jamais récompensé de ce qu'on fait pour ce
monde-ci? Cette vie tranquille, à laquelle vous
aspirez, pourriez-vous vous promettre qu'elle ne
fût pas empoisonnée par la méchanceté des
hommes, les maladies ou les accidents? Non, il
n'y a rien de stable ici-bas. Ne travaillez plus que
pour ce monde meilleur où un juste salaire de
vos sacrifices vous est réservé. Encouragez-vous
à la pensée des nombreux témoins et défenseurs
que vous retrouverez aux pieds du souverain
Juge. Vous nous y verrez tous, malheureux exilés,
l'environnant, et lui répétant à l'envi : « Il a mêlé

» ses larmes aux nôtres, lorsqu'il n'a pu en tarir
» la source; il a tâché de calmer nos souffrances,
» quand il n'a pu les faire cesser; c'est le bien-
» faiteur par excellence; il mérite toutes les
» faveurs du Ciel. » Comment le Créateur pourrait-il ne pas vous faire jouir d'une félicité pro-
portionnée au bien que vous aurez fait sur la
terre ? »

J'avoue que je ne saurais dire à quel point ces
réflexions, puisées dans mon âme, charmaient
celle de ce respectable gouverneur. Il me laissait
voir qu'il partageait mes pensées et que je le
récompensais bien des égards qu'il tâchait d'avoir
pour moi.

Je le quittais habituellement après ces petits
entretiens, pour me promener dans la ville ou
pour me rendre au marché. La ville est assez
grande; elle a trois rues droites et larges. Quoique
les maisons soient presque toutes bâties en bois,
le coup d'œil n'en est pas moins agréable : on y
voit du reste quelques bâtiments construits en
pierres, mais d'une architecture moderne. Les
églises, dont il y a un grand nombre, sont toutes
en pierres; les rues sont à moitié planchéiées en
solives, ce qui est plus propre que des pavés, èt
plus commode pour les piétons. Toute la ville est
coupée par des canaux navigables, sur lesquels
sont établis de très beaux ponts. Le marché ou
bazar est grand, et l'on y trouve, outre les objets
de nécessité journalière, des marchandises d'Europe et de la Chine : ces dernières sont, à la

vérité, très chères, mais on peut se procurer les premières à très bon compte. Chaque marché fourmille toujours d'hommes de différentes nations, plus particulièrement de Russes, de Tartares, de Kirghis et de Kalmouks : ils y apportent des poissons de toute espèce et en quantité innombrable. Ce spectacle était tout à fait nouveau pour moi ; une foule de poissons, que je connaissais seulement d'après les descriptions que j'en avais lues, étaient tous les jours en vente, dans de grandes barques ou dans des chaloupes. Les esturgeons, qui sont si chers ailleurs, se donnaient pour une bagatelle. Je remarquai le poisson royal, la bisa (*silurus*), et beaucoup d'autres de toute couleur et de tout calibre. J'eusse passé bien du temps dans ces marchés s'il n'y eût pas régné une odeur insupportable.

Il y avait encore à Tobolsk une autre ressource pour passer le temps ; c'était un casino qui était tenu par un Italien. Les narines de cet exilé étaient fendues ; puni comme assassin, il avait résisté au knout. Son casino le faisait vivre : je ne voulus jamais y aller.

Pendant mon séjour dans cette ville, je fus aussi témoin des mascarades qui eurent lieu en l'honneur des deux sénateurs qui venaient d'arriver. On me pria avec beaucoup d'instances d'y figurer. Je refusai constamment. Je n'étais pas désireux de mettre ma misère au grand jour : au lieu de chercher ces divertissements, j'allais hors de la ville ; je préférais admirer la campagne, et

m'y livrer à mes réflexions. Cependant ce plaisir
de la promenade ne m'était pas toujours possible ;
quelquefois, le matin et à midi, une chaleur
insupportable m'en privait ; le soir, c'étaient les
mouches qui me retenaient chez moi. On ne peut
se faire une idée du temps qu'il faisait à Tobolsk
pendant l'été : presque tous les jours d'abord le
thermomètre de Réaumur montait à 26 ou 28
degrés ; ensuite cinq ou six orages nous venaient
de toutes les régions célestes, et procuraient une
pluie abondante qui pourtant ne rafraîchissait
pas l'air. Croirait-on que, malgré cette chaleur,
la nature était très avare de ses dons ? Je n'ai
pas vu un seul arbre fruitier. Le jardin du gouverneur, qui est le plus beau du pays, est entouré
de murs de planches, sur lesquels on a peint des
arbres fruitiers. A la vérité, il était très orné de
viornes, de poix de Sibérie, et de bouleaux. Ce
dernier arbre est très commun en Sibérie, mais il
est presque toujours tordu ; on prend de loin les
plus vieux bouleaux pour des arbres d'une jeune
pousse. La viorne est préféré à Tobolsk. Chacun
en plante dans les rues, devant sa maison, sans
doute à cause de ses fleurs, qui ont la plus
agréable odeur. Ce que j'ai remarqué encore dans
le jardin du gouverneur, ce sont des groseillers
verts et rouges, quelques pieds de choux, et des
concombres en espérance. Du côté de Tinnen, il
croît une espèce de pommiers qui donnent des
fruits gros comme des noix.

Mais si la nature a privé d'arbres fruitiers cette

Il faut que je prononce un arrêt.... (P. 203.)

partie de la terre, elle n'en est que plus prodigue
en fruits de la campagne. Le blé noir de Sibérie,
qui est si renommé parmi nous, se sème tous les
ans de lui-même; on ne se donne d'autre peine que
de le recueillir : toute espèce de grains réussit
parfaitement, et l'herbe y croît d'une manière
étonnante. Partout la terre ressemble à ce terreau
de jardin, qui n'exige point d'engrais. C'est si vrai
que le fumier abonde au point de porter le paysan
à une extrémité ridicule. Le conseiller de la cour
Peterson, qui, en qualité de physicien officiel
est obligé de faire des tournées dans le pays, m'a
raconté qu'il se trouva plus d'une fois dans des
villages où les paysans abattaient leurs maisons
pour aller s'établir plus loin; ils trouvaient plus
facile de transporter leur cabane que les tas de
fumier qui les environnaient.

Le froid, dans ce pays, est aussi insupportable
en hiver que la chaleur l'est en été; le thermomètre descend jusqu'à quarante degrés. Le conseiller de la cour m'a dit encore que tous les
hivers, il faisait l'expérience de laisser geler du
vif-argent, pour en former ensuite, avec un couteau, toutes sortes de figures qu'il envoyait, em-
ballées dans de la neige, à M. de Kuschelef.

Du reste ce climat, malgré son excessive chaleur et son froid épouvantable, est très sain. Mon
docteur m'a souvent assuré qu'on n'y était guère
sujet qu'à la fièvre causée par le changement
subit de la température; or, avec un habit chaud
on n'est point exposé à trop sentir le refroidisse-

ment de l'air. Ainsi donc il suffit de ne point faire
d'excès et de prendre quelques précautions contre
le froid pour se porter à merveille en Sibérie, et
l'on y parvient à un âge très avancé.

Le terme de ma permission pour Tobolsk
s'écoulait, et M. de Kuschelef ne me disait rien
de mon départ. Je me flattais donc de l'espoir d'y
rester. Mes amis présumaient que, pour m'annoncer cette heureuse nouvelle, il attendait que
les sénateurs et le conseiller se fussent éloignés.
Les premiers partirent pour Irkutzk, mais l'autre
ne paraissait pas disposé à retourner à Saint-
Pétersbourg : enfin je vis passer tout à fait les
quinze jours, terme fatal où je devais être instruit
de mon sort. Le dimanche suivant je me rendis,
comme il était d'usage, à l'audience du gouverneur, avec tous les exilés de la troisième et quatrième classes, qui se faisaient un devoir de se
trouver chez lui ce jour-là en uniforme, mais sans
épée. Le gouverneur me prit à part, et m'annonça
qu'il fallait que je me disposasse à partir le lendemain matin, et me répéta avec chagrin les motifs qui l'avaient déjà forcé de restreindre ma
liberté. Je ne puis dire l'effroi que cet ordre me
causa ; je n'eus pas la force de répondre : « J'obéi-
rai. » Ce ne fut que longtemps après qu'il me fut
possible d'articuler une parole. Alors je priai le
gouverneur de m'accorder encore deux jours qui
m'étaient nécessaires pour réunir plusieurs provisions de première nécessité que je ne pourrais
pas trouver à Kurgan. Je prétextai qu'il me fal-

lait ce temps-là pour vendre ma voiture dont je
n'avais plus besoin, et dont l'argent me servirait
à réparer le déficit de ma bourse. Le gouverneur
se rendit à cette nouvelle demande avec toute la
grâce possible, et je me hâtai d'aller faire mes
tristes apprêts afin de ne pas abuser de ses bontés.

Le plus riche marchand de Tobolsk m'avait,
quelques jours auparavant, offert cent cinquante
roubles de ma voiture : comme elle m'avait coûté
plus du double, je m'étais refusé à la lui vendre ;
mais la nécessité me força de lui faire savoir que
j'acceptais ses offres, quelque désavantageuses
qu'elles fussent. Ce juif eut la bassesse, sachant
que j'étais obligé de partir promptement, de ne
vouloir plus la prendre qu'à cent vingt-cinq
roubles : je fus révolté, mais il fallut que je consentisse à passer par tout ce que voulait ce détestable marchand. Je lui *donnai* donc ma voiture,
car je ne peux pas appeler cela *vendre*. Le gouverneur, en apprenant ce calcul mercantile, fut
de si mauvaise humeur, qu'il me proposa très
sérieusement de faire de cette anecdote une petite
pièce en français, qu'il se chargerait de traduire
en russe ; il ajouta qu'il la ferait représenter sur
le théâtre de Tobolsk. Je souris à ces propositions, mais je n'étais pas dans une situation
d'esprit à faire des comédies.

Aussitôt ce marché terminé, je fis ma provision
de thé, de sucre, de papier, de plumes et autres
choses semblables. Hélas ! je ne pouvais me mu-

nir également de livres; cependant me serait-il possible de passer l'hiver sans m'occuper de lecture? Le bon M. Peterson m'offrit bien tous ceux qu'il avait, mais sa bibliothèque consistait principalement en livres sur la médecine; il avait quelques voyages que je connaissais déjà. Ce n'était que mon ami Kiniœkoff qui pouvait me procurer ce que je désirais si ardemment. Je commençai par lui faire savoir mon départ; ensuite je lui écrivis que j'étais au désespoir de m'éloigner, sans emporter avec moi quelques bons livres : il me fit répondre de l'attendre à minuit à ma fenêtre. Je ne manquai pas d'être exact au rendez-vous, et trois nuits de suite il eut la complaisance de m'apporter lui-même les meilleurs livres de sa bibliothèque.

Au milieu de tous les préparatifs qui m'occupaient, je me gardai bien d'oublier d'écrire à ma femme et à une douzaine d'amis, tant en Allemagne qu'en Russie; je fis un paquet de ces lettres, je l'adressai à mon ancien et fidèle ami Graumann, négociant à Saint-Pétersbourg, et j'en chargeai Alexandre Schulkins, en l'assurant que s'il le remettait avec exactitude à mon ami, il lui serait compté cinquante roubles. Ce moyen me parut le meilleur pour que je ne fusse pas encore trompé. La suite m'a prouvé que j'avais raison : beaucoup de gens font, par intérêt, ce qu'ils dédaignent de faire par générosité.

Aussitôt que je fus prêt à partir, j'allai moi-même l'annoncer au gouverneur. Il vit avec plaisir

que je me soumettais assez courageusement à
cette dure nécessité, et me demanda s'il était encore en son pouvoir de faire quelque chose pour
moi. Je profitai de sa bonne volonté pour obtenir
une petite faveur à laquelle je mettais un grand
prix. Je savais qu'un bas-officier devait m'accompagner jusqu'à Kurgan; je manifestai le désir
que le choix tombât sur mon bon André Iwanowitsch, malgré son grand âge et son habitude
d'un sommeil perpétuel. M. de Kuschelef, qui ne
pouvait rien me refuser, m'accorda cette nouvelle
grâce. Il me pria ensuite, à son tour, d'accepter
des lettres de recommandation pour les premiers
habitants de Kurgan. Il me fit présent d'une petite
caisse pleine de thé de la Chine, et me promit de
me faire passer toutes les semaines le *Journal de
Francfort*, qu'il recevait exactement. Rien ne pouvait me plaire davantage que ces petites attentions; la dernière surtout méritait toute ma reconnaissance, à raison des dangers qu'elle faisait
courir à M. de Kuschelef.

Quand on eut chargé le vieux chariot qui avait
déjà servi, je fis mes adieux à mon conseiller de
la cour. Il me dit que son départ était irrévocablement fixé au lendemain du mien. J'appris alors
que le manque d'argent l'avait seul forcé à rester
si longtemps à Tobolsk, qu'il attendait un marchand qui, n'ayant point de passe de poste, ferait
le voyage à la faveur de la sienne. Je priai M. le
conseiller de vouloir bien ne pas oublier qu'il
était porteur de mon Mémoire à l'empereur. Il me

jura de le remettre lui-même à son adresse. Il partit le lendemain, mécontent du gouverneur, qui, pendant son séjour à Tobolsk ne l'avait pas une seule fois invité à dîner. M. de Kuschelef ne voulait point à sa table des gens mal élevés.

Ce fut le 13 juin, à deux heures après midi, qu'après avoir pris congé de tous mes amis, je me rendis tristement au rivage, où j'aperçus le chariot sur la nacelle. Bon gré mal gré, il me fallut prendre la route de Kurgan, qui conduit d'abord à la petite ville de Jaluterski; on compte jusque-là quatre cent vingt-sept verstes. Les eaux étant considérablement montées, nous fûmes forcés de nous retirer jusqu'aux frontières de Tinnen, afin de pouvoir nous diriger de là, du côté du midi. Nous passâmes la nuit à Tinnen, chez un écrivain qui nous donna l'hospitalité avec une complaisance infinie. Nos chevaux furent payés dans cette route au prix de l'ukase, c'est-à-dire, un kopek pour deux chevaux par verste.

A quelque distance de Tinnen, je vis dans un bois humide une merveille de botanique que j'ai souvent racontée à d'habiles naturalistes, et qui leur parut nouvelle. Il y avait, dans un espace d'environ six cents pas, une quantité innombrable de fleurs rouges, sur lesquelles semblait être un petit tas de neige : ce spectacle me frappa; je fis arrêter ma voiture; je courus à l'endroit où j'avais jeté les yeux, et je trouvai cette fleur vraiment surprenante. Sur une tige d'environ cinq pouces, ornée de feuilles qui diffèrent très

peu de celles du muguet, pendait un petit sac à
ouvrage comme ceux que portent les dames : ce
sac pouvait avoir un pouce et demi carré, il était
garni, aux coins supérieurs, de rubans pour le
fermer. Il était décoré d'une feuille, sous la forme
d'un cœur parfaitement proportionné, dont la
superficie, blanche comme de la neige, paraissait
émaillée, mais dont les parties inférieures se
rapprochaient de la principale couleur, qui était
purpurine : on pouvait facilement voir dans ce
petit sac, l'ouvrir et le fermer à volonté. Je ne
saurais exprimer combien cette fleur, qui du reste
n'avait aucune odeur, me parut charmante. Je
doute que je me sois expliqué d'une manière
scientifique, mais du moins j'ai donné l'idée de
cette petite merveille, et je pense qu'elle serait un
ornement délicieux pour nos jardins. Combien
j'ai de regrets de n'en avoir pas pris quelques
pieds avec moi! mais la voyant en si grande
quantité, je crus qu'elle était commune en Sibérie :
j'appris trop tard que personne, au contraire, ne
la connaissait.

A une demi-journée de Kurgan, nous passâmes
la nuit chez un pope, où nous trouvâmes une
chambre très commode, des lits très bons, et
où nous reçûmes l'accueil le plus amical. Je fus
bien surpris de me voir ainsi traité; je le fus
encore plus le lendemain matin, quand personne
ne me réclama de paiement. J'appris que les
habitants de ce village tenaient à leurs dépens
cette chambre toujours prête, et y traitaient les

voyageurs à leurs frais. Peut-on donner un plus bel exemple d'hospitalité? Ce n'est pas tout; ils poussent la délicatesse jusqu'à se soustraire à vos remercîments, lorsque vous les quittez : j'ai eu la douleur de m'éloigner sans avoir entrevu quelqu'un qui portât aux autres le tribut de ma reconnaissance.

Il était quatre heures de l'après-midi, quand nous aperçûmes pour la première fois Kurgan. Une seule tour de chétive apparence, s'élevait au milieu d'un groupe de maisons à moitié détruites, et d'autres de fort mauvaise mine. Cette petite ville est située au delà et sur les bords les plus élevés du Tobol; elle est entourée d'une lande déserte qui s'étend, de tous côtés, à la distance de quelques verstes. Après ces landes, on voit des montagnes couvertes de bois, qui sont coupées par de petits lacs pleins de joncs. Le temps des pluies étant passé, l'aspect en était aussi agréable qu'il pouvait l'être; et assurément il ne me séduisit pas.

Le nom de Kurgan qui, par son véritable sens, veut dire, *Colline des Sépulcres;* me parut convenir tout à la fois à la ville et à ma situation. Rien n'était plus triste que la vue de cet endroit, et je pensais bien qu'il serait mon tombeau. « C'est donc là, me disais-je, le terme de mon voyage, et le commencement de mes nouvelles peines! » L'inondation de la lande nous forçant à faire des détours continuels, ne nous permit d'approcher que lentement de cette ville, et j'eus

le temps d'examiner de tous côtés ce tombeau
qui s'ouvrait devant moi.

Parmi les cahutes de bois, qui n'avaient toutes
qu'un seul étage, je distinguai avec surprise une
maison en pierres assez bien bâtie : c'était un
palais pour un pareil lieu. Je m'informai à qui
elle appartenait : on me nomma un M. Rosen,
autrefois vice-gouverneur de Perme, et qui
possédait des terres dans ces contrées. J'avoue
que le goût extraordinaire et bizarre d'acheter
des terres dans ce pays sauvage, ne me donna
pas bonne idée de l'acquéreur, et ne m'inspira
pas d'abord grande envie de le connaître : cependant son nom paraissait allemand ; je présumai
qu'il pouvait être originaire d'Allemagne. Ce nom,
d'ailleurs, m'était bien cher depuis plusieurs
années ; il me rappelait mon brave ami, le baron
Frédéric Rosen, et son excellente épouse qui fut
ma seconde mère. Devais-je trouver dans cette
maison quelqu'un de leur famille, qui avait les
mêmes droits sur mon cœur?

Après avoir fait bien des détours, comme dans
un labyrinthe, nous parvînmes à un singulier
pont, qui consistait simplement en solives liées
ensemble. Ce pont quoique affermi sur les deux
rives du Tobol, était mouvant. Chaque voiture
qui passait dessus, devait nécessairement s'enfoncer dans l'eau ; et quand on arrivait en face,
il fallait avoir bien soin d'en prendre le milieu :
un mouvement de la voiture, à droite ou à gauche,
vous faisait courir de grands dangers.

Kurgan n'a que deux grandes rues, parallèles
et très larges : nous en traversâmes une, et nous
nous arrêtâmes devant une maison que l'on me
dit être celle de la Justice du pays. Le bas-officier
qui m'avait accompagné y entra, et revint bientôt
après m'annoncer que le chef de la police était
en voyage, mais que le président du même tribunal le remplaçait : il fallut donc me laisser conduire devant le président. Nous allâmes quelques
centaines de pas plus loin, et nous arrivâmes à
sa demeure : je me nommai, et je fus introduit
quelques instants après.

Je trouvai un vieillard d'une figure respectable
et pleine de bonté; mais dans ce moment il crut
qu'il était de son devoir de prendre un certain
air de dignité. Il me fit donc un accueil très
froid, mit ses lunettes avec un peu d'importance,
ouvrit, sans me regarder, les ordres qui me con-
cernaient, et les lut les uns après les autres.

L'espèce d'indifférence qu'il me témoignait me
donna l'envie de lui faire connaître la manière
dont je croyais devoir être traité, dès ce jour
comme à l'avenir; en conséquence je pris un
siège et je m'assis. Il jeta sur moi du coin de
l'œil un regard qui marquait sa surprise; je feignis de ne pas m'en apercevoir; il continua sa
lecture.

Une troupe de curieux vint de la chambre voisine se rassembler autour de moi. Il y avait
parmi eux beaucoup d'enfants déjà grands, et
un homme d'un âge moyen qui portait l'habit

polonais. Ils me regardèrent tout en gardant le silence, et cette scène mystérieuse dura jusqu'à ce que M. lè président eût fini de parcourir ses papiers. Alors le visage de ce magistrat s'épanouit; la lettre du gouverneur, qui sans doute m'avait recommandé à lui d'une manière toute particulière, l'engagea à renoncer à cet air dédaigneux que sa place lui avait fait prendre. Son cœur parla pour moi dès cette première entrevue. M. le président vint à moi, me tendit la main, me présenta à sa famille, ensuite au Polonais qu'il complimenta d'avoir trouvé un compagnon d'infortune; il le recommanda à mon amitié : le même sort nous unissait. J'embrassai ce malheureux exilé, et je sentis comme lui, dans ces premiers instants, que bientôt la conformité de nos goûts, de nos habitudes, égalerait celle de nos destinées.

Ce président était M. de Gravi. Son père, officier suédois, avait été fait prisonnier au combat de Pultava, et envoyé en Sibérie avec nombre de ses compatriotes; il s'y était allié à une femme du pays, et était mort dans le lieu de son exil. M. de Gravi fils était entré au service, avait fait la guerre de sept ans, et était revenu dans son climat sauvage, où il avait quitté l'état militaire pour embrasser l'état civil. Il vivait actuellement, dans cette localité, avec un revenu très borné; mais il était toujours gai, toujours content. Je ne me rappelle pas l'avoir vu une seule fois de mauvaise humeur; il venait d'être nommé con-

seiller de la cour, place qui lui convenait parfaitement.

Après les premiers compliments, il fut question
de me procurer une demeure, qui, suivant les
ordres de M. de Kuschelef, serait une des meilleures de Kurgan ; ce logement était donné par
ordre de la couronne, et tout propriétaire de
maison était obligé de loger un exilé, quand on
l'en requérait. On imagine bien qu'alors chacun
faisait son possible pour se débarrasser d'une
pareille charge; et dès qu'il se présentait un malheureux pour obtenir gratuitement un asile, on
lui donnait une si vilaine chambre, on le traitait
si mal, qu'on tâchait de le dégoûter d'y rester.

M. de Gravi, après avoir réfléchi longtemps,
indiqua à une espèce d'adjudant, petit homme
tout bossu, le logement où il devait me conduire.
Il me pria de venir souper chez lui le même soir;
je remerciai : j'avais besoin de quelques instants
de repos et de solitude; il fallait de plus que je
m'arrangeasse dans mon nouveau logement.

Je suivis mon guide; il me mena à une petite
maison si basse, que je faillis me briser la tête
en entrant. Cet accident, qui provenait de la ridicule proportion de la porte, ne me fit augurer
rien de bon de l'intérieur de la maison. J'avançai
néanmoins; hélas! je vis des chambres, ou plutôt
des trous obscurs dans lesquels je pouvais à
peine marcher, et qui n'étaient ornés que d'une
table et de deux bancs de bois; point de lit; les
fenêtres étaient couvertes de papier. A cet aspect,

je poussai un profond soupir; l'hôtesse en fit
autant, et dérangea, avec un chagrin concentré,
les bouteilles et le linge qui étaient çà et là dans
la pièce qu'elle me destinait. Elle ramassa aussi
quelques vieux habits et de la mauvaise vaisselle
qui remplissaient tous les coins. Ensuite, elle me
fit signe que j'étais maître d'agir dans cette
chambre comme il me plairait. C'était véritablement dans un tombeau que je venais de faire
mon entrée, et je m'y voyais seul avec mes pensées sinistres et mes sombres perspectives, seul
en face d'un ennui et d'un dégoût qui s'augmentaient à chaque moment.

Combien cette sorte de rechute dans le malheur
et la souffrance est pénible à l'homme qui ne
s'est pas aguerri dès sa jeunesse à endurer les
peines de la vie et qui surtout n'a pas contracté
l'habitude de recevoir indistinctement, de la main
de Dieu, tous les biens et tous les maux! Aussi
longtemps que les souffrances se suivent pour
ainsi dire sans interruption, une nouvelle douleur physique ou morale ne fait pas une forte impression, parce qu'on est jusqu'à un certain point
déshabitué du bien-être. Mais quand on a passé
quelques jours plus heureux, que la considération, l'amitié, les douceurs d'une vie facile ont
fait sentir leur charme à l'esprit et au corps, oh!
qu'il est dur pour l'homme du monde de retomber dans la misère et l'isolement! C'est surtout
alors qu'il se sent en proie à un inconsolable
chagrin et tenté de murmurer contre la Provi-

dence. Si pourtant on avait des sentiments chrétiens, comment ne pas comprendre que Celui qui envoie cette croix nouvelle est le même qui avait procuré le soulagement et fait rayonner l'espérance? Pourrait-il être moins soucieux de nos intérêts aujourd'hui que par le passé? Puis, une âme chrétienne, outre ces convictions que la foi lui donne et qui la calment, ressent, au milieu même des plus cruelles épreuves, un encouragement secret; un baume mystérieux semble versé par le Ciel sur ces plaies nouvelles qui la torturent et adoucit peu à peu sa douleur. Il suffit de lire la *Vie des Saints* pour voir combien cette action intime est véritable et puissante, et jusqu'à quel point elle transforme ceux qui se livrent au bon plaisir de Dieu.

Insensiblement, je repris pourtant un peu de courage; je tâchai de vaincre mes répugnances, et je m'occupai de mes petits arrangements.

Une heure était à peine écoulée depuis le moment de mon installation dans ce pauvre logis, que le bon M. de Gravi m'envoya, en l'honneur de ma bienvenue, un jambon, quelques pains, des œufs, du beurre frais, et autres choses semblables, avec lesquels Rossi prépara un excellent souper, plutôt pour lui que pour moi. Après ce repas, je cherchai à reposer un peu sur mon noir plancher; mais la vermine et le chagrin éloignèrent le sommeil de mes paupières.

Le lendemain matin je me levai d'assez bonne heure; je reçus la visite de différentes personnes

qui composaient les autorités de cette ville. Je
vais les nommer les unes après les autres, afin
de donner une idée de ce qu'on nommait, à Kurgan, la bonné société.

Étienne Osipowitsch, kapitan ou chef de la
police générale, chargé de l'inspection des rues,
des ponts, et, en outre, juge suprême des diffé-
rends qui s'élèvent entre les paysans : c'était un
homme bon, serviable, jovial et fortuné. Il régnait
même dans sa maison une espèce de luxe ; mais
il me parut n'avoir pas de goût. Je me rappelle,
par exemple, qu'il avait dans sa chambre quelques petits dessus de tables et plusieurs plateaux
qui représentaient des sujets copiés de bonnes
gravures connues, et qui avaient été laqués dans
une fabrique située près d'Ekatérinenbourg. Ces
copies lui avaient coûté beaucoup d'argent ; mais
il ne s'en servait ni comme de tables, ni comme
de plateaux : il avait fait ôter les pieds et placer
les uns et les autres sur les murs, en forme de
tableaux : c'était une bizarrerie singulière.

Juda Nikitisch, assesseur à la chambre basse
de la justice. J'avais de sa sœur une lettre de
recommandation pour lui. Cet homme était très
vulgaire, et surtout très borné.

Un autre assesseur, encore plus vulgaire.

Le secrétaire de ce tribunal, bon et respectable
vieillard, qui paraissait avoir une grande idée de
son habileté dans les affaires : il était le seul, dans
toute la ville, qui fît venir des gazettes de la
Moscovie.

C'était effectivement un courrier. (P. 144.)

15

Un chirurgien, fort ignorant. En l'absence du premier chirurgien de la ville, qui était en voyage, il fallait que je remisse le soin de ma vie entre ses mains.

Le plus intéressant de tous ceux que je vis à Kurgan, fut indubitablement le Polonais Iwan Sokoloff : cet étranger possédait autrefois une terre aux nouvelles frontières de la Prusse, et n'avait ni servi, ni même été initié dans les affaires de la révolution. Un de ses amis qui entretenait une correspondance, apparemment assez suspecte, avait cru devoir, pour plus de sûreté, se faire adresser ses lettres sous le couvert de Sokoloff, et avait recommandé à ses correspondants de les lui envoyer ainsi. La première lettre écrite de cette manière fut interceptée. Sokoloff n'en savait rien, n'ayant pas été instruit de cette manœuvre. Or un jour qu'il dînait chez un de ses voisins, à la campagne, un officier se présenta, et lui fit connaître l'ordre qu'il avait reçu de l'arrêter, ainsi que plusieurs autres personnes, innocentes ou coupables. En vain Sokoloff se récria sur l'entière ignorance des motifs pour lesquels il se voyait arrêté : il fut conduit, avec ses compagnons, dans je ne sais quelle citadelle. Cette affaire fut jugée à Saint-Pétersbourg ; et là on leur dit qu'ils seraient exilés en Sibérie. Sokoloff fut donc jeté, ainsi que les autres, sur un chariot. Le chemin qu'il devait suivre n'était qu'à quelques verstes de sa terre : il demanda en grâce qu'on lui permît de voir, pour la dernière

fois, sa famille, et de prendre du linge et des
habits qui lui manquaient. Ses prières furent
repoussées : il se vit obligé de se rendre à Tobolsk
dans l'état de dénuement où il se trouvait. Là il
fut séparé de ses camarades et conduit à Kurgan, où, quand il me raconta cette histoire, il
traînait depuis trois ans la plus misérable existence, sans avoir la moindre nouvelle de sa femme
ni de ses six enfants.

Ce malheureux Sokoloff ne recevait pour vivre
que vingt kopeks par jour, au compte de la couronne : il fallait donc qu'il se privât de toutes les
douceurs de la vie. Il demeurait, en hiver, auprès
d'un hôte presque toujours ivre et d'une hôtesse
acariâtre, au milieu des chats, des chiens, des
poules et des animaux les plus immondes. L'été,
afin d'être seul, il logeait dans l'écurie, où j'ai été
le trouver moi-même. Un bois de lit nu, une
petite table, et un crucifix pendu au mur, étaient
absolument tout ce qu'il possédait. Ah! qu'il avait
besoin de contempler l'image d'un Dieu mourant
dans les plus cruelles souffrances pour s'encou-
rager à supporter les siennes et ne pas tomber
dans le désespoir !

Malgré la misère dans laquelle il languissait,
il était impossible de lui faire accepter quelques
présents : il vivait de pain, de laitage et de quass;
je le voyais toujours proprement habillé. Il était
généralement aimé; la famille de M. de Gravi le
recevait avec plaisir, parce qu'il joignait à ses
manières honnêtes une bonhomie remarquable.

Ce pauvre Sokoloff conservait dans son malheur une égalité de caractère que j'ai bien souvent admirée, et à laquelle j'ai vainement tâché d'atteindre. Les seuls instants où son cœur paraissait faiblir, c'était lorsque nous nous trouvions seuls, que nous nous répétions l'histoire de nos peines, que nous comparions nos souffrances; c'était surtout quand nous nous entretenions de nos enfants et que nous finissions par les nommer tous, les uns après les autres : alors les larmes s'échappaient de ses yeux comme des miens; il tombait comme moi dans la plus sombre mélancolie.

Quel dommage qu'il ne sût pas le français, ou que moi, je ne pusse parler latin, langue familière aux Polonais! nos entretiens eussent été plus doux et moins pénibles. Sokoloff parlait mieux le russe que moi, quoiqu'il ne l'eût appris qu'à Kurgan; mais son accent me rendait la plupart de ses mots incompréhensibles. Au reste, si nos idiômes n'étaient point d'accord, nos cœurs l'étaient bien : nous nous comprenions sans difficulté relativement à tous les sentiments inspirés par l'amitié; l'expression de nos regards, chaque fois que nous nous revoyions, était un langage aussi sincère que facile à entendre; enfin nous étions les deux plus tendres amis qu'il fût possible de trouver. Dans le sein du malheur, on s'unit bien vite et bien fortement. N'est-ce pas Dieu qui le permet pour offrir une compensation à ceux qui souffrent? C'est ainsi, lorsqu'on y regarde de près, qu'il n'y a

presque aucune douleur en ce monde sans quelque
soulagement ou quelque motif d'espérance. La
Providence ménage notre faiblesse et adoucit les
épreuves qu'elle nous envoie.

Aucune des personnes qui m'avaient rendu visite n'était venue les mains vides : chacune
m'avait apporté des comestibles pour longtemps :
il ne me manquait qu'un office pour serrer toutes
ces provisions si généreusement offertes; et bien
loin de l'avoir, je ne trouvai guère à me loger
moi-même. M. de Gravi, qui avait été du nombre
de ceux dont j'avais reçu les hommages, revint
dès qu'il me vit seul; il s'informa si j'étais content
de ma demeure; je ne pus m'empêcher de lui
avouer qu'elle me déplaisait beaucoup : il me proposa aussitôt de me conduire lui-même par toute
la ville, de me faire voir tous les logements qui
étaient disponibles, afin que je pusse choisir. J'acceptai cette offre avec reconnaissance, et nous
sortîmes sur-le-champ. Après avoir couru une
grande partie de la journée d'une maison dans
une autre, avoir trouvé plus mal et rarement
mieux, n'avoir vu que des chambres obscures et
petites où j'aurais été forcé de loger avec mon
domestique, ce qui ne pouvait me convenir, je
priai l'honnête M. de Gravi de vouloir bien me
laisser le soin de chercher moi-même un asile
commode; je lui dis que mon intention était
d'éprouver si l'argent, cet enchanteur universel,
ne me ferait pas ouvrir une maison propre et
agréable : il consentit, persuadé néanmoins que je

ne réussirais pas dans mes recherches. Ce ne fut
pas moi qui me chargeai de cette perquisition;
j'en confiai le soin à mon adroit Rossi, qui, en
moins de vingt-quatre heures, avait déjà fait connaissance avec toute la ville, et sans doute avait
trompé la plupart de ses habitants. D'après mon
ordre, il commença son enquête, et je ne fus pas
longtemps sans le voir revenir : il m'annonça qu'il
avait trouvé une petite maison convenable, où je
pourrais loger seul, moyennant un loyer de quinze
roubles par mois; il ajouta que le propriétaire,
qui était un marchand, alléché par l'appât du
gain, avait consenti à céder son propre logement,
et à se retirer dans un petit corps de logis au
fond de la cour. J'allai sur-le-champ voir cette
nouvelle demeure; je la trouvai si commode et si
richement meublée, suivant la mode de Kurgan,
que je n'hésitai pas à la prendre. Cette maison
consistait en une grande et une petite chambre;
il y avait une cuisine très propre et une *kladawai*,
ce qui veut dire une pièce destinée à tout ce qu'il
faut serrer; les murs de la chambre n'étaient à
la vérité que des planches sans tapisserie, mais
le propriétaire avait eu soin de les garnir d'une
quantité de gravures coloriées et de tableaux à
l'huile, qui faisaient une décoration assez agréable.
Il résultait de cet ornement une illusion bien
douce : on se croyait dans une partie de la terre
moins sauvage et moins triste. Par exemple, on
voyait des perspectives de Nuremberg, une mar-
chande de pain d'épices de Vienne, etc.; et sous

chacun de ces tableaux se trouvaient des inscrip-
tions allemandes. La lecture seule de ces mots,
écrits dans une langue que j'aimais, me rendit si
joyeux, que j'eus beaucoup de peine à m'en séparer. On remarquait encore dans cette pièce, de
très mauvaises copies des vues d'Herculanum, et
autres sujets de plusieurs genres différents. Les
peintures à l'huile, produits des arts du pays,
représentaient d'anciens tzars ; ou plutôt le peintre
avait fait quelques figures avec de la barbe, leur
avait placé sur la tête des bonnets de tzar, leur
avait mis dans la main la pomme impériale, et
avait écrit au bas le nom d'un tzar qui lui était
venu à l'esprit.

Les meubles de la maison consistaient en deux
bancs de bois à dossier, — que l'on nommait so-
phas, parce que, sur chacun d'eux, on avait mis
un coussin de lit, recouvert d'un morceau d'in-
dienne ; — quelques chaises, une table et une
armoire vitrée, dans laquelle il y avait de la porcelaine ; mais cette armoire était fermée, et tout
ce qu'elle renfermait n'était qu'à l'usage de la
maîtresse du logis.

La façade de la maison donnait sur la rue ; il y
avait, sur le derrière, une cour propre, où il se
trouvait une porte qui conduisait sur les bords
du Tobol ; la promenade me devenait par là très
commode. Toutes ces circonstances réunies m'en-
gagèrent à accepter les propositions qui m'étaient
faites, et me décidèrent à louer pour le prix demandé, quoiqu'il fût énorme, et qu'il m'eût paru

très considérable, même à Saint-Pétersbourg.
Ce marché s'arrangeait mal avec ma bourse,
qui, tous les jours, s'épuisait d'une manière
effrayante; mais dans ce moment je ne pensai
qu'au plaisir d'être bien logé, et je ne désirai
plus que de me rendre le jour même à ma nouvelle demeure.

En sortant de visiter cette maison, je rencontrai
M. de Gravi, et je lui fis part de l'arrangement
que je venais de conclure. Il se récria vivement
sur la cherté du loyer, il me défendit de donner
autant d'argent pour une simple location. Il ne
cessa de me répéter : « Ce prix est inouï : depuis
que Kurgan existe, personne n'a osé faire un tel
marché. » A peine rentré chez lui, il ordonna
qu'on fît venir le marchand, en disant qu'il allait
le forcer à se comporter plus honnêtement. Le
marchand vint. M. de Gravi le traita si mal, que le
marché fut sur le point d'être rompu. Je me vis
obligé de paraître content de cette affaire, pour
que mon marchand ne refusât pas de me recevoir
chez lui. Dès qu'il fut sorti, le brave M. de Gravi
dit et redit vingt fois ce proverbe russe : « Épargne
ton argent pour les jours malheureux! » Il voulait
me prouver qu'il était de son devoir de veiller à
mes intérêts. J'eus donc toutes les peines possibles à lui faire comprendre que j'étais en état
de faire une pareille dépense, et que j'avais toujours eu pour principe de vivre moins bien pour
être mieux logé. Il se contenta de murmurer, et
je m'installai dans ma maison. Cependant je ne

fus pas quitte, pour cette fois, de l'indignation de M. de Gravi : dès qu'il entrait chez moi, il recommençait à se lamenter sur la cherté de ce loyer; je m'y étais accoutumé, et je l'écoutais sans faire attention à ce qu'il me disait; je ne pouvais d'ailleurs lui en vouloir, puisque c'était pour mon bien qu'il radotait si souvent. Il est certain que si j'eusse été trompé dans mon espoir de recevoir de l'argent de la Livonie, que si toutes les lettres à mon adresse eussent été interceptées, je me fusse trouvé, six mois après, dans un grand embarras, puisque je ne recevais pas un kopek de la couronne; mais j'avais de l'argent pour le présent, des espérances pour l'avenir; devais-je craindre d'adoucir, autant que possible, les peines du moment? d'ailleurs, tout était extraordinairement bon marché à Kurgan. Mes besoins étaient si modérés, les occasions de dépenser si rares, qu'avec l'économie d'un homme qui pourtant vit à son aise, je pouvais faire face à mes affaires pendant un an, et jusqu'à cette époque, il pouvait arriver bien des changements.

Pour montrer à quel point la vie était peu coûteuse dans cette ville, je vais citer quelques articles au prix coûtant pour moi, mais sur lesquels mon coquin de Rossi me trompait peut-être de la moitié.

Une livre de pain, un kopek (1).

Six livres de pain, cinq kopeks.

(1) Le kopek (ou kopeck) vaut quatre centimes; le rouble environ quatre francs.

Une livre de bœuf, trois kopeks.

Un poulet, *idem*.

La paire de gelinottes, *idem*.

Un plat de poisson, *idem*.

Une corde de bois, quinze kopeks.

Le buveur le plus fort pouvait passer sa journée avec du quass pour un kopek.

On pouvait avoir un lièvre pour rien; les Russes ne les aiment point, ils vous les donnent, et ne gardent que la peau.

Je demandais un jour à M. de Gravi, en présence du Kapitan Isprawnik, combien deux chevaux me coûteraient par an, pour l'entretien. « Trente roubles, me répondit-il. » Le Kapitan me dit qu'il se chargeait de les nourrir parfaitement pour vingt-cinq roubles.

On peut juger par ces prix, que les objets de première nécessité ne sont pas ruineux à Kurgan : le seul désagrément que l'on éprouve, c'est qu'il n'y a ni boucher ni boulanger dans la ville. Une fois la semaine, il se tient un marché, où l'on est obligé de faire sa provision de viande et de pain pour huit jours : quelquefois aussi le marché manque de viande.

Mais, si ces denrées sont à très bon compte, en revanche, d'autres objets plus recherchés sont d'une excessive cherté. La pinte d'eau-de-vie de France coûte deux roubles et demi.

Une livre de sucre, un rouble.

Une livre de café, un rouble et demi.

Une livre de thé de la Chine, trois roubles.

Un sixain de mauvaises cartes à jouer, sept roubles.

Une main de papier de Hollande, trois roubles.

Comme toutes ces choses ne m'étaient point utiles, je ne les achetai point ; et je me trouvai à la fin de la semaine, en comptant mon blanchissage, la lumière, et autres objets, n'avoir dépensé que quelques roubles. Il est vrai que mes repas étaient d'une frugalité remarquable : je mangeais du pain de farine blutée, chose très rare à Kurgan, mais dont M. de Gravi me faisait ma provision, et un peu de beurre : outre cela, je mangeais encore quelquefois un poulet au riz, ou bien un canard sauvage que j'avais tué à la chasse, et je buvais un verre de quass qui composait tout mon dessert : cette sobriété faisait, qu'à peine sorti de table, j'avais appétit. Je dois à ce régime sage, non seulement d'avoir recouvré ma santé, mais encore de l'avoir améliorée.

J'avais de plus une manière uniforme d'employer ma journée. Je me levais tous les jours à six heures du matin ; je passais une heure à apprendre des mots russes : cette occupation m'était absolument indispensable, puisque personne ne parlait une autre langue dans Kurgan ; ensuite je déjeunais ; ce premier repas fini, je consacrais quelques heures à écrire l'histoire de mes peines, et après ce travail qui m'était presque devenu agréable, j'allais me promener, en pantoufles, sur les bords du Tobol, où je m'étais frayé un chemin à l'abri de tous les regards, et

que je ne dépassais jamais : à mon retour, je
lisais pendant une heure, puis je dînais frugale-
ment ; un moment après, je me couchais ou bien
je faisais encore une lecture jusqu'à ce que Sokoloff vînt me chercher pour aller à la chasse ;
quand nous en étions revenus, il prenait ordinairement du thé avec moi : c'était là l'instant marqué pour notre entretien sur nos familles et sur
nos malheurs : c'était alors que nous nous faisions part de nos espérances, et que nous cher-
chions à dissiper nos craintes par les plus légers
indices de bonheur. Dès qu'il était parti je reprenais un livre ; je mangeais un morceau, et jouais
à la grande patience.

C'est ainsi que je passais mes jours. Je jouissais d'ailleurs d'une entière liberté, et je n'étais
surveillé par personne. Mon bas-officier, mon
vieux André Iwanowitsch, était retourné à Tobolsk
deux jours après mon arrivée à Kurgan ; et M. de
Gravi n'avait pas cru nécessaire de le remplacer
près de moi, précaution que l'on avait pourtant
prise d'abord avec le Polonais. A quoi m'eût servi
cette garde? La chasse me conduisait, à la vérité,
à quelques verstes de la ville ; mais où aurais-je
pu fuir? Kurgan était autrefois aux frontières des
Kirghis, mais depuis plusieurs années on avait
reculé les frontières de quinze milles, et l'on avait
construit un petit fort. Quand même les frontières
eussent touché à la banlieue de la ville, avais-je
quelques moyens de fuir? je ne comprenais seulement pas la langue russe, et encore moins celle

des Kirghis. M'échapper, n'était-ce pas m'exposer à perdre la vie ? Les Kurganiens se rappellent encore avec effroi le temps où ils n'osaient même pas sortir de la ville pour aller se promener ! La crainte d'être surpris par des bandes de Kirghis, les retenait renfermés dans Kurgan. Ces peuples avaient la cruauté d'attacher à la queue de leurs chevaux ceux des habitants qu'ils pouvaient attraper, et fuyaient au galop, en traînant ainsi ces malheureux, sans avoir pitié ni de leurs gémissements ni de leurs cris ; ils ne regardaient même pas derrière eux si leur victime vivait encore ; ce n'était qu'à la porte de leur cabane qu'ils l'examinaient : alors, si elle existait encore, ils en faisaient leur esclave. Je devais donc, au lieu de penser à fuir parmi ces barbares, remercier le Ciel, de ce qu'en allant à la chasse, je ne tombais pas entre leurs mains.

Quelque peu de ressources que nous eussions, Sokoloff et moi, pour rendre notre chasse agréable, cette distraction m'était néanmoins très bienfaisante. Nous n'avions que deux mauvais fusils, dont il fallait toujours tirer quatre ou cinq fois la batterie avant de pouvoir la faire partir. Il n'y avait pas dans toute la ville un seul chien de chasse, pas même un barbet capable d'aller chercher le gibier qui tombait dans l'eau. Comme toute la lande était coupée par une quantité innombrable de petits lacs, et comme les canards et les bécasses étaient le seul gibier que nous eussions à poursuivre dans cette saison, nous

étions obligés de faire nous-mêmes le métier de
barbets. Mon Polonais était beaucoup plus hardi
que moi dans cette circonstance; il faisait sortir
le gibier des roseaux, et cherchait les volatiles
qui étaient tués ou blessés.

Ce qui compensait le manque de chiens, c'était
la grande quantité de gibier qui se présentait à
nous, et qui devait facilement tomber sous nos
coups. Je n'ai jamais vu en Europe des bandes
de corbeaux aussi nombreuses que dans ces
parages, et surtout des canards de tant d'espèces
différentes. Il y en a de très gros, de très petits,
avec des becs longs ou courts, plats ou ronds, des
pattes petites ou grandes; les uns sont gris, les
autres bruns, ou bien tout noirs, avec des becs
jaunes : quelquefois aussi, mais beaucoup plus
rarement, j'ai trouvé des canards de Perse, tout
à fait roses, qui avaient des becs noirs et une
houppe sur la tête. Lorsqu'ils s'envolaient, ils
jetaient un cri de douleur, quoiqu'on ne les eût
pas touchés.

Les bécasses sont aussi très abondantes dans
ce pays, et leur espèce est également variée : il
y en a surtout de brunes et jaunes, qui ont de très
grandes pattes et une couronne de plumes autour
du cou; elles sont à peu près de la grosseur d'un
pigeon; elles font leurs nids dans les joncs, s'en-
volent, quand on les approche, en poussant un
cri désagréable, et en formant toujours un grand
cercle; elles sont fort aisées à attraper; mais
leur chair n'a rien de délicat.

J'ai trouvé deux ou trois fois des oiseaux
blancs comme la neige ; ils étaient de la grosseur
d'une oie, avaient de grandes pattes et un long
bec ; ils allaient ordinairement cinq ensemble,
pour chercher leur nourriture sur les bords de
la mer ; mais ils étaient si farouches, qu'à une
distance de deux cents pas ils prenaient leur vol :
je n'ai jamais pu savoir leur nom.

Outre les canards et les bécasses, il y avait aussi
une grande quantité de pigeons excellents, et enfin
beaucoup de merles, qui formaient, en volant,
un nuage épais, et qui couvraient tous à la fois
un bouquet d'arbres lorsqu'ils venaient s'y reposer : ces oiseaux sont très bons à manger ; mais
notre petite provision de poudre ne nous permettait pas de tirer un grand nombre de coups. Mon
Polonais me répéta plusieurs fois, que dans l'ar-
rière-saison, toutes les espèces de gibier s'augmentaient encore, et qu'il y avait même alors des
lièvres, des gélinottes en très grande abondance.
On trouve quelquefois auprès de Kurgan des coqs
d'Inde sauvages.

Il n'y a point d'ours dans les forêts environnant
cette ville ; les loups y sont même très rares,
parce que le terrain est trop plat ; il n'y a que
très peu de martres, mais on voit beaucoup d'her-
mines. L'air est souvent obscurci par une quantité innombrable de grands et de petits vautours
qui sont si familiers qu'ils viennent dans la ville
même.

Au plaisir de la chasse, pour laquelle je suis

passionné, et qui me donnait une si agréable
occasion de passer le temps, se joignait encore
l'agrément de voir la lande ornée de mille fleurs
différentes, parmi lesquelles j'ai remarqué la
spiræa filipendula, si joliment émaillée. J'ai aussi
respiré souvent l'odeur suave de plusieurs herbes
qui embaumaient tous les environs; j'ai remarqué entre autres l'*artemisia abrotanum.* On conduit de tous côtés, au milieu de ces herbes, un
nombre prodigieux de bêtes à cornes et de chevaux qui y bondissent sans gardien. J'allais voir
toutes ces curiosités pendant les jours les plus
chauds de la saison.

L'été était brûlant et sec en Sibérie, pendant
qu'il était froid et pluvieux en Livonie; les orages
que nous éprouvions se dissipaient promptement,
et rafraîchissaient à peine l'atmosphère.

Parmi les livres que j'avais heureusement à ma
disposition se trouvait un volume des œuvres de
Sénèque qui me fut d'un grand secours dans ma
douloureuse infortune. Les pensées de ce philosophe se gravaient dans mon esprit et m'aidaient
à soutenir le poids accablant de mes maux. Je ne
pouvais du reste m'empêcher de considérer la
ressemblance frappante de ma position avec la
sienne. Exilé, ainsi que moi, Sénèque a langui
pendant dix ans sur les plages inhospitalières de
la Corse. La description qu'il fait de son séjour,
des sites affreux dont le seul spectacle lui était
offert, ses plaintes au sujet de la langue barbare
qu'il devait journellement entendre, tout cela me

De grandes troupes d'exilés allaient à pied à Irkutzk. (P. 155.)

16

montrait l'analogie de nos situations, me rapprochait de lui, m'attachait à lui par le lien d'une
mystérieuse intimité. Je ne saurais nier que, parmi
ses maximes, il y en ait plusieurs qui demandent
une sérieuse discussion ; d'autres ne sont que de
belles pensées. Mais l'impression que me faisait
cet ouvrage ne laissait pas d'être salutaire à mon
âme et de lui procurer de précieuses consolations (1).

Malgré tout cela, un souvenir continuait à

(1) Il faut croire que l'absence d'une Bibliothèque bien composée et
la satisfaction de lire un auteur qui a connu les mêmes infortunes, dis-
posaient favorablement Kotzebue envers Sénèque ; car quand il s'agit de
consolations, ce n'est assurément pas aux écrits de ce païen orgueilleux et hypocrite qu'on doit en demander !... Chacun sait qu'il s'entendait
si peu à consoler les autres par sa froide et sentencieuse philosophie,
que lui-même n'a pu y puiser assez de courage pour supporter la vie.
Souvent du reste il avait fait l'éloge du suicide. « Êtes-vous tourmenté
par la lenteur de la vie ? écrivait-il ; vous n'êtes pas forcé de la garder.
Se donner la mort ou l'attendre, c'est la même chose. Mourir plus tôt
ou plus tard, n'est rien ; l'essentiel est de bien mourir. Or, qu'est-ce que
bien mourir ? c'est se soustraire au danger de vivre malheureux. Que de
fois on se fait soigner pour dissiper un mal de tête ! Et on pourrait hésiter
à s'ouvrir une veine pour mettre un terme à une vie de souffrances ?...»
Voilà une belle doctrine !... Et Sénèque est passé de la théorie à la pratique : il a été assez lâche pour se suicider, — après avoir pris la précaution toutefois de proclamer que le suicide était un acte très louable,
afin de ne pas faire maudire sa mémoire et sa fausse philosophie. Veut-
on savoir maintenant quel était le thème des consolations qu'il adressait
aux personnes affligées de son siècle ? Qu'on en juge par cet échantillon.
Sénèque écrivait à une mère inconsolable de la mort de son fils : « Le
préjugé qui nous fait gémir si longtemps nous entraîne plus loin que
ne le commande la nature. Vois comme chez les êtres sans raison les
regrets sont véhéments, mais aussi comme ils sont courts ! On n'entend
qu'un jour ou deux le mugissement des vaches ; la course furibonde des
cavales ne dure pas plus longtemps. » Et à un de ses amis, affligé d'avoir

déchirer mon cœur, c'était celui de ma femme et
de mes enfants. Il y avait si longtemps que j'étais
privé du bonheur de les voir! si longtemps que
j'ignorais leur sort! Je me disais, dans des moments de désespoir : « Peut-être ne recevrai-je
jamais de leurs nouvelles! » Ma femme et moi
n'avions été séparés, dans toute notre vie, que la
durée d'un mois, et cette absence nous avait paru
mortelle à l'un comme à l'autre; cependant nous
nous écrivions tous les jours : au lieu que dans

perdu son frère : «C'est une puissante consolation de penser que tout ce
que nous souffrons, d'autres l'ont souffert avant nous; d'autres le souf-
friront après nous... Puis, réfléchis donc que ta douleur ne servira de
rien, ni à toi, ni à ton ami : tu ne voudras donc pas prolonger une chose
inutile!... Ou ton ami sait que tu te tourmentes à son sujet, ou il ne le
sait pas. S'il le sait, il te blâme; s'il ne le sait pas, tu perds ton temps à
pleurer...» Comme tout cela devait être encourageant pour les pauvres
cœurs plongés dans la désolation!... On n'en revient pas quand on songe
que les esprits forts du xviiie siècle se sont mis, à leur tour, à feuilleter
Sénèque pour se donner du courage aux mauvais jours de 93. Des
hommes tels que le poète Roucher, n'avaient pas d'autre consolation, au
fond de leur cachot, que cette pitoyable lecture. Que ne prenaient-ils
une *Imitation*?... Ah! comme ils étaient punis par où ils avaient péché!
Eux qui avaient si souvent, à la suite de Voltaire, accablé de leurs dédains
et de leurs sarcasmes la religion catholique, ils avaient maintenant les
consolateurs qu'ils méritaient; ni prêtre, ni sœur de charité au moment
de leur mort; pas même un livre qui leur eût remis sous les yeux le
nom de Jésus-Christ, unique refuge des malheureux, suprême ressource
des coupables!... Mais nous, qui connaissons par expérience l'abîme qui
sépare la philosophie de Sénèque de celle de notre divin Sauveur, quelles
actions de grâces ne devons-nous pas rendre à celui-ci? quelle joie ne
devons-nous pas éprouver en pensant que s'il n'eût pas accordé au
monde le bienfait de la rédemption, nous serions, comme les païens du
temps de Sénèque, livrés à tout ce que la douleur a d'atroce et d'intolé-
rable lorsqu'elle n'est pas transfigurée par les radieuses espérances que
donne la religion, adoucie par le baume qu'elle verse dans les cœurs!...

mon exil, je n'avais pas encore reçu une seule de ses lettres. Pouvais-je alors ne pas me rappeler ce voyage que je fus obligé de faire à Pirmont pour ma santé? Mon épouse se trouvait empêchée de m'accompagner : j'avais dû partir seul. Il avait été décidé que j'y resterais au moins trois semaines, temps nécessaire pour ma guérison; mais au bout de dix jours l'ennui m'avait gagné : je m'étais trouvé plus malade que jamais. Demandant vite des chevaux, j'étais revenu dans les bras de ma femme, au milieu de mes enfants. Et depuis près de huit semaines je me voyais isolé, languissant dans un coin de la terre! Grand Dieu! je vivais! et comment donc pouvais-je vivre! Espérance, quel était ton pouvoir! tu soutenais seule mon âme abattue!

Les projets d'évasion hantèrent de nouveau mon esprit. Je combinais un plan où tout était prévu, calculé, pesé. Mon ami Kinicekoff en avait proposé un autre. Il estimait qu'il était assez facile de se mettre à la suite d'une caravane venant de la Chine, en prenant un déguisement convenable : lui-même aurait tenté ce moyen, s'il n'avait pas craint de rendre, par sa fuite, le sort de ses frères plus rigoureux. Pour moi, qui étais étranger, je trouvai ce projet impraticable. Il fallait, pour le faire réussir, être un naturel du pays, ou en savoir bien la langue, afin qu'on vous prît pour un conducteur russe. Je m'en tins donc à mon propr plan; je fis part à ma femme de tout ce qu'elle devait apporter avec elle pour le favoriser.

Comment, me dira-t-on, faisiez-vous passer des lettres aussi suspectes, puisque le gouverneur les lisait avant de les laisser partir? Je dois avouer, pour ne laisser aucun doute sur ma véracité, que je trouvais à Kurgan un brave homme qui me proposa de se charger de l'envoi de mes lettres cachetées, et par les soins duquel ma femme les recevait plus promptement que toutes les autres.

Les bons Kurganiens, qui ont eu le bonheur de conserver les vertus du premier âge, me traitaient avec toute l'humanité, toute la bienfaisance qu'il est possible d'attendre des personnes les plus compatissantes. Ils m'invitaient à toutes leurs fêtes, ils voulaient que je partageasse leurs plaisirs et leurs festins. Ils ne me connaissaient pas d'abord comme homme de lettres; mais aussitôt qu'ils entendirent parler de mes œuvres, ils me témoignèrent le plus grand respect, et je devins un homme célèbre à leurs yeux. Si cette estime générale était flatteuse pour moi, l'importunité avec laquelle ils me priaient de me rendre à leurs fêtes m'était cependant quelquefois à charge. Mon âme n'était pas disposée à se livrer au bruit de la société, ou peut-être la joie franche qui régnait dans leur union n'avait-elle aucun charme pour un Européen. En voici un exemple.

Juda Nikititsch, l'assesseur, voulait célébrer le jour de sa fête, jour qui est plus solennel en Russie que celui de la naissance. Il vint lui-même me voir le matin, et me pria de me rendre à midi chez lui, où les premières autorités de la

ville se trouveraient rassemblées. Je répondis à
son aimable invitation. Lorsque j'entrai, cinq
chanteurs se hâtèrent de me recevoir; ils tour-
naient le dos à la compagnie; et pour augmenter le bruit de leurs chants, ils tenaient la
main droite devant leur bouche, et entonnaient
des couplets dans un coin de la chambre. L'usage
voulait que l'on reçût ainsi chaque personne qui
arrivait. Une grande table était couverte de vingt
plats, mais il n'y avait ni couverts pour servir, ni
chaises pour s'asseoir. Ce repas avait plutôt l'air
d'un simple déjeuner. Les mets principaux consistaient en pirogues, espèces de pâtés faits ordinairement avec de la viande, mais qui, cette fois,
étaient composés de toutes sortes de poissons. Il
y avait en outre une quantité de poissons marinés
et de pâtisseries préparées de différentes manières. Le maître de la maison se promenait dans
la chambre avec des flacons d'eau-de-vie; il ne
se lassait pas de verser, et les convives ne cessaient pas de boire. A mon grand étonnement,
personne ne me parut même étourdi, quoique l'on
ne discontinuât pas de porter des santés. Il n'y
avait pas de vin. Juda Nikititsch nous fit servir
une boisson très chère en Sibérie où il n'y a point
d'abeilles; c'était de l'hydromel. Tous les convives, excepté moi, préférèrent l'eau-de-vie.

J'attendais à chaque instant que l'on ouvrît la
chambre où le dîner devait être préparé. Ce fut
en vain : chacun, l'un après l'autre, prit son bonnet et s'en alla. Il fallut bien que je me décidasse

à en faire autant. « La fête est donc finie? demandai-je à M. de Gravi qui sortait avec moi. — Oh! non, me répondit-il. Chacun des convives se rend à la maison pour dormir. Ils vont se reposer jusqu'à cinq heures, et ensuite tout le monde se rassemblera de nouveau. » Je revins de mon côté à l'heure marquée; la scène était tout à fait changée. La grande table se trouvait, à la vérité, encore au milieu de la chambre; mais au lieu d'être couverte de pirogues, de poissons et d'eau-de-vie, elle l'était de gâteaux, de raisins, d'amandes et d'une quantité de confitures de la Chine, qui étaient vraiment excellentes, parmi lesquelles se trouvait une espèce de marmelade de pommes coupées par filets. On se mit ensuite à jouer au boston, tant que le punch, versé à profusion, permit de distinguer les cartes. Lorsque l'heure du souper sonna, chacun se retira comme le matin.

J'avais besoin assurément de toute ma complaisance pour prendre part à des fêtes semblables. Combien je fus content, lorsque je me vis libre de respirer dans ma chambre, lorsque, le fusil sur l'épaule, mon brave Sokoloff à mes côtés, je pus sortir pour aller me promener au milieu de la campagne!

Telles étaient mes occupations, mes plaisirs, mes ennuis à Kurgan. D'ailleurs, je jouissais constamment d'une bonne santé. Ce bonheur inattendu me donnait du courage. Je n'attendais plus que ma famille; je n'aspirais plus qu'à la

voir autour de moi, partageant mes travaux, mes
amusements, et composant toute ma société.
Devais-je l'y trouver un jour? Un autre désir
m'occupait encore : c'était de savoir si mon
Mémoire était remis à l'empereur. Comme je
souhaitais ardemment un bon voyage à mon conseiller de la cour! Combien de fois je comptais
les semaines, les jours qu'il avait dû mettre pour
arriver à Saint-Pétersbourg, le temps qu'il fallait ensuite pour faire passer une décision des
bords de la Néva aux bords de l'Irtich! Je calculais qu'à la fin d'août je recevrais mon dernier
arrêt. Mais Dieu soit loué! je m'étais trompé dans
mon calcul : ce devait être plus tôt!...

TROISIÈME PARTIE

La délivrance; le retour dans la patrie.

E 7 juillet, mon réveil fut illuminé par le doux rayon d'espérance que mes nouveaux plans d'évasion projetaient sur mon avenir. J'avais l'esprit plus tranquille, le cœur moins oppressé; en me levant, je repris le cours de mes occupations ordinaires, avec cette ardeur, ce courage nouveau que l'espoir, même le plus vague, donne à l'infortuné.

Sur les dix heures, M. de Gravi vint me trouver. Après quelques instants d'une conversation
peu intéressante, il prit, suivant sa coutume, un
jeu de cartes, pour jouer *à la grande patience*.
Il avait mis si souvent la mienne à l'épreuve par
cet ennuyeux amusement, que je n'étais pas tenté
de suivre sa partie. Cependant il fallut m'asseoir
à côté de lui, paraître même faire attention à ses
coups, le regarder, lui répondre pendant une
heure entière. Ce bon M. de Gravi croyait assurément me distraire, ne pouvant s'imaginer que
le temps fût précieux à un exilé à Kurgan. Il
resta donc ce jour-là jusqu'à onze heures passées, et il n'est point douteux qu'il ne fût demeuré
plus longtemps, si, perdant patience, je ne me
fusse levé sans dire mot, et je n'eusse fait vingt
fois le tour de ma chambre, comme un homme
très occupé qui désirerait qu'on le laissât continuer ses travaux. Ce qui détermina encore plus
M. de Gravi à finir ce maudit jeu, ce fut la réponse que je lui fis, lorsqu'il me demanda sur
quel objet il devait poser les cartes : « Sur l'espérance de voir bientôt ici ma femme, » repartis-je.
Comme il savait que j'aimais à être seul dans ces
instants consacrés au souvenir d'une épouse
chérie, il fit semblant de se rappeler quelques
affaires à terminer et sortit.

Aussitôt je me remis à ma table, pour y écrire
pendant une heure ; mais, au milieu d'une pé-
riode, je fus interrompu par mon domestique, qui
s'écria, en entrant : « Monsieur !... Monsieur !...

encore quelque chose de nouveau! » Je refusai
d'abord de l'écouter, parce qu'il avait aussi l'habitude de m'ennuyer par le récit de certaines
histoires dont il recommençait chaque jour les
détails. Il me répéta encore : « Monsieur! Monsieur! il y a quelque chose de nouveau! — Eh
bien, voyons; qu'est-ce encore? lui répondis-je
en tournant négligemment ma tête de son côté.
Explique-toi vite et clairement, si tu le peux. —
Monsieur, ajouta-t-il alors avec un ton mystérieux, Monsieur, un dragon vient d'arriver ici
pour vous prendre, et... voilà tout ce que je
sais.... » A cette nouvelle, mon sang se glaça
dans mes veines; je fus saisi d'effroi, et, me
levant brusquement, je fixai mon domestique
sans proférer une seule parole. « Oui, oui, con-
tinua-t-il, nous irons peut-être encore aujour-
d'hui à Tobolsk.... — Comment, nous irions !... »
Je ne pus articuler le reste. Ma langue était en-
chaînée... : il introduisit auprès de moi un homme
qui m'assura avoir vu ce dragon, et l'avoir lui-
même conduit chez M. de Gravi. « Mais, savez-
vous le contenu de ses dépêches? demandai-je
alors, en retrouvant tout à coup la parole. —
Non, » me répondirent-ils tous les deux, et ils
s'éloignèrent.

Que devais-je conjecturer? devais-je penser à
ma liberté? Si c'était là le motif qui amenait ce
dragon, pourquoi me reconduirait-on à Tobolsk?
il y a un chemin bien plus court, en passant droit
par Ekatarinenbourg. Pourquoi me ferait-on faire

un détour de cinq cents verstes? cependant la
réponse de l'empereur à mon mémoire ne pouvait
tarder à me parvenir. Hélas ! par suite de toutes
ces réflexions, il ne me resta dans l'esprit que
l'affreuse certitude d'un exil plus cruel encore.
Je ne doutai pas qu'on n'eût l'intention de me
transporter plus avant dans les terres, peut-
être jusqu'aux mines, peut-être jusqu'à Kamtschatka. Qu'on se représente alors l'excès de ma
frayeur !

Je cherchai néanmoins à remettre mon esprit
dans cet état de calme qui ne devrait jamais nous
abandonner. Je pris vivement le papier où j'avais
écrit ; je ramassai l'argent qui me restait encore ;
je serrai le tout avec soin dans mon gilet, et j'attendis environ dix minutes que mon nouveau
sort me fût annoncé. Ces dix minutes sont, je
puis l'assurer, les plus cruelles que j'ai passées
de ma vie, par l'incertitude où j'étais.

Un bruit que j'entendis dans la rue me fit
mettre la tête à la croisée. J'aperçus M. de Gravi
entouré d'une foule assez considérable ; à côté
de lui marchait ce dragon dont mon domestique
m'avait parlé. Mais pourquoi étaient-ils si loin
encore? Je ne pouvais remarquer l'impression de
leurs figures, et mes inquiétudes ne faisant que
s'accroître, je redoutais davantage la rigueur d'un
nouvel arrêt. Cependant je m'efforçai en vain de
m'éloigner de la croisée, jusqu'à ce que cette
foule fût proche de moi : la curiosité m'y fit rester. Le malheureux est avide de nouvelles : il

court même au-devant de celles qui peuvent ajouter à ses maux.

Enfin je pus distinguer tout ce monde qui se portait vers ma maison ; mais je ne regardais que M. de Gravi, dont le front me parut joyeux et serein. Quel rayon d'espérance vint luire dans mon cœur !

La foule pénétra dans la cour, et M. de Gravi marchait alors le premier. Je devais, je voulus sortir pour aller à sa rencontre ; mais cela me fut impossible. Je restai malgré moi immobile, les yeux fixés sur la porte de ma chambre. Elle s'ouvrit : je tâchai de parler : mes efforts furent inutiles.

« Vous êtes libre ! me cria M. de Gravi, les yeux baignés de larmes ; soyez heureux, vous êtes libre ; et il était dans mes bras ; il me serrait étroitement avec toutes les démonstrations de la plus vive, de la plus sincère amitié ; ses pleurs coulaient sur mes joues ; moi, je ne pleurais pas : je ne pouvais pleurer ! Je regardais avec surprise tous ceux qui répétaient autour de moi : « Vous êtes libre ! » Je me laissais embrasser par tous les amis qui m'attiraient vers eux, par mon domestique même qui disputait aux autres le plaisir de me prouver sa joie. Je n'étais qu'une idole de marbre : on m'honorait, on me caressait, on me révérait, on chantait mes louanges, on célébrait mon bonheur : eh bien, je n'avais pas même la force d'ouvrir la bouche pour remercier cette foule empressée. Le spectacle de son ivresse

et de ma froideur eût fait croire au plus clairvoyant
des hommes que c'étaient eux qu'on délivrait, et
que moi seul je restais prisonnier.

Le dragon, quand les cris de joie eurent cessé,
s'avança vers moi et me remit une lettre du gouverneur de Tobolsk ; je l'ouvris avec précipitation,
et je lus :

« MONSIEUR,

» Réjouissez-vous ; mais modérez vos transports ; la faiblesse de votre santé le demande.
Ma prédiction s'est accomplie : j'ai la douce satisfaction de vous annoncer que notre très gracieux
empereur désire votre retour. Exigez tout ce qui
vous est nécessaire : tout vous sera procuré ;
l'ordre en est donné : accourez et recevez mes
compliments.

» Votre très humble serviteur,

» D. KOCHELEFF. »

Chaque ligne de cette lettre est profondément
gravée dans mon cœur : je la transcris ici sans
l'avoir sous mes yeux ; et, dans l'âge le plus
avancé, je suis sûr que je pourrai la dire encore
de mémoire.

Le gouverneur m'envoyait en même temps un
paquet de gazettes et un petit billet de M. Beker
qui se trouvait présent lorsque le dragon me
fut expédié. Ce billet renfermait une invitation de
la part de cet honnête négociant, à descendre

dans sa maison à Tobolsk, plutôt que d'accepter
un autre logement. M. de Gravi tira ensuite de
sa poche l'ordre qu'il avait reçu personnellement
de Russie, pour qu'on pourvût à mes moindres
besoins, qu'on me donnât même de l'argent, si
je le désirais, et surtout pour que l'on me mît le
plus tôt possible en état de partir. J'étais encore
muet de surprise et de joie; mais quelques larmes
s'échappaient de mes yeux.... Ces larmes, j'allais
les essuyer... quand mon cœur en ouvrit la
source, et les fit couler par torrents. Oh! qu'il
est doux de pleurer au moment d'un bonheur
inattendu, lorsque l'on se trouve avec des amis
sincères qui, dans leur sein, reçoivent chaque
larme, précieux témoignage d'une joie pure et
partagée!...

Il était difficile qu'en ce moment, où mes
larmes troublaient ma vue, je pusse remarquer
tous ceux qui m'entouraient; mais quand rien
ne m'empêcha de distinguer leurs traits, quel fut
encore mon attendrissement! Sokoloff était près
de moi, les yeux baissés, l'air morne et accablé;
il poussait de longs soupirs. « Je vais donc, me
dit-il avec l'accent du désespoir, je vais donc me
trouver encore une fois seul?... Pardonnez-moi,
ajouta-t-il en se jetant dans mes bras, pardonnez-
moi cette plainte dictée par la tendresse que vous
méritez.... Dieu m'est témoin de la joie que me
cause intérieurement votre liberté.... Adieu. » Il
s'éloigna; je l'appelai, il ne m'entendit plus.

De nouvelles visites me furent faites. Tous les

habitants, de quelque rang qu'ils fussent, s'empressèrent de venir m'offrir leurs félicitations.
Chacun d'eux me témoigna, comme il put, le
plaisir que lui causait l'ordre de ma délivrance.
En un instant, toute la maison fut pleine, au
point que M. de Gravi qui s'aperçut que cette
foule, vu la faiblesse de ma santé, me faisait
mal, se hâta de la disperser. Quand tout le monde
fut sorti, il m'invita à dîner ; mais je n'acceptai
point. Je n'avais nulle envie de perdre mon
temps dans les ennuis d'un repas : je ne désirais
qu'être seul et partir. M. de Gravi, qui ne pouvait m'en vouloir d'un pareil refus et de mon
empressement à m'éloigner de Kurgan, m'assura
que tous mes ordres seraient remplis exactement,
et qu'il m'était libre de fixer le moment de mon
départ. « Dans deux heures » fut ma réponse. Il
me quitta en souriant, et je me trouvai enfin tout
à fait seul.

Comment pourrais-je peindre ce qui se passa
en moi dans cet instant ? Une heure après que
M. de Gravi était sorti, mes genoux tremblaient
encore ; j'allais çà et là sans réflexion ; mes idées
se confondaient ; mes sentiments se succédaient
avec rapidité ; des images incohérentes frappaient mes regards, et s'évanouissaient aussitôt.
D'abord, un nuage semblait seulement me séparer
de ma femme et de mes enfants : je m'avançais
pour les embrasser. Alors mes yeux se dessil-
laient ; je ne voyais plus que l'espace immense
qui était réellement entre moi et ces êtres chéris ;

Je profitais de son oubli pour séparer cent roubles. P. 157.)

je devenais sombre, mélancolique, rêveur.... Tout
à coup, dans mon impatience, je demandais des
chevaux.... Mais les deux heures n'étaient point
écoulées ! Je tâchais de réfléchir sur ma situation,
de raisonner avec moi-même, de lire les gazettes,
délassement qui m'était autrefois si agréable :
rien ne pouvait suffire à mon âme : rien ne pouvait l'occuper, la distraire; et, pendant ce moment
d'une tendre anxiété, mes larmes coulaient toujours. Enfin, épuisé à force d'éprouver les plus
vives émotions, je tombai sur ma table en m'é-
criant : « Mon Dieu! mon Dieu!... »

Ce n'est en vérité qu'en Dieu qu'on peut trouver
le calme et la paix dans les grandes joies comme
dans les grandes douleurs. Il faut se confier en
lui, s'abandonner à lui, et alors l'âme, se repo-
sant sur le sein d'un Père tout à la fois si puissant
et si bon, cesse de se troubler, de s'inquiéter,
elle redevient paisible.

Jusqu'alors je ne possédai pas ce calme; des
larmes de tristesse se mêlèrent même à celles que
la joie m'avait fait répandre. Le dragon m'avait
bien raconté qu'il était venu un courrier de Saint-
Pétersbourg pour me chercher, et que, si ce
courrier était resté à Tobolsk, c'est que son ordre
l'obligeait de n'aller que jusqu'à cette ville. Mais
ce dragon n'avait pu répondre à une question qui
m'intéressait bien davantage ; il n'avait pu m'apprendre si le courrier était porteur de quelques
lettres de ma femme, ou si, du moins, il avait des
nouvelles à m'en donner. Au fait, n'était-il pas

vraisemblable que ce courrier n'avait aucune commission directe pour moi? car le gouverneur de Tobolsk, qui connaissait mon attachement pour ma famille, se serait empressé de m'en faire part. Il avait souvent écouté avec intérêt tout le bien que j'en disais; il avait souvent compati à ma douleur : hélas! il gardait le silence dans ce moment. Peut-être avait-il quelque événement sinistre à m'annoncer; peut-être le chagrin de ma captivité, l'inquiétude de mon sort avaient abrégé les jours de ma femme; mille pensées tristes, désespérantes, me poursuivaient déjà.

Par bonheur, les préparatifs de mon voyage vinrent me distraire; mon Italien ne pouvait trop se hâter au gré de mon impatience. Je ne lui donnai que le temps de mettre tout pêle-mêle dans les portemanteaux; ensuite je me pressai d'aller témoigner toute ma reconnaissance aux bons habitants de Kurgan. Ils reçurent mes adieux avec les plus sympathiques regrets.

En rentrant chez moi, j'y trouvai mon pauvre Sokoloff qui, respirant à peine, se promenait à grands pas dans ma chambre, comme un homme en délire. Je me rappelai ce que nous nous étions encore dit la veille, que si l'un de nous deux recouvrait sa liberté, l'autre serait bien. malheureux : nous étions loin de croire cette séparation si prochaine.

Pour le calmer, cet ami infortuné, et pour distraire un moment sa douleur, je tâchai de faire quelque chose qui lui fût agréable; je lui offris

mon fusil, ma carnassière et toutes mes muni-
tions. Il accepta ce don sans proférer une seule
parole. Je le priai de me donner des lettres pour
sa famille, en l'assurant que je regarderais comme
le plus saint des devoirs, de les faire parvenir
fidèlement; mais il n'y consentit point. Il poussait
la délicatesse de conscience jusqu'à la cruauté
envers lui-même. Ses refus n'avaient d'autre motif
que la crainte de contrevenir aux ordres donnés
contre lui, quelque rigoureux qu'ils fussent. Une
telle conduite trouvera, hélas! bien peu d'imi-
tateurs! Nous en avons trouvé pourtant un
exemple parmi les déportés que la Convention
laissait périr dans la Guyane.

La pensée que mon départ de Kurgan rendrait
ce cher Sokoloff plus malheureux qu'avant mon
arrivée, fut encore un chagrin qui vint troubler un
moment mon ivresse. Il s'était accoutumé avec
moi à maintes douceurs de la vie, aux plaisirs de
la société, à tous les charmes de l'amitié; il avait
pu déposer dans mon cœur ses souffrances et ses
peines; et mon départ lui faisait perdre toutes ces
consolations, si précieuses dans l'adversité. De
plus, après avoir quitté sa cahute enfumée pour
venir habiter avec moi, il allait être obligé d'y
retourner, et il y serait seul, sans ami, sans compagnon d'infortune! à cette idée je tombai dans
ses bras. Je le pressai si vivement, que nous fon-
dîmes en larmes tous les deux, et que je ne pouvais plus le quitter. Il eut plus de courage que moi;
il me serra la main, me fixa, regarda le ciel, et

sortit. Depuis ce moment je ne le revis plus. A
l'heure de mon départ, quand tous les habitants
se rassemblèrent dans la cour, Simon Sokoloff
n'était pas avec eux.

Je ne puis m'empêcher de dire encore un mot
de tant d'honnêtes gens de cette ville. Pendant
que je m'impatientais de la lenteur avec laquelle
mes chevaux arrivaient, j'étais accablé de toutes
parts des plus tendres gages de l'amitié. L'un me
faisait du punch ; l'autre m'apportait des vivres ;
celui-ci de petits concombres (1). Il m'eût fallu
plusieurs chariots pour emporter tout ce que l'on
m'offrait. Bonnes gens, que le ciel vous comble
de bénédictions ! Quoique j'espère ne revenir
jamais en ces lieux, croyez que je conserverai,
jusqu'au tombeau, le souvenir de votre généreux
attachement. Certes, une telle bonté mérite bien
d'être citée comme modèle ; nous autres, lorsque
nous faisons du bien à autrui, c'est presque toujours avec une arrière-pensée égoïste : nous
espérons quelque chose en retour, tout au moins
de la gratitude, de bons services si l'occasion s'en
présentait. Vous, au contraire, vous étiez aussi
désintéressés qu'il est possible de l'être puisque
nous nous séparions pour toujours et que vous
n'aviez plus rien à attendre de moi, qui du reste
n'avais jamais rien fait pour vous. Voilà la véritable charité chrétienne, celle qui donne pour

(1) Les concombres sont si rares dans ce pays, qu'on les coupe par
petites tranches, comme les melons chez nous. C'est un des mets les
plus recherchés. (*Note de l'auteur.*)

obliger un frère et sans aucune vue d'amour-
propre. Quelle leçon pour ceux qui se piquent
d'appartenir aux peuples les plus civilisés du
monde !

Enfin, mes chevaux furent attelés. Je mentirais
en disant que je montai dans le chariot; j'y fus
porté après avoir reçu mille félicitations, après
avoir été embrassé mille fois.

Le bon M. de Gravi, malgré son grand âge,
voulut s'asseoir à mes côtés, et me conduire au
moins jusqu'en dehors de la ville. Pendant que
nous traversions les rues, j'entendis autour de
moi faire des vœux pour le succès de mon voyage,
et des prières pour la conservation de mes jours.
Le tableau de tous ces braves habitants rangés
sur mon passage, émeut encore mon âme, et
reste toujours présent à mes yeux.

Quand nous eûmes fait environ deux verstes,
M. de Gravi, le visage pâle et triste, ordonna avec
douleur d'arrêter les chevaux : alors il se pencha
vers moi, laissa couler quelques larmes sur mes
joues, s'en alla, revint, et ne me quitta qu'en
répétant, au milieu de ses sanglots : « Dieu soit
avec vous ! » Je me levai pour le suivre des yeux
aussi loin qu'il m'était possible. Dès que je ne le
vis plus, je dis au postillon de reprendre sa route
au galop, me dégageant, à mesure que je m'é-
loignais de Kurgan, du souvenir de ces émotions
qui m'oppressait.

J'eus bien de la peine, durant le trajet, à me
garantir des mouches qui, dans ce pays, tour-

mentent cruellement les voyageurs. Les mouches
ne sont point différentes des nôtres par leur
forme ; elles sont seulement beaucoup plus
hardies, beaucoup plus voraces. Sans la précaution indispensable du bonnet dont j'avais eu soin
de me munir, je doute qu'il m'eût été possible de
voyager, comme je le faisais, jour et nuit, dans
une pareille saison.

Le matin je m'endormis un moment, et mon
réveil me procura une indicible jouissance. J'eus
cependant besoin de regarder autour de moi, et
de réfléchir l'espace de quelques minutes, pour
savoir le lieu où je me trouvais, et pour me rappeler tous les événements qui m'étaient arrivés.
Lorsque ma mémoire eut tout éclairci, quel
bonheur j'éprouvai ! l'idée seule de ma liberté
me parut céleste. Je voudrais en vain exprimer
combien la pensée de mon retour au sein de ma
famille, me causait de ravissement.

L'après-midi nous traversâmes une petite ville
nommée Jaluterski ; il s'y trouvait plusieurs
exilés ; entre autres, le prince Simbirski, ci-devant
général en chef, qui avait été condamné à l'exil
pour des infidélités dans des livraisons de draps,
qu'il n'avait pas faites lui-même, mais sur lesquelles il était accusé d'avoir fermé les yeux. Cet
infortuné n'avait point mérité, semble-t-il, le traitement barbare qu'on lui avait infligé. Succombant
sous des chaînes d'un poids horrible, il avait été
conduit par un guide plus impitoyable encore
que le mien. Son infâme bourreau avait forcé ce

malheureux prince, qui était malade et accablé sous le poids de ses fers, à lui céder sa place dans le chariot, et à voyager à pied, aussi vite que les chevaux. Non content de ces vexations féroces, il y avait joint les injures et toutes les basses plaisanteries qui pouvaient rendre son sort plus épouvantable (1).

Heureusement une douce surprise lui avait été ménagée par la Providence, qui toujours a soin de mêler un peu de miel à notre absinthe; surprise après laquelle je soupirais en vain depuis si longtemps!

Lorsqu'on l'avait transporté de Tobolsk à Jaluterski, lieu de sa destination, après lui avoir fait faire, comme à moi, un détour de quelques verstes, à cause du débordement des eaux, il avait aperçu sur l'autre rive une prame (2) chargée de plusieurs passagers, et sur cette prame il avait distingué les membres de sa famille, qui s'étaient empressés de le joindre dans son exil. Oh! alors, quels cris de joie! tout le rivage en avait retenti. Mais un écho n'est qu'un faible interprète, il ne suffit pas au désir de bons parents qui se tendent les bras. Simbirski, voyant que la barque avançait trop lentement, s'était précipité dans les eaux, et n'avait cru vraiment à son bonheur qu'au moment où la main de son épouse avait touché la sienne.

(1) Son innocence ayant été enfin reconnue, on l'a réintégré dans ses biens et dans ses dignités.

(2) Petite chaloupe.

Les paysans qui me firent ce récit, avaient été si émus de cette scène, qu'ils me la traduisirent avec un attendrissement que je n'oublierai jamais.

Le prince Simbirski était encore malade quand je passai à Jaluterski; mais, soigné par sa famille, qui se disputait le plaisir de le soulager, il était moins malheureux que la plupart des exilés, privés d'une si précieuse consolation.

Entre Jaluterski et Tobolsk, on traverse une série de villages habités par des Tartares. J'eus occasion de remarquer que ce peuple ne mérite pas le mépris que les Russes, en qualité de vainqueurs, affectent d'avoir pour lui. Un accident qui fit casser l'essieu de ma voiture près de l'un de ces villages, me mit à même de lier connaissance avec ses habitants. Il était déjà un peu tard, et cependant plusieurs Tartares, pleins de bonne volonté, accoururent pour nous aider. Un d'eux était charpentier. Je m'arrêtai devant sa maison; et comme il m'annonça que les réparations à faire à ma voiture exigeraient bien trois heures, j'ordonnai à mon domestique de me préparer du thé. Je préférai le prendre dans la rue, parce que je m'aperçus que l'intérieur des maisons de ces Tartares était fort sale. Je demandai donc d'apporter une table et une chaise à la porte de l'habitation du charpentier; et là, profitant d'une belle soirée, je fis les remarques suivantes.

Les habitants de ces villages sont très primitifs en tout ce qui a rapport au luxe. La curiosité, qui avait rassemblé un grand nombre d'entre

eux autour de moi, me fournit l'occasion de constater qu'aucun d'eux ne connaissait les choses
même les plus utiles à la vie. Ils admiraient une
vieille robe de chambre de soie que je portais, et
que ma femme avait voulu vingt fois donner à un
malheureux : c'était à qui d'entre eux aurait le
bonheur de la toucher.

Leur surprise, leur admiration redoublèrent
bien davantage quand j'ouvris mon nécessaire :
la vue d'un miroir les éblouit, et leur causa un
ravissement inexprimable. Ils s'accroupirent en
groupe derrière moi, se levèrent, se baissèrent
en suivant tous mes mouvements. Après s'être
fait remarquer l'un à l'autre qu'on voyait dans
ce miroir le pays qui était derrière eux, ils se
mirent à éclater de rire en ouvrant une bouche
effroyablement grande. Je voulus m'amuser plus
longtemps de toutes ces folies grotesques; je
plaçai mon miroir devant la femme du charpentier, qui d'abord recula avec effroi, mais qui,
reprenant peu à peu courage, finit par se regarder
avec persévérance, et sans doute se trouva fort
jolie.

Lorsque mon thé fut fait, j'allumai ma pipe;
et, pour examiner plus exactement tout ce qui
s'agitait autour de moi, je montai sur une pile
de solives, et de là je vis tout ce que je vais
tâcher de décrire; j'entendis tout ce que je vais
raconter.

Au milieu de la rue était allumé un petit feu
auprès duquel le charpentier travaillait à raccom-

moder ma voiture; à mes côtés, une vingtaine de
Tartares étaient montés sur des pièces de bois,
ou assis par terre; et près de la porte de la maison
se trouvaient rangées les femmes, les filles, les
enfants de ces Tartares, qui étaient trop timides
pour approcher davantage.

Il s'engagea bientôt entre moi et mes voisins
une singulière conversation. Avant de savoir que
je n'étais pas Russe, aucun d'eux n'avait osé
m'ouvrir son cœur, ni me faire la moindre demande; mais, dès qu'ils apprirent que je n'étais
pas du nombre de ceux qui les persécutaient, ils
prirent en moi une confiance qui devint presque
insupportable par la curiosité qu'elle fit naître. Ils
me demandèrent tous à la fois qui j'étais, où
j'allais, quelle était ma patrie, ce qu'on y faisait,
etc. J'avais beau leur répondre, ils ne m'enten-
daient presque pas; car ils parlaient russe aussi
mal que moi. Je leur fis comprendre, néanmoins,
que j'étais Saxon; alors ils parlèrent tartare entre
eux; puis ils me questionnèrent pour savoir si la
Saxe touchait à la mer Caspienne. Ils ne connaissaient nullement les États voisins de la Saxe,
à l'exception de la Prusse, dont ils n'avaient
encore qu'une idée très confuse. Ils ignoraient
tout, jusqu'à la guerre avec la France. Oh! l'heureux petit peuple!

Il me vint à l'esprit de les questionner sur le
pape, en leur disant que c'était un de mes voisins:
ils me firent entendre qu'ils savaient de qui je
voulais parler, et je fus bien étonné de voir qu'ils

étaient instruits de sa souveraineté temporelle et
spirituelle.

La femme du charpentier, que mon miroir
avait rendue moins craintive et plus confiante en
moi que les autres, s'était approchée pour entendre cette conversation. Sans que je lui demandasse rien, elle avait apprêté pour moi des œufs
qu'elle me présenta dans une écuelle de bois.

Pendant ce repas, je continuai ma conversation
avec mes voisins. Je les interrogeai sur la haine
profonde qu'ils avaient pour les Russes. Comme
mon dragon dormait, et que mon domestique
était étranger, ils ne se gênèrent point pour se
décharger le cœur et rien n'arrêta le cours de
leurs ressentiments. J'appris dans cette soirée
qu'il leur était impossible de pousser à un plus
haut degré la rancune à l'égard de ceux qui les
gouvernaient. J'appris aussi que le caractère de
ce peuple était franc, mais très vindicatif; intelligent, mais orgueilleux.

Les Tartares sont d'assez beaux hommes, mais
tous d'une constitution trop forte. Avec le sentiment intime qu'ils ont de leur force, il est difficile
que la conduite des Russes ne les porte pas à la
vengeance. On les traite si mal! on les frappe
avec une méchanceté incroyable. Un accident
arrive-t-il à un Russe sur le grand chemin? les
Tartares accourent avec empressement, les aident
de tout leur pouvoir, et leur prodiguent les secours
nécessaires. Eh bien, au lieu de leur donner
quelque récompense, au lieu même de les re-

mercier, le Russe les plaisante sur leurs vête-
ments, sur leur langage, sur leur religion. On
conviendra que de telles jongleries sont déplacées;
on ne peut du reste nier ce que j'avance ici;
j'atteste avoir été témoin d'une scène de ce
genre.

Je tâchai de consoler ces pauvres Tartares et
leur confiance s'augmenta tellement qu'ils se
rapprochèrent tous de moi. Mais en ce moment
ma voiture se trouva raccommodée.

Le charpentier ne me demanda qu'une bagatelle pour son salaire; je le pressai inutilement
de prendre quelque chose pour les œufs que l'on
m'avait servis. Je quittai ces malheureux, em-
portant avec moi le souvenir de leur bienveillance
et de leur amitié. Quoique le temps me fût si
précieux que j'étais obligé d'en regretter la moindre
perte, je m'avouais néanmoins que j'avais passé
ces trois heures bien agréablement.

Je continuai ma route sans aucun événement
remarquable jusqu'à la dernière station de Tobolsk, où j'arrivai le 9 au matin. La crue des
eaux, occasionnée par les pluies, n'était pas
encore diminuée, et je me vis forcé, comme à
mon premier voyage, de faire les quatre dernières
verstes dans une misérable chaloupe. Le temps
était superbe, comme lorsque je fis ce trajet en
allant au lieu de mon exil; mais quelles sen-
sations différentes j'éprouvai pendant ce retour!
Je voyais avec d'autres yeux, et pénétré d'autres
sentiments, tous les objets qui m'avaient déjà

frappé. Mon âme était débarrassée de ce nuage
épais qui la couvrait la première fois. Elle res-
semblait à la plaine transparente et tranquille que
je sillonnais gaiement.

Quoique le bon Becker m'eût invité bien amicalement à accepter sa maison pour mon logement,
j'hésitai si je devais profiter de ses offres. Toute
réflexion faite, je me décidai à les décliner,
parce que je craignais de déplaire au gouverneur.
Je préférai donc retourner chez l'hôte qui m'avait
si bien traité la première fois. Il me reçut avec
les plus vifs transports de joie, et me donna la
chambre que j'avais déjà occupée, et qui, pendant
mon absence, l'avait été par un autre malheureux.
Je fis annoncer au gouverneur mon arrivée par le
dragon, et je me hâtai de me présenter chez lui.

Je le trouvai, comme la première fois, dans son
jardin : dès qu'il m'aperçut, il se jeta dans mes
bras. Mon premier mot fut pour lui demander
des nouvelles de ma femme et de mes enfants ;
hélas! il n'en avait reçu aucune. Je m'inquiétai ;
il fit tout pour me rassurer : il me montra l'ukase
qui me concernait, et qui renfermait, en peu de
lignes, l'ordre suivant, écrit de la main du général
procureur : « Mettre, sur-le-champ, Kotzebue en
liberté, l'envoyer à Saint-Pétersbourg, et lui donner, au compte de la couronne, tout ce qu'il
demandera, tout ce dont il aurait besoin ; le courrier serait chargé de payer tous les frais de la
route. »

D'après cet ordre, le gouverneur me demanda

ce qu'il me fallait, et surtout si j'avais les fonds
nécessaires pour continuer mon voyage. J'avais
donné au dragon qui était venu à Kurgan beaucoup plus que mes moyens ne me permettaient
de le faire; il ne me restait qu'une centaine de
roubles; cependant je ne voulus d'abord rien
accepter; mais réfléchissant qu'on pourrait prendre
ce refus pour de la hauteur, et les dispositions
de l'empereur m'imposant l'obligation de ne point
dédaigner ses bienfaits, je consentis à recevoir ce
que l'on m'offrirait. Il fut convenu que je recevrais trois cents roubles; après quoi je ne témoignai d'autre désir que celui de partir au bout de
deux heures. M. de Kuscheleff voulait me faire
rester quelques jours près de lui; mais je lui
répondis avec chaleur que chaque minute de retard était un vol fait à ma famille: il cessa alors de
renouveler ses instances. Je n'acceptai pas la proposition qu'il me fit de racheter ma voiture, parce
que j'aimais mieux voyager dans un chariot incommode, que de me voir arrêté à chaque instant
pour des réparations de roues, d'essieu, etc. Je
savais tous les retards que causent ces petits
accidents.

Malgré les intentions du gouverneur, et ses
ordres précis, je ne pus quitter Tobolsk le jour
même. Le paiement des trois cents roubles, auxquels j'eusse renoncé de bon cœur sans la crainte
de déplaire au souverain, exigea tant de formalités, que je me vis cruellement contrarié à cette
occasion. Il fallait que la régence en instruisît la

chambre des finances, et l'assemblée dura jusqu'au dîner. Il était donc trop tard pour qu'il me
fût encore possible de me mettre en route; et je
me vis forcé de rester à Tobolsk.

Je dînai chez le gouverneur. Aussitôt le repas
fini, j'allai rendre visite à mes amis, Kiniakoff,
Becker, et à toutes les personnes que j'avais connues, et qui me reçurent avec plaisir. De là je
retournai chez mon hôte, où je trouvai le courrier
qui ne put, hélas! me donner non plus aucune
nouvelle de ma famille. Mais si j'éprouvai ce chagrin, j'eus au moins une petite consolation. Je
compris, par tous les détails que j'obtins de ce
messager, qu'on était entièrement convaincu, à
Saint—Pétersbourg, de l'injustice qu'on avait
commise à mon égard, et que mon innocence
était reconnue; il me montra encore des ordres
particuliers qui lui étaient donnés, d'avoir le
plus grand soin de moi pendant le voyage, et de
me témoigner le désir de faire tout ce qui pourrait me plaire. Mais on avait mal choisi l'homme
qu'il fallait pour remplir une pareille commission. M. Carpov était un jeune homme très mal
élevé, très grossier, très paresseux; il ne s'inquiétait de rien, et prenait à peine soin de lui : s'embarrassant peu si nous allions vite ou doucement,
il ne savait pas, comme les gens de son état, imposer aux maîtres de poste et aux postillons par son
attitude, les presser par un air de maître, les
effrayer par quelques reproches ou menaces.
Quand il arrivait à la poste, on remarquait tout

Uu autre courrier, Wassili Sukin arriva fort à propos. (P. 283.)

18

de suite son indolence; aussi était-il servi le dernier. Cette paresse me mit bien des fois, par la suite, hors de moi-même : ajoutez à tous ces défauts qu'il était exigeant et intéressé. C'était un véritable garçon pharmacien, accoutumé à rester près du poêle, et à prendre ses repas sous les yeux de sa mère. Mais en voilà assez sur le compte de ce courrier, dont je maudissais la nonchalance, en bénissant le message. Après qu'il eut répondu à toutes mes questions, je lui dis de s'éloigner, et d'avoir soin de tenir une barque prête pour partir le lendemain de très bonne heure.

Je passai cette soirée au milieu d'un cercle nombreux de personnes qui vinrent me féliciter. Le gouverneur lui-même m'honora d'une visite, et j'y fus extrêmement sensible, parce que le motif qui l'amenait n'était pas une simple honnêteté, mais qu'il avait pour moi une sincère amitié. A neuf heures tout le monde se retira; je me trouvai seul avec mon hôte et je me mis au lit.

Pour la première fois depuis bien longtemps, mon sommeil ne fut point agité, et des rêves douloureux ne m'affligèrent pas; je ne fis, au contraire, que des songes agréables; mais je ne m'en réveillai pas moins de très bonne heure, et m'empressai, quand mon domestique se présenta, de m'informer si tout était prêt, et si mon courrier avait arrêté une barque : il me répondit que ce ne serait pas la voiture ni la barque qui me retiendraient, mais le payement des trois cents roubles,

pour lesquels toutes les formalités n'étaient pas
encore terminées. J'eus beau m'impatienter et
répéter mille fois que je renonçais à cette somme,
il fallut que j'attendisse jusqu'au soir que tout fût
signé, contresigné et bien en règle.

Que nous sommes souvent aveugles sur nos
propres intérêts! Ce retard me mettait hors de
moi, me causait autant de désolation que de
colère, et cependant il devait tourner tout à fait à
mon avantage. Bornés comme nous le sommes,
nous ne pouvons pas prévoir l'avenir, et ainsi il
arrive très souvent que nous désirons, que nous
réclamons même avec colère, des choses qui
doivent nous devenir funestes. Pourquoi n'avons-
nous pas la sagesse de tout remettre entre les
mains de la Providence, persuadés que tout arrive
par son ordre ou sa permission, par conséquent
pour notre plus grand bien? Du reste, nos colères
et notre dépit changent–ils quelque chose à la
situation? non, si ce n'est qu'ils la rendent pire
encore qu'elle n'était et qu'ils nous rendent nous-
mêmes très malheureux. En ce qui concerne mon
départ, j'eus une double raison de me féliciter du
retard qui était survenu. D'abord, un violent orage
éclata, lequel m'aurait fait courir les plus grands
dangers sur la barque. Mais une autre circonstance me fit comprendre encore que je devais me
réjouir de n'être point parti. J'avais promis, par
complaisance et dans la seule intention de rendre
service, que je prendrais en qualité de domestique, jusqu'à Saint-Pétersbourg, le fils d'un tail-

leur allemand. On m'avait caché que ce jeune
homme avait souvent des attaques d'épilepsie. Précisément ce jour-là je le vis dans cet état, et je me
dégageai de ma promesse. Un pareil compagnon
de voyage m'eût été bien incommode. Combien
de fois je me fusse repenti de ma bonté, puisque
j'appris alors qu'il ne se passait guère de jour
sans qu'il eût des accès. J'aurais eu un malade
à soigner et non un compagnon utile. Je restai
donc encore pendant cette journée auprès des
amis qui m'avaient visité la veille. Il était tard
lorsque mes papiers furent revêtus de toutes les
signatures nécessaires, et lorsque les trois cents
roubles me furent comptés, je fus contraint à ne
partir que le lendemain matin; mais je fixai mon
départ à trois heures précises, et je me jetai tout
habillé sur mon lit.

On croira facilement que cette nuit fut moins
tranquille que l'autre : l'impatience me causa une
insomnie, et à l'heure dite, je fus sur pied. J'eus
toutes les peines du monde à réveiller mon paresseux Carpov. Il feignait de ne pas m'entendre,
quoique je l'appelasse assez haut; et, quand il se
décida à se lever il répéta en maugréant qu'il
regrettait de ne pas rester une douzaine de jours
de plus à Tobolsk. Quoique l'orage ne fût pas
encore tout à fait passé, nous partîmes et à
quatre heures nous nous trouvâmes au rivage de
l'Irtich. Je vis avec bonheur mon chariot que l'on
conduisait dans la barque; mais je fus moins
content de la réponse que me fit le pilote. Je lui

demandai si la traversée serait dangereuse : « Pas bien dangereuse, » me dit-il ; ce qui n'était pas très rassurant, car je voyais bien à son air qu'il y avait quelque péril. Cependant je me décidai à ne plus différer, et n'écoutai point les représentations de tous ceux qui m'accompagnaient. Je donnai l'ordre de partir.

Mon Italien me fit ses adieux avec la tendresse d'un valet qui se sépare d'un bon maître : si cette amitié n'était pas feinte, elle ne venait que du regret de ne pouvoir plus me voler à l'avenir. Je fus à portée d'en juger quelques jours après. Lorsque j'ouvris mon portemanteau, je m'aperçus que cet affectueux domestique avait fraternellement partagé avec moi ; je puis dire partagé, puisque je trouvai juste la moitié de mes effets, et même jusqu'à la moitié d'un drap de lit ! Cependant je donnais de bons gages à cet homme ; je lui fis même, en le quittant, un assez beau présent. Comme il méritait bien une pareille récompense ! Je souhaite que, malgré ces petites rapines, il dorme paisiblement ; et je ne doute pas que mon vœu ne soit accompli, car, ce qu'on appelle, par toute la terre, conscience, était absolument étranger à cet estimable garçon. Qu'il repose donc avec sécurité sur la moitié du drap qu'il m'a escamoté !

Dès que nous fûmes loin du rivage, et que je vis un long espace entre la côte et nous, mon cœur sembla se dilater, mon bonheur s'accrut à mesure que mes yeux n'aperçurent plus les mai-

sons de Tobolsk que comme une masse de pierres.
Je passai dans cette contemplation une heure délicieuse, que j'eusse bien prolongée, si la tempête
qui recommençait, les mouvements violents de la
barque et les cris des matelots ne m'eussent souvent rappelé aux réalités de la vie.

Aussi longtemps que nous naviguâmes en ayant
soin de côtoyer les bois, tout alla bien; mais,
quand nous fûmes obligés de gagner le large, et
de suivre les différents détours de l'Irtich, le
danger augmenta; notre léger esquif penchait
d'une manière effrayante; les vagues s'y précipi-
taient avec impétuosité, et l'on était contraint
d'enlever promptement l'eau qu'elles y laissaient
avec les chapeaux et des écuelles. Il était impossible de se tenir debout sans risquer de tomber
par-dessus bord; et, dès que nous voulûmes traverser le Tobol, le vent nous prit de côté avec tant
de force, qu'il s'en fallut peu que notre barque ne
chavirât. La veille, un pareil malheur était arrivé :
nous n'évitâmes le danger qu'en nous jetant
promptement du côté opposé, pour faire contre-
poids.

Ce n'était encore rien que tous ces périls; il y
avait d'autres désagréments dont il était difficile
de se garantir lorsque le vent nous emportait,
c'était de voir la barque engravée. Nous éprouvâmes plusieurs fois cet inconvénient, les matelots
furent obligés d'entrer dans l'eau jusqu'à mi-
corps, pour nous remettre à flot; ce qui ne pouvait
se faire que lentement, et avec beaucoup de peine.

Enfin, après une traversée de plus de sept
heures, nous arrivâmes à l'autre bord sans aucun
accident : il était fort heureux que nous en fussions
quittes pour la peur. Je me réjouis alors de
n'être plus exposé à tous les dangers de la navigation. Le majestueux Volga, la rapide Wiatka,
tous ces fleuves débordés qui m'avaient rendu
mon premier voyage si difficile, étaient rentrés
dans leur lit, et semblaient s'être accordés pour
ne plus entraver mon voyage, et pour me laisser
arriver plus tôt au but de mes désirs.

Cependant je courus encore un nouveau péril,
avant d'arriver à Tinnen. Je tombai malade, et
très dangereusement. Ce qui m'inquiétait surtout,
c'est que cette maladie était d'une nature absolument inconnue pour moi. Dès ce moment,
chaque secousse de ma voiture me causa des
douleurs si vives, que je fus forcé d'ordonner
qu'on fît aller les chevaux au petit pas, quoique
la voiture roulât sur un terrain plat et uni. Je
cherchai vainement quels remèdes me soulage-
raient ; je n'avais que de la poudre de limonade,
et cette boisson pouvait m'être contraire. Je me
reprochai de n'avoir pas cru M. Peterson, qui
m'avait engagé à me pourvoir à Tobolsk de tous
les remèdes utiles en voyage ; mais alors j'étais
si joyeux d'être libre, que je ne pensais pas qu'il
me fût possible de souffrir en route ; d'ailleurs,
quand j'aurais emporté avec moi toutes les
drogues d'une pharmacie, ne connaissant pas la
cause des douleurs que j'éprouvais, j'eusse ignoré

quel remède m'eût été convenable. Je supportai
mon mal patiemment. J'étais néanmoins poursuivi par l'horrible idée que peut-être au moment
d'embrasser ma famille, la mort me priverait de
ce bonheur.

On me conduisit dans cet état jusqu'à Tinnen,
où nous arrivâmes l'après-dînée. Mon courrier
fit tout ce qu'il put pour me déterminer à coucher
là, et à y rester jusqu'à parfaite guérison. Je m'y
opposai formellement. Quels soins pouvais-je
espérer dans un pareil endroit? il eût fallu me
confier à un chirurgien quelconque, si toutefois
ceux qui se disent chirurgiens dans ces petites
villes, en méritent seulement le nom. Je me
décidai, au risque d'aggraver mes maux, à continuer mon voyage. J'étais déjà si près des frontières de la Sibérie! je voulais au moins mourir
de l'autre côté.

Nous allâmes donc plus loin que Tinnen; mais
mon état devint si critique, qu'à la seconde station
je ne pus soutenir davantage le mouvement de
ma voiture, et que je fus obligé de m'arrêter dans
un misérable village. C'était le soir que nous y
entrâmes : je priai aussitôt quelqu'un de me
faire un lit dans ma voiture. Je fus obéi, et je
tâchai de dormir; mais je ne pus y parvenir. Une
grande révolution s'opéra en moi dans ce moment;
la nature agit avec une force incroyable, et cette
crise me sauva. Je lui dois la bonne santé dont
j'ai joui l'hiver suivant.

Je continuai ma route le lendemain matin.

J'étais encore bien faible, mais je ne souffrais plus.
J'arrivai à dix heures aux poteaux de Tobolsk,
c'est-à-dire, au milieu de la forêt que j'avais
considérée en partant pour l'exil, avec un serrement de cœur inexprimable. Elle me parut moins
effrayante, moins horrible. O pouvoir de l'imagination !

A la vue des limites de la Sibérie, je me sentis
pressé du désir de célébrer ce jour de fête.
J'ouvris une boîte, et j'en tirai une bouteille de
vin de Bourgogne que j'avais achetée à Moscou;
c'était la seule qui me restât. J'en avais presque
vidé deux, avant mon arrivée à Tobolsk, et j'avais
conservé cette dernière pour un jour heureux,
pour celui où mon épouse et mes enfants vien-
draient me retrouver. Hélas ! je n'avais pu la
vider avec eux; je la partageai en ce moment
avec le courrier et le postillon, qui ne la laissèrent pas longtemps pleine.

A mesure que ma santé renaissait, le désir
d'arriver prenait plus d'empire sur moi. Je ne
voyais plus aucun obstacle à franchir et je calculais déjà le nombre de jours qu'il me fallait
encore passer en voyage, lorsque mon chariot se
cassa. Je l'avais acheté un peu vieux, et deux
cents milles d'Allemagne ne l'avaient pas rajeuni.
Je m'apercevais depuis un jour qu'il devenait plus
dur; et quoique je l'eusse fait raccommoder une
douzaine de fois, je craignais qu'il ne me laissât
sur la grande route. Par bonheur, j'étais parvenu
à la station, lorsqu'il me joua ce tour désagréable.

Je ne pus me tirer d'affaire qu'en prenant un
chariot de poste. Il est impossible de trouver une
voiture plus incommode, plus mauvaise que ces
voitures publiques. Outre qu'elles ne vous mettent
pas à l'abri des injures du temps, puisqu'elles
sont pour la plupart découvertes, il est difficile
d'y étendre ses jambes. On est ensuite obligé
d'en changer à chaque station, et de décharger et
recharger les équipages. C'est en vain que pendant
une nuit fraîche, le pauvre voyageur s'est mis
dans son lit; a peine a-t-il eu le temps de se
réchauffer un peu, qu'il est forcé de s'en arracher.
S'il a plu, il est sur des coussins mouillés d'outre
en outre; son corps en pompe l'humidité. Comment, après tant de malaises pendant un long
voyage, ne pas courir les risques d'une maladie
grave?

Mon courrier qui voyait ce qu'il allait souffrir
de ce changement, exagérait encore les maux qui
résultaient de l'usage de ces voitures. A l'entendre, je n'irais jamais jusqu'à Saint-Pétersbourg, et je gagnerais des rhumatismes, des
bronchites, etc. Il me suppliait, au nom de ma
santé, de ne pas abandonner ma propre voiture.
Comme je connaissais parfaitement M. Carpov
pour un homme qui ne se souciait que de ses
aises, je ne l'écoutais pas, et n'en pris pas moins
le parti d'avoir recours aux voitures publiques.
Un calcul certain m'assurait d'ailleurs que c'était
le moyen de gagner un jour entier, et d'embrasser ma famille vingt-quatre heures plus tôt.

Ce motif était plus fort que la crainte d'être un peu gêné, et que les observations intéressées de M. Carpov. Je m'imaginais que ma femme pouvait être malade, que mon arrivée lui rendrait la santé, et que sa vie dépendait peut-être de ces vingt-quatre heures d'avance. Après toutes ces réflexions, je n'hésitai plus; et pour ne pas donner lieu aux nouvelles instances de mon courrier, je cherchai à me défaire de mon chariot. J'eusse pu en tirer quelques roubles; mais le don que j'en fis au plus malheureux du village, me parut un bien meilleur marché.

La seule chose qui m'inquiétait alors, c'était de savoir comment je stimulerais mon courrier. Ironie ou colère, présents ou menaces, tout était sans effet sur lui. Son indolence était sans remède; sa paresse indomptable : il bâillait ou dormait presque toujours. Quand je me plaignais de la lenteur des postillons, il me disait : Si vous n'arrivez pas aujourd'hui, vous arriverez demain. On ne peut se faire une idée combien ces propos me mettaient en fureur. Le coquin, par ces réflexions dures et grossières, me désespérait.

Dans ce cruel embarras, je ne savais plus comment faire; j'étais dans un chagrin mortel. Un autre courrier, nommé Wassili Sukin, arriva fort à propos. Il avait été envoyé en toute diligence, par l'empereur, pour délivrer un marchand qui était exilé depuis huit ans, par ordre du prince Potemkin.

Ce pauvre marchand était venu de Selim à Tobolsk à pied; aussi avait-il des plaies horribles, par suite de ses marches forcées pour joindre Sukin, qu'il brûlait de rencontrer. Arrivé à Tobolsk, il n'avait pas eu, plus que moi, la patience d'attendre sa guérison, et en était parti sur-le-champ. Quoique j'eusse plus d'une journée de marche sur lui, grâce aux lenteurs de mon courrier il me rattrapa près d'Ekaterinenbourg.

Dès ce moment tout alla mieux et plus vite; car Wassili Sukin était un jeune homme actif et leste, qui veillait avec zèle aux moindres détails, et qui, plein d'une bonne volonté rare, faisait atteler les chevaux promptement, ou les attelait lui-même. Souvent il prenait les guides et le fouet, conduisait avec une dextérité que je trouvais admirable, et qui eût fait honte à M. Carpov, s'il eût été possible que l'exemple lui donnât de l'émulation. Mais non : cet éternel paresseux qui n'avait plus rien à faire qu'à nous suivre, restait toujours en arrière, et nous forçait de l'attendre à chaque station. Fort heureusement que nous y trouvions les chevaux prêts, grâce aux soins de Sukin; en vérité, sans lui, nous fussions arrivés huit jours plus tard à Saint-Pétersbourg; je lui ai de grandes obligations.

Mais avant d'aller plus loin, disons encore un mot sur ce marchand qu'il était venu rendre à la liberté, et qu'il accompagnait.

Ce marchand avait été entrepreneur de bâtiments. Indépendamment d'une fortune considé-

rable, il possédait une maison à Saint-Pétersbourg, et une autre à Moscou. Mais il se permit
un jour, dans l'antichambre du prince Potemkin,
d'éclater en reproches amers sur ce que l'on
tardait à lui rembourser les sommes considérables qu'il avait avancées; il poussa la colère
jusqu'à déclamer hautement contre ce prince.
Aussitôt il fut exilé en Sibérie; on lui prit tout,
jusqu'à sa pelisse, et il fut transporté sans nul
délai, à Selim, où il se vit obligé de gagner son
pain, par un travail opiniâtre, ainsi que le dernier
des esclaves. Il se regardait comme un homme
oublié, mort pour la société. Sa surprise, sa joie
n'en furent que plus grandes, quand le courrier
lui annonça qu'il était libre. Il ne pouvait se figurer que ce fût vrai. L'empereur avait donc daigné
s'occuper de lui ! quel ami avait pu le rappeler à
la mémoire de ce souverain? Il avait aussi quitté
sa femme, ses enfants, sans pouvoir leur faire ses
adieux; et depuis huit ans il n'avait pas plus
entendu parler d'eux que de l'état de sa fortune.
On peut imaginer le désir qu'il avait de revoir son
pays; aussi, quoiqu'il fût très faible et très souffrant, puisque à chaque station il était obligé de
s'arrêter pour panser ses plaies, il se plaignait
toujours que les postillons n'allaient pas assez
vite, et le mettaient en retard.

Le 15 juillet, nous arrivâmes ensemble à Ekaterinenbourg, où nous prîmes quelques rafraîchissements. J'achetai là plusieurs pierres précieuses de Sibérie, qui sont taillées dans la

fabrique, et que l'on a à très bon compte. Je les destinai à faire deux colliers à mes filles, en leur recommandant de les laisser pour héritage à leurs enfants, afin qu'ils n'oubliassent jamais ce malheureux événement de la vie de leur père.

A Koungour, ville très mal pavée, dans laquelle je passai quelques jours après, je faillis périr. Nous descendions une montagne au grand galop ; l'essieu se brisa tout à coup, la voiture se renversa, ma tête frappa sur les pierres, et les chevaux néanmoins continuaient leur course. Sans mon chapeau, qui me garantit quelques instants, et surtout sans les paysans qui, par un bonheur inouï, s'étaient ce jour-là rendus au marché à Koungour, et qui arrêtèrent les chevaux, j'eusse péri infailliblement. Encore cinquante pas, et mon crâne aurait été fracassé. J'en fus quitte pour quelques contusions ; mais le pauvre postillon fut bien plus maltraité ; il était tout couvert de sang. Quant au paresseux Carpov, qui était assis dans la voiture, les jambes pendantes, il était tombé tout de suite dans un tas de boue.

Le 18 nous arrivâmes à Perme, où je descendis encore chez l'honnête horloger Rosemberg : je m'y reposai tranquillement sur le même sopha, où deux mois auparavant je m'étais jeté avec désespoir.

La route de Perme à Kasan fut faite sans aucun incident, sauf que j'y rencontrai un convoi d'exilés. Quelques-uns étaient conduits ainsi que je l'avais été, en chaise ou en voiture ; d'autres,

dans des chariots découverts ; mais la plus grande
partie allait à pied, et ces malheureux étaient
enchaînés deux à deux, escortés par des paysans
armés qui se relevaient de village en village. J'en
ai vu, et c'est ce spectacle qui m'a le plus profondément affligé, j'en ai vu, de ces pauvres exilés, qui portaient autour de leur cou une fourche
de bois, dont le manche gros et pesant leur tombait sur la poitrine, et allait jusqu'aux genoux.
Dans ce manche étaient pratiqués deux trous,
qui étaient remplis par leurs mains, que l'on y
avait fait entrer de force. Rien de plus douloureux, rien de plus effrayant que ce spectacle.
Toutes ces victimes infortunées demandaient la
charité. Hélas ! avec quel plaisir je leur donnai !
Moi libre, moi qui volais dans les bras de ma
famille, que pouvais-je refuser en ce moment, à
ceux qui étaient esclaves et privés de leurs parents et de leurs amis ! Je connaissais l'étendue
de leur malheur, et j'estimais n'avoir rien qui
ne leur appartînt. Je me hâtai donc d'offrir à ces
exilés tout ce que je possédais. Pourquoi ma
bourse n'était-elle pas plus garnie ? On n'a jamais
assez, quand le cœur vous porte à la bienfaisance.

Je rencontrai encore une longue file de colons.
Ils étaient destinés à peupler la nouvelle ville qui,
par l'ordre de l'empereur, était construite sur les
frontières de la Chine. Les grandes personnes
allaient à pied ; les femmes, les enfants étaient
assis sur des voitures, entre les ballots, les caisses,

et tous les animaux nécessaires à la vie dans un pays désert. J'ai observé de près tous ces colons; j'atteste n'en avoir pas vu un seul dont le visage fût joyeux.

Le 22 juillet au matin, je me trouvai à Kasan, et demeurai cette fois dans une belle maison, destinée à la célébration des fêtes publiques.

La manière dont je fus reçu à Kasan me fit un plaisir indicible. Amis, étrangers, Allemands, Français et Russes s'empressèrent, avec une joyeuse curiosité, de venir me voir, et tous me témoignèrent leur bienveillance.

Kasan est une grande ville, très peuplée, bien bâtie et fort agréable. Le commerce y est aussi brillant, aussi étendu qu'à Saint-Pétersbourg et à Moscou. Le vieux château des anciens Kans, qui fut détruit par Iwan Wassilewitsch, présente encore un aspect pittoresque : il est situé sur des rochers; sa circonférence est très grande, et sur une partie de ses ruines on a bâti la demeure actuelle du commandant.

Il règne à Kasan, parmi les étrangers, une grande union, et surtout un amour sincère de la bienfaisance. Si j'étais forcé de me choisir un endroit pour habiter en Russie, ce serait assurément cette ville que je préférerais sous tous les rapports.

J'y achetai un chariot pour voyager plus commodément, et je partis. Cinq ou six voitures ou droschken (1), remplies de personnes distinguées

(1) Espèce de chariot découvert, monté sur quatre roues, dans lequel est un banc, quelquefois rembourré.

EKATERINENBOURG. (P. 283.)

de la ville, m'accompagnèrent jusque sur les
bords du Volga, dont les eaux ne baignaient
plus, comme deux mois auparavant, les murs de
Kasan : elles étaient rentrées dans leur lit à une
distance de sept verstes.

Carpov me montra, après avoir passé le Volga,
l'endroit où il avait rencontré le conseiller d'État,
qui revenait avec Schulkin, et où il leur avait
appris le but de son voyage.

Entre Kasan et Nijni-Nowogorod je vis, sur les
deux côtés du chemin, des hommes armés qui
étaient campés autour d'un grand feu : je fus
curieux de savoir pour quelle raison on mettait
ainsi des gardes sur la route : j'appris que c'était
à cause de vols considérables qui venaient d'être
commis. Une foire célèbre, dans une ville voisine, appelée Makariow, attirait les voleurs dans
cette contrée. Rien n'était moins rassurant que
cette nouvelle : nous pouvions tomber entre les
mains de ces brigands, mais nous n'en rencontrâmes aucun.

Lorsque l'on parcourt pour la première fois ces
pays, on se figure les routes très dangereuses ;
elles sont plus sûres qu'on ne l'imagine. La rencontre du courrier de la poste, escorté dans sa
voiture par quatre paysans armés de fusils et de
sabres, prouverait assez, il est vrai, qu'il y a
quelques périls à courir ; mais c'est encore une
erreur : cette escorte est simplement une mesure
de précaution prise par chaque gouverneur, et
en voici la cause. L'empereur Paul Ier a établi

que, toutes les fois qu'une voiture de poste serait pillée, le gouverneur dans le pays duquel se commettrait ce vol, serait obligé de compenser la perte. On pense bien qu'une telle mesure rend les gouverneurs vigilants : reste à savoir si elle n'est pas trop sévère ; car, dans un pays où la grande quantité de forêts offre une retraite facile aux voleurs, quelle force humaine peut prévenir et arrêter ces malheurs ?

A mesure que je m'approchais de Nijni-Nowogorod, mes yeux furent ravis de retrouver des productions que j'avais cessé de voir depuis longtemps, notamment des cerisiers. Je ne sais pourquoi, dans la Sibérie, on ne trouve ni abeilles, ni écrevisses, ni arbres fruitiers. Il m'est impossible d'exprimer le plaisir que me fit la vue de ces divers objets : j'étais enfin de retour en Europe, et plus près de ma patrie.

Enivré par mille pensées délicieuses, je voulus, comme il était près de midi, m'arrêter à Nijni, et me faire préparer à l'auberge un bon dîner ; mais il n'y avait qu'un misérable cabaret russe. Je m'arrêtai, en conséquence, devant la maison de la poste, et je demandai un morceau de pain et de fromage que j'avais intention de manger dans ma voiture, pendant que Sukin allait faire atteler les chevaux ; mais, dès qu'il eut publié dans la maison qui j'étais, un domestique vint très honnêtement de la part de la directrice de la poste, m'inviter à dîner. Je déclinai l'invitation ; on la renouvela. Il fallut céder ; et pendant que

je prenais mon repas, la salle se remplit d'hommes
de toute condition qui me plaignaient de mes
malheurs et faisaient l'éloge de mes ouvrages. Je
fus très ému de cette scène.

Mon corps se trouvant rassasié et ma petite
vanité, hélas ! l'étant également, je pris congé de
ces aimables visiteurs, et remontai dans ma voiture. Dois-je dire que je me sentais alors plus
content, plus heureux encore qu'au milieu de
cette foule d'admirateurs ? Cependant je n'oublierai jamais qu'aux frontières de l'Asie, et
même dans cette partie du monde que l'on dit
inhabitée, j'ai trouvé des amis de ma pauvre
muse, qui, dans les moments critiques et douloureux de ma vie, m'ont offert des secours, des
consolations ; ils retrouvaient en moi un ancien
ami qu'ils chérissaient sans le connaître, par le
seul attrait de ses ouvrages. Oh ! quelle douce
récompense de mes travaux littéraires ! je la
préfère mille fois à toutes ces louanges, à toutes
ces flagorneries de journalistes qui font un métier
de vous applaudir dans leurs feuilles, tandis
qu'ils vous déchirent parfois en particulier. S'il
fallait des preuves de ce que j'avance, je ne serais
pas embarrassé pour en donner ; mais continuons
notre route.

Je courus encore un grand danger avant d'arriver à Moscou, danger auquel je n'échappai que
par ma vigilance. J'avais été privé, presque pendant quatre nuits, de tout sommeil; aussi, un
soir qu'il pleuvait à verse, je me décidai à me

reposer jusqu'au jour dans un village ; je demandai que les chevaux fussent attelés à quatre
heures précises, et que l'on m'éveillât dès que
tout serait prêt. Je me couchai, et dormis assez
profondément : un domestique vint m'éveiller,
en me disant qu'il était l'heure convenue. Effectivement, je jetai les yeux du côté de la fenêtre,
et je crus voir que le jour commençait à paraître;
je me levai promptement, m'habillai à la hâte,
et montai dans ma voiture.

Wassili Sukin allait, avec son marchand, devant
nous, dans une voiture de poste qu'un enfant conduisait ; mais un grand homme à longue barbe,
sourcils épais, visage horrible, conduisait la
mienne. J'étais à peine à quelques pas du village,
que je remarquai qu'il était encore nuit, et que
j'avais pris un clair de lune pour le crépuscule ;
aussitôt je tirai ma montre, et vis qu'il n'était
qu'une heure. Mille soupçons me vinrent tout à
coup à l'esprit : les postillons russes ne sont pas
diligents, me dis-je, et partent toujours plutôt
tard que tôt; comment se fait-il que ceux-ci ne
se soient pas plaints d'être de si bonne heure en
route? Pourquoi m'a-t-on éveillé trois heures
plus tôt que je ne l'ai prescrit? Toutes ces observations ne firent qu'augmenter ma méfiance : je
pris la résolution de rester éveillé, et surtout de
prendre garde à ce que mon postillon ne me sépa-
rât point du marchand qui était devant moi, et avec
le secours duquel je n'avais rien à craindre. C'est
ce qui fut très difficile : le coquin cherchait mille

prétextes pour rester en arrière. Carpov, suivant
sa louable habitude, dormait très tranquillement,
et, tant que je ne me crus pas sûr de mon fait, je
ne l'éveillai point. Bien plus, comme je remarquai
que mon postillon se retournait à tout moment
pour nous regarder, je fis, à mon tour, semblant
de m'assoupir : c'était le meilleur moyen pour
connaître ses projets, et pouvoir prendre des
mesures en conséquence. Je vis d'abord qu'il jetait
souvent les yeux sur un grand couteau qu'il avait
à sa ceinture, et dont il s'était servi pour raccommoder un trait des chevaux. Nous étions sans
armes : Il lui était facile de nous envoyer, Carpov
et moi dans l'autre monde, si nous nous fussions
endormis tous les deux.

Après environ un quart d'heure d'un faux
assoupissement, je le vis approcher sa figure
très près de la mienne, pour s'assurer sans doute
si je dormais. Effrayé, au commencement de la
route, par mes menaces, il était toujours demeuré
à peu de distance de l'autre voiture. Dès qu'il me
crut bien endormi, il commença à aller plus doucement : je ne dis encore rien, et je laissai même
gagner un peu de terrain à la voiture qui allait
devant. Par malheur, elle s'arrêta pour une
légère réparation : nous nous arrêtâmes aussi.
Mon postillon, dès qu'il vit l'autre prêt à partir,
descendit, et fit semblant de rattacher la cloche
qui est à chaque voiture. Le jour commençait à
poindre ; je vis bien que la cloche tenait parfaitement, et que ce scélérat ne cherchait que l'oc-

casion de me retarder. Je continuai de feindre un
profond sommeil ; alors il appela à voix basse, le
petit garçon qui conduisait l'autre voiture, et lui
demanda quelque chose qu'il me fut impossible
de comprendre ; mais sur la réponse que j'entendis, il me fut facile de juger qu'il avait voulu
savoir ce que faisaient les deux autres voyageurs, car le petit garçon lui répondit tout haut,
spit : ils dorment. Ils entamèrent entre eux un
entretien à voix basse, dont j'augurai mal ; et
je crus, après avoir vu les signes qu'ils se faisaient, que le moment d'éclater était arrivé. Je
me réveillai comme en sursaut ; je traitai mon
postillon de voleur, de brigand ; je le menaçai
de la justice : il m'assura de son innocence. Alors
je fis semblant d'avoir entendu et compris sa
conversation. Je le menaçai d'un pistolet (que
je n'avais pas) ; j'éveillai mon courrier, je l'instruisis du projet présumé du postillon ; je courus
appeler Sukin et le marchand. Enfin nous fûmes
tous sur pied en un moment. Nous accablâmes
ce postillon de menaces et de reproches, au point
qu'il en fut effrayé, et remonta à cheval, en murmurant néanmoins ; mais il ne s'avisa plus de
regarder davantage derrière lui.

A peine eûmes-nous fait un mille, c'est-à-dire
à moitié chemin de la station, j'aperçus de loin
deux grands gaillards qui paraissaient postés là
pour nous attendre. Dès que mon postillon les
vit, il cria, jura contre ses chevaux ; en un mot,
il fit le plus de bruit possible, sans doute pour

prévenir ses complices que nous étions éveillés,
et qu'il n'y avait rien à faire; car, lorsque nous
passâmes auprès d'eux, ils nous fixèrent avec
curiosité, sans cependant oser nous parler : nous
arrivâmes heureusement à la station.

Il n'était que trop probable que ces postillons
avaient eu un dessein perfide. Ils voulaient m'assassiner, ou tout au moins me dévaliser. Le
marchand qui était dans une voiture découverte,
avait laissé voir que ses effets valaient peu de
chose; mais ma voiture, où ces coquins n'avaient
pu fouiller, leur donnait à penser que j'y avais
caché des objets précieux. J'avais d'ailleurs ouvert
la veille un nécessaire qui renfermait une cafe-
tière, et d'autres petits meubles d'argent : c'en
était assez pour les porter à commettre un crime.
Ils s'étaient bien aperçus que l'imbécile de Carpov
ne serait d'aucune défense pour moi : ainsi, dès
que le marchand et Sukin auraient été en avant,
et à une grande distance, les deux scélérats que
nous avions rencontrés, se seraient jetés sur
nous, et nous auraient volés ou assassinés. Ce
qui me confirma encore bien mieux dans ma
pensée, c'est que mon postillon, qui se plaignait
d'abord de ses chevaux, leur lâcha ensuite la
bride, et que ces pauvres bêtes, qu'il me disait
si mauvaises, allèrent au grand galop sans qu'on
les touchât. Je m'estimai heureux d'avoir fait
avorter un aussi abominable guet-apens.

Après ce dernier danger, qui n'avait rien d'extraordinaire sur une route déserte, j'aperçus

enfin, le 28 juillet au matin, l'immense ville de
Moscou.

Je restai longtemps sur une hauteur pour la
considérer. Plein d'espérance d'avoir là quelques
nouvelles de ma famille, je traversai promptement plusieurs rues de la ville, et descendis à
l'auberge d'une vieille dame française à qui
M. Becker m'avait recommandé.

Aussitôt que j'eus repris des forces, je sortis,
et me rendis chez M. François Courtener, un des
grands libraires de cette ville. Il me reçut très
bien : je lui demandai, avant tout, s'il pouvait
me donner des nouvelles de ma femme. Courtener
me répondit qu'il se rappelait avoir entendu dire
que l'empereur avait invité Mme de Kotzebue à se
rendre à Saint-Pétersbourg, et qu'elle en avait
reçu des témoignages d'une particulière bienveillance. Je désirai en vain savoir comment, et
où il avait appris cette nouvelle si agréable qui
me transportait de joie ; il ne put me satisfaire.

J'allai avec lui rendre visite à un estimable
écrivain, connu en Allemagne par son ouvrage
intitulé, *Lettres d'un Voyageur russe*. Il me répéta
ce que M. François Courtener m'avait dit ; mais
il lui fut aussi impossible de se rappeler de qui
il tenait cette nouvelle. Il me promit de prendre, à
ce sujet, des informations.

On se figure facilement quelle douce et agréable
émotion fit naître en moi cette rencontre d'écri-
vains distingués, de libraires recommandables,
si l'on songe que depuis quatre mois je n'avais

pu parler de littérature à qui que ce fût, et encore
moins lire les ouvrages nouveaux.

Le cabinet de M. de Karamsin était orné d'une
collection de portraits des savants d'Allemagne.
Cette galerie m'engagea à aller le voir et l'entretenir de Wieland, de Schiller, de Herder, de
Gœthe. Je lui parlai ensuite de ma ville natale, où
il avait paru se plaire infiniment dans le séjour
qu'il y avait fait.

Je demeurai à Moscou jusqu'au lendemain soir,
tant pour me reposer, que pour voir toutes les
curiosités que cette ville renferme, et surtout
parce que j'espérais apprendre enfin quelque chose
de positif sur le sort de ma famille; mais les
renseignements que je pris ne firent que me convaincre que la nouvelle relative à mon épouse
était un bruit invraisemblable et sans fondement.

A Witschnei-Wolotschok ne me trouvant plus
qu'à quatre cent trente milles de Saint-Pétersbourg, c'est-à-dire, à cent vingt-quatre lieues
d'Allemagne, je résolus de me séparer du diligent
Wassili Sukin, qui ne m'eût pas abandonné de
lui-même à la paresse de mon Carpov; je préférai
qu'il me devançât pour instruire ma femme de
ma prochaine arrivée, dans le cas où elle serait à
Saint-Pétersbourg. J'écrivis un billet, pour la
prier de venir au-devant de moi jusqu'à la première station; je donnai aussi à Sukin l'adresse
d'un ancien et fidèle ami, M. Graumann, qui lui
dirait assurément si ma femme était, ou non, dans
la capitale.

Sukin partit comme l'éclair, et je calculai qu'il arriverait à Saint-Pétersbourg au moins vingt-quatre heures avant moi.

Mon Carpov, dont l'amour-propre s'était apparemment réveillé par suite de la confiance que j'avais témoignée à Sukin, devint, dès ce moment, plus vif et plus empressé.

Nous traversâmes Nowogorod, devenu célèbre par la ligue hanséatique, sans nous arrêter, et partout où nous passâmes, mon courrier mit tant de célérité à chaque poste, que Sukin ne nous précédait plus que de quelques heures.

Ce pauvre Sukin, à force de vouloir se presser, fit une étourderie qui le chagrina beaucoup; il oublia, à l'avant-dernière station, sa passe de courrier, sans laquelle il lui était impossible d'aller plus loin, et d'entrer à Saint-Pétersbourg.

Le directeur de la poste nous la remit, et comme nous le suivions de près, nous la lui rendîmes. Il était en proie à une inquiétude mortelle, et quand il me vit, il me témoigna tout à la fois la plus grande reconnaissance de ce que je le tirais d'embarras, et les plus vifs regrets de ce qu'il ne pourrait pas arriver avant moi à Saint-Pétersbourg.

Il était quatre heures du soir; le marchand et moi, après avoir un peu réparé le désordre de notre toilette, nous descendîmes, pour la dernière fois, de nos voitures. Jamais mon cœur n'avait palpité avec tant de force.

Nous fûmes arrêtés à Zarskoselo, trois ou

quatre fois, par des piquets de soldats qui exa-
minèrent nos papiers avec une lenteur désespé-
rante; mais ce n'était rien encore; ma patience
devait être mise à de plus rudes épreuves. Il fallait que ce jour-là fût précisément celui où une
quantité considérable de troupes devaient, pour
passer la revue, se rendre à Gatschina, le lieu de
plaisance le plus cher à Paul Ier. Je n'étais éloigné de Saint-Pétersbourg que de deux milles,
lorsque je rencontrai six régiments avec armes et
bagages, dont il ne me fut pas permis de rompre
les rangs, et qui m'empêchèrent de passer; ils
défilèrent pendant plus d'une heure; qu'on juge
de mon impatience!

Il faut ajouter à ce contretemps, qu'une mauvaise affaire faillit me mettre dans un chagrin
plus grand encore. Le prince Alexandre était à
cheval à la tête des troupes : je ne le connaissais
pas; et même, quand je l'eusse connu, ignorant
l'ordre précis de descendre de voiture, dès qu'on
rencontrait une personne de la famille impériale,
j'aurais eu le même tort. C'était à Carpov à me
prévenir de cet usage : j'étais donc resté dans ma
voiture. Je devais être, suivant les lois, conduit
aussitôt en prison, si ce grand prince ne s'était
opposé à ce qu'on punît une faute commise par
oubli ou par ignorance.

A neuf heures du soir, nous arrivâmes enfin
aux barrières de la Résidence; là, nous fûmes
tous soumis à un minutieux examen, puis conduits par un Cosaque chez le commandant, qui

logeait au palais impérial. Les courriers montèrent seuls au palais.

Une demi-heure se passa avant que les courriers ne descendissent; il nous fallut aller de là chez le gouverneur militaire, le comte de Panin : il n'était pas chez lui. On nous permit de continuer notre route. Quoiqu'il fût tard, je mourais d'envie d'aller chez mon bon ami Graumann; mais nos courriers avaient l'ordre positif de nous déposer chez le procureur-général. Nous nous y rendîmes : il était à Gatschina, et celui qui le remplaçait dans la gestion des affaires secrètes, le conseiller d'État Fuchs, demeurait très loin. Quel parti nous restait-il à prendre? Les courriers me laissèrent, ainsi que le marchand, au milieu de la rue, sous la garde des domestiques du procureur-général. Mon Carpov me tendit la main; je lui donnai cent roubles; il ne parut pas très satisfait, quoiqu'il ne les méritât pas : il s'éloigna en murmurant. Je donnai aussi quelque chose à ce pauvre Wassili Sukin, qui me remercia beaucoup, et promit de venir me présenter ses services.

Je restai là une bonne demi-heure, appuyé sur le parapet de la Moïka. J'étais plongé dans mes réflexions lorsque le conseiller d'État, M. Fuchs, arriva; il me reçut avec beaucoup d'honnêteté, et me fit passer dans une petite chambre où il me dit que je resterais toute la nuit. Je lui témoignai le désir de me rendre de suite chez mon ami Graumann; mais il me répondit que, quoique je ne fusse plus prisonnier, il n'avait cependant aucun ordre particulier qui me concernât, et qu'avant de me mettre tout à fait en liberté, son devoir l'obligeait de faire parvenir à Gatschina la nouvelle de mon arrivée; ce qu'il fit de suite, en envoyant une estafette. Il me prévint qu'il ne pourrait avoir de réponse que le lendemain matin : il fallut donc encore prendre patience.

Dès qu'il eut donné ses ordres à l'estafette, il lia conversation avec moi; mais, avant de répondre à la moindre de ses questions, je le suppliai de me donner des nouvelles de ma femme : il parut n'en avoir aucune. Ainsi, le beau rêve que j'avais commencé à Moscou, et qui n'avait fait que devenir plus agréable, plus enchanteur à l'approche de Saint-Pétersbourg, ce beau rêve se dissipa en un instant!...

Image fidèle de la vie humaine!... n'est-elle pas un rêve prolongé, un rêve perpétuel, ou si l'on veut une succession de rêves? « Nous traînons jusqu'au tombeau, dit Bossuet, la longue chaîne de nos espérances trompées. » Oh! qu'heureux est celui qui n'attend rien sur terre et qui ne songe qu'aux biens solides et impérissables! Celui-là n'aura jamais de désenchantements.

Après avoir versé quelques larmes bien amères, je priai M. Fuchs de m'expliquer la terrible énigme du traitement que j'avais subi; mais il ne me fit que cette réponse : « On a suivi ponctuellement les ordres de l'empereur même; » il ajouta seulement que depuis quelque temps l'empereur s'était informé si j'étais de retour. Il finit par me dire que mes papiers étaient en dépôt dans les bureaux du procureur-général, qu'ils me seraient tous rendus. Après ces aveux presque insignifiants, il se retira en me souhaitant une bonne nuit.

Il m'avait laissé dans une chambre bien peu convenable pour que je pusse me reposer tranquillement; c'était une petite salle étroite, où l'on avait coutume de mettre tous ceux qui, coupables ou innocents, tombaient entre les mains de l'inquisition secrète. Une table, une chaise, un bois de lit sans matelas ni couverture; voilà les seuls meubles qui ornaient cette chambre, et ces meubles étaient couverts de vermine. Pouvais-je passer là une bonne nuit? Combien fut triste au contraire cette nuit! je ne pus fermer l'œil. Profondément affligé de l'ignorance où j'étais sur le sort de ma famille, je n'avais pas un moment de repos.

Je revis le jour avec un nouvel espoir et soupirai après la réponse de l'estafette. Il était huit heures, que personne n'était encore entré dans ma chambre. Enfin M. Fuchs vint me souhaiter le bonjour; il n'avait pas reçu de réponse; l'estafette n'était pas de retour de Gatschina; mais... ô Dieu! comment exprimer mon délire lorsqu'il me dit : « Madame votre épouse est à Saint-Pétersbourg!... » Ainsi qu'un malade perclus de tous ses membres reprend courage, s'éveille, se ranime, quand l'étincelle de l'électricité pénètre dans ses organes, je regardai d'abord le conseiller d'un œil fixe; ensuite mes genoux tremblèrent, ma langue se délia, je m'écriai : « Où est-elle? où est-elle?... » Il l'ignorait, ou du moins il feignait de l'ignorer; car ce qu'il ajouta le trahissait. « Il ne dépend pas de moi, me dit-il, de vous faire sortir d'ici, mais je ne m'opposerai pas à ce que vous fassiez venir votre épouse. » Je n'écoutai plus le reste; j'envoyai demander sur-le-champ Wassili Sukin : il était là; je lui remis un billet pour mon ami Graumann. Ce serviteur diligent se mit en route, et revint un moment après, encore tout attendri de la joie que lui avait témoignée, à cette nouvelle, mon généreux ami. Je reçus la réponse suivante :

« Ta femme et tes enfants sont en bonne santé, et ne logent qu'à deux pas de chez moi; mais avant de les voir, viens me trouver, afin que j'aie le temps de les préparer à ce bonheur inattendu : l'excès de la joie pourrait faire mourir ta femme, si elle n'était pas prévenue. »

Je priai mon pauvre Sukin de faire un second voyage, et d'aller annoncer à mon ami que je n'étais pas libre de sortir, mais seulement de recevoir des visites. Je lui dis de supplier Graumann, au nom de la plus tendre amitié, de hâter l'instant heureux qui devait nous réunir tous. Sukin, quoiqu'il ne fût pas intéressé, avait été si généreusement payé la première fois par mon ami, qu'il fit cette seconde commission avec la plus grande promptitude.

Quelques minutes après Graumann parut, et se

Sukin attelait parfois lui-même. (P. 284.)

jeta dans mes bras avec une extrême tendresse.
Ce bon ami me répéta que ma femme se portait à
merveille ; mais il me prévint que je devais m'attendre à la trouver changée, et surtout bien
faible.... Il me fit sentir de nouveau qu'il était
absolument nécessaire, quoiqu'elle m'attendît depuis longtemps, de la préparer à me voir. Il ne
fallait pas moins que les sages conseils de l'amitié, pour que je misse un frein à l'ardeur de mes
désirs, et que je consentisse à différer encore le
moment de la réunion depuis si longtemps
attendu.

Quand Graumann me vit plus tranquille, il continua ainsi : « J'ai déjà donné à ton épouse quelque
pressentiment de ce qui allait se passer en lui
remettant une lettre que sans doute tu lui avais
écrite en route, et par laquelle tu la priais de
venir au-devant de toi jusqu'à la première station. » (C'était la lettre que j'avais donnée à Sukin,
quand je le laissai libre de nous quitter, et qu'il
n'avait pu remettre à Graumann qu'avec mon dernier billet). « Cette invitation à venir te retrouver,
lui annonçant ton arrivée très prochaine, l'a déjà
mise au comble de la joie ; elle a poussé un cri,
et embrassé tous ses enfants, en leur disant mille
fois : « Vous allez revoir votre père ! » Puis, réfléchissant tout à coup au contenu de la lettre, elle
m'a prié de lui obtenir du gouverneur militaire
une passe, sans laquelle elle ne pourrait sortir de
la ville. Je la lui ai promise, et même j'ai feint
de la quitter pour cette commission. Maintenant

je vais retourner auprès d'elle, et l'amener tout
doucement à l'entrevue que je désire autant que
toi. Il retourna chez elle : à peine fut-il entré,
qu'elle accourut à sa rencontre, pour lui demander s'il avait obtenu la passe dont elle avait besoin.
Il se mit à sourire, et lui dit : « A présent cette
passe est inutile. » Elle le comprit et ne voulut
pas le laisser un moment en repos, qu'il ne l'eût
amenée près de moi. Graumann eut beau parler
de précautions à prendre, de prévoyance nécessaire, elle n'écouta rien, ne demandant que son
époux : mon pauvre ami n'eut presque pas le
temps de faire avancer sa voiture. Elle consentit
seulement à attendre au détour d'une rue que l'on
m'eût prévenu de son arrivée.

Je m'entretenais avec M. Fuchs quand ce bon
ami Graumann revint me trouver : son air joyeux,
le tremblement de sa voix, tout me présageait une
heureuse nouvelle. « Eh bien, lui dis-je, as-tu
trouvé ma femme? — Elle est là, me répondit-il;
je n'ai pu la retenir plus longtemps. » A ces
mots je poussai des cris de joie : « Qu'elle vienne!
qu'elle vienne donc! m'écriai-je avec transport.
— Je vais te l'amener. » J'avais perdu tout à fait
la raison; je voulais retenir M. Fuchs, qui sortait
par délicatesse et pour ne pas nous gêner dans
ces premiers moments de bonheur; je lui disais :
« Restez; vous serez témoin de notre joie. » J'entendis Graumann, j'entendis la voix de ma femme;
la porte s'ouvrit : je m'élançai et je reçus ma
chère épouse entre mes bras. Hélas! le sentiment

de la joie la mit dans le même état que le sentiment de la douleur : elle perdit connaissance.

Loin de moi l'idée de décrire une pareille scène !
en est-il besoin d'ailleurs ? Quel est le lecteur qui
ne conçoive pas le charme d'une réunion si inespérée ! Dois-je dire qu'il est des moments qui font
oublier plusieurs années de souffrances? Tous ces
détails affaiblissent l'idée de mon bonheur, et ne
font que gâter le tableau le plus délicieux.

Graumann m'avait aidé à asseoir ma femme
sur une chaise. A force de douces paroles, je parvins à la faire revenir à elle. Quand le premier
moment d'ivresse fut passé, que le chaos de nos
sentiments fut un peu débrouillé; quand nous
pûmes nous parler, nous entendre, que de questions nous eûmes à nous faire, ma Christel et
moi! que d'événements nous nous racontâmes
réciproquement! Combien de fois nous nous in-
terrompîmes nous—mêmes pour essuyer, les
larmes qui coulaient sur nos joues! Nous nous
croyions échappés de nos tombeaux, rappelés à
une nouvelle vie, et nous avions oublié les chagrins d'un monde qui ne nous paraissait plus être
le nôtre.

Alors mon épouse me raconta ce qui lui était
arrivé depuis notre séparation : elle me dépeignit
l'instant où elle était revenue de son évanouissement, la terreur secrète qu'elle avait ressentie en
ne me voyant plus auprès d'elle, son désespoir
en apprenant mon départ, le silence de mort qui
y succéda lorsqu'elle se trouva seule avec ses

enfants. Emmi, mon Emmi sanglotait ; elle s'était
mise par terre dans un coin de la chambre, pour
y pleurer plus à son aise de ce qu'on lui avait
arraché son père ; mes autres enfants me cherchaient des yeux : l'un d'eux ouvrait toutes les
les portes pour voir si je n'étais pas caché. Combien ces détails m'attendrissaient !

Avec quelle indignation j'appris que le gouverneur de Mittau et sa famille avaient manqué à la
parole qu'ils s'étaient empressés de me donner !
Ils devaient protéger ma femme, et me remplacer
pendant mon absence par leurs soins assidus :
ils n'en avaient rien fait. Ses premiers et ses
plus fidèles consolateurs avaient été des gens
dont elle n'était en droit d'attendre que la plus
parfaite indifférence. L'aubergiste Rœder et son
épouse l'avaient traitée avec une humanité, une
délicatesse d'autant plus estimables, que l'intérêt
n'en était point le motif. Il est rare de voir dans
des personnes de cette condition une telle noblesse de sentiments. Cédant à ses besoins, ou
bien par économie, ma femme s'était vue forcée,
après mon départ, de supprimer tous ces petits
riens qui enchantaient mes enfants ; elle avait
même dû les priver des petites friandises qu'elle
leur donnait d'habitude : eh bien, ces bonnes gens
n'avaient pas voulu que mes enfants souffrissent
une telle privation ; ils leur avaient donné, en
secret, tout ce qu'ils avaient coutume de manger.
Ils avaient fait plus : pendant la maladie de ma
femme, ils avaient préparé, tout exprès pour elle,

plusieurs mets fort chers, qu'ils n'avaient jamais
voulu porter sur leur mémoire. C'est un besoin
pour moi de révéler ces traits qui caractérisent
des âmes aussi pures et compatissantes.

Le général de Essen, un de nos parents, avait
été encore un de ceux qui s'étaient intéressés au
sort de mon épouse. Ce brave guerrier ne s'était
pas mis en peine si ses bienfaits à l'égard de la
famille d'un exilé ne l'exposeraient pas à une
disgrâce. Le désir de consoler les malheureux
était plus puissant chez lui que la crainte de se
compromettre : puisse le Ciel le récompenser de
ses généreuses attentions !

Le conseiller d'état de la régence, M. de Wach-
ter et son épouse, dont nous avions fait depuis
peu de temps la connaissance à Reval, et avec
lesquels nous n'étions pas unis intimement,
avaient aussi montré qu'ils comprenaient que le
malheur doit resserrer les liens de l'amitié, au
lieu de les rompre.

Que j'ai de plaisir à nommer toutes ces personnes recommandables, qui nous aidèrent à
supporter le poids de si cruels chagrins ! Ma
reconnaissance est le seul hommage que je puisse
offrir à leurs vertus : qu'elles daignent le recevoir ! La publicité embarrassera peut-être leur
modestie, mais elle satisfait mon âme, confuse
de tant de générosité.

Plusieurs autres personnes vinrent encore visiter mon épouse, mais non avec ce sentiment d'intérêt qui distingue celles que j'ai nommées. Le

secrétaire d'état Weitbrech se présenta chez elle
pour lui faire la guerre sur sa douleur obstinée.
« Vous pleurerez donc toujours? lui disait-il; ce
désespoir éternel ne peut vous avancer à rien. —
Je pleurerai, répondait ma Christel, tant que je ne
verrai pas mon époux, tant que le gouverneur ne
consentira pas à me recevoir. — Mais, madame,
le gouverneur n'aime pas à voir pleurer; il n'aime
pas à voir les malheureux. — Pourquoi donc
est-il gouverneur? » demandait doucement ma
femme.

Après bien des peines cependant, elle obtint une
audience de M. de Driesen; mais il la reçut assez
cavalièrement, pour ne pas dire d'une manière
malhonnête. Il se présenta à elle la pipe à la
bouche, et ne l'invita pas même à s'asseoir. Du
reste il ne prit aucun intérêt à son malheureux
sort.

Elle ignorait donc absolument tout ce qui s'était
passé à mon égard : aussi attendait-elle à tout
moment mon retour. A chaque voiture qu'elle
entendait arriver très vite, elle se levait, croyant
accourir au-devant de moi. La seule chose qui
semblait lui prouver pourtant que mon sort
n'était pas aussi doux qu'elle avait pu le penser,
c'était l'obligation où elle était de remettre au
gouverneur toutes les lettres qu'elle écrivait : il lui
était défendu d'y insérer une seule phrase touchant sa position et la mienne; à peine encore
daignait-on les envoyer. On les copiait, et ces
copies étaient adressées à Saint-Pétersbourg.

Tant de sottes précautions, tant de méfiances devaient nécessairement alarmer ma femme ; aussi prit-elle tous les moyens de m'écrire sans être aperçue ; elle ne trouva que le temps de tracer un billet, que l'aubergiste Rœder cacha adroitement, et mit à la poste : il était adressé à mon ami Graumann, et lui parvint.

Qu'il est heureux que je puisse aujourd'hui, sans danger, mettre au grand jour les traits généreux et les côtés méprisables de cette histoire !

Tout cet espionnage, toutes ces tracasseries, qui fatiguaient ma femme, en redoublant ses inquiétudes, finirent heureusement au bout de deux semaines. Elle reçut la permission de l'empereur, de se rendre auprès de ses parents, en Esthonie. La maladie la retint en route, à Riga. Là, elle descendit chez l'aubergiste Langwitz, qui tenait l'hôtel de Saint-Pétersbourg. Interrogé par elle si j'avais logé chez lui, ce malheureux commit l'imprudence de répondre : « Non ; il a été conduit tout droit de Riga à Tobolsk. » On peut s'imaginer l'effroi que cette réponse étourdie causa sur-le-champ à ma femme ; l'idée de mon exil ne lui était pas encore venue. Cette nouvelle imprévue la jeta dans un désespoir épouvantable : elle finit par ne point y croire. Que ne dut-elle pas, dans ce moment, aux consolations du secrétaire de la régence, Eckard, mon fidèle ami ! Je dois aussi mentionner, avec un égal sentiment de reconnaissance, deux autres personnes, que l'amitié et la parenté conduisirent auprès d'elle, le comte

Siewers de Wenden et son épouse. Ils lui témoignèrent toujours le plus tendre intérêt, et eurent pour elle les plus grands égards.

Cependant il y avait des moments où, seule avec elle-même, le poids de ses maux se faisait sentir si vivement, qu'elle en était accablée : quelques scènes touchantes réveillaient surtout sa douleur. Par exemple, lorsque ses enfants, devenus presque orphelins, jouaient à la porte de la maison, beaucoup de passants s'arrêtaient en les voyant, demandaient à qui ils appartenaient, et s'éloignaient en s'écriant : « Les pauvres enfants! » Comme cela arrivait presque tous les jours, mes enfants montèrent une fois dans la chambre, s'approchèrent de leur mère, et lui dirent : « Maman, pourquoi donc nous appelle-t-on malheureux? » Emmi s'écria une fois : « Tiens, maman, qu'on apporte des chaînes pour moi! il m'est égal qu'on me les attache, si l'on me met auprès de mon papa. » Que l'on juge de l'effet de pareils discours! Dans la bouche des enfants, tout charme, tout intéresse; et ce que disaient les miens, avait une expression si naïve et si douloureuse! Rien n'était plus nuisible à la santé de mon épouse que ces traits inattendus.

Dès qu'elle eut cependant repris quelques forces, elle continua sa route par Dorpat pour se rendre à notre terre de Friedenthal. Quels souvenirs amers vinrent frapper son esprit, lorsqu'elle se trouva sur une hauteur qui lui laissait apercevoir le lieu où, quelques années auparavant, nous avions passé des jours si heureux ! Elle n'osa pas entrer dans la maison, parce que, disait-elle, chaque pièce, chaque meuble lui rappelle-raient son mari et seraient pour elle un nouveau sujet de douleur.

C'est en ce lieu que ma femme reçut enfin la lettre que je lui avais écrite de Stockmannshof. Cette lettre courut bien des chances de ne pas arriver à sa destination; le jeune homme à qui je l'avais confiée, manqua vraisemblablement d'au-dace. Le chambellan de Beyer envoya cette lettre et les autres au gouverneur de Riga, qui, pour obéir à son devoir, ordonna qu'on les fît passer au général-procureur à Saint-Pétersbourg. Celui-ci les porta à l'empereur, qui trouva fort mauvais que je déclarasse M. le comte de Pahlen son favori, et qu'à ce titre, je plaçasse ma confiance en lui. C'était une faiblesse particulière à l'em-pereur, de ne pas vouloir laisser paraître qu'il avait un favori, et il était fâché que quelqu'un pût se vanter d'avoir de l'influence sur lui. Il arriva de là que le général-procureur, ennemi déclaré du comte, profita de cette occasion pour mettre cette affaire dans un jour odieux; en un mot, l'empe-reur, qui voyait cependant tous les jours le comte, au lieu de lui donner la lettre lui-même, la lui fit remettre par Obuljaninow; il ne lui en dit pas un seul mot, mais en garda beaucoup d'humeur. Le comte même m'a témoigné, par la suite, que j'avais été presque seul cause de sa disgrâce.

L'empereur, malgré son dépit, ne voulut pas

garder la lettre que j'avais écrite à ma femme dans
un moment de désespoir ; il ordonna même qu'elle
lui fût remise, et que l'on en prît d'elle un acquit.
Cette lettre fut donc envoyée au gouverneur d'Estonie, qui la réadressa au chef de la police du
cercle de Wesenberg, le baron de Rosc. Ce
dernier la porta lui-même à ma femme, et en
reçut l'acquit expressément demandé. Cette fatale
lettre produisit les plus tristes résultats : ma
femme, épuisée déjà par de longs chagrins, ne
put y résister davantage et tomba gravement
malade. Grâce aux bons soins qu'elle reçut et à
la protection de la Providence, elle fut sauvée.
Dès qu'elle eut repris quelques forces, elle se
rendit, à l'invitation de mon bon ami Knorring,
à Réval. Son dessein était de demander conseil à
ses parents et à nos amis sur ce qu'elle devait
faire, mais seulement par rapport à notre fortune ;
car sa résolution de me suivre en Sibérie était
bien ferme, et les conseils ne pouvaient ni augmenter ni diminuer la pressante envie qu'elle
avait de réaliser ce dessein.

Plusieurs de ceux que nous croyions pouvoir
nommer nos amis, se comportèrent d'une manière
assez équivoque à son arrivée à Réval ; mais je
n'en parlerai pas. J'aime mieux dire que mon bon
Knorring, son aimable femme, et plusieurs autres
braves gens s'abandonnèrent sans crainte, sans
pusillanimité, à l'élan de leurs cœurs. C'est en
vain que des gens égoïstes ou timides voulaient
encore, dans cet endroit, comme d'autres l'avaient

fait ailleurs, persuader à Knorring, qu'il s'exposait en donnant asile à ma malheureuse épouse; il n'écouta rien que son amitié, que son généreux attachement à mes intérêts; cependant, il me l'a avoué, il s'attendait à des suites fâcheuses de sa conduite et au désagrément de faire bientôt un voyage à Saint-Pétersbourg; mais il était décidé à tout, plutôt que de laisser dans l'abandon l'épouse de son meilleur ami.

Ma Christel n'était plus occupée à Réval que de son départ pour la Sibérie. On avait beau l'effrayer en lui représentant l'éloignement, les périls à courir, les fatigues, les privations, elle n'entendait rien que ma voix qui lui criait : « Viens donc à mon secours! » Quand on lui disait que mon exil ne pouvait être de longue durée, elle répondait : « Comptez-vous pour rien d'adoucir les souffrances d'un seul jour, d'une semaine? » Elle n'aspirait qu'à se retrouver près de moi. Sa femme de chambre, Catherine Stegmann, lui proposa de l'accompagner, quoiqu'elle laissât dans ces environs une mère très âgée, et particulièrement chérie. « J'ai passé des jours heureux près de vous, disait cette bonne fille, je veux aussi partager avec vous les mauvais jours. » Ma femme avait le projet d'emmener encore avec elle mon Emmy, mais de laisser les autres enfants. L'homme qui devait l'accompagner, moyennant une récompense considérable, se trouvant retenu, le départ était fixé irrévocablement au 1er juillet.

Un jour ma femme, plus triste que de cou-

tume, paraissait être aussi plus absorbée, et son
air était plus mélancolique : après dîner, elle se
retira dans son appartement, et se jeta sur son
lit pour y reposer quelque temps. Knorring était
au balcon du salon ; un courrier monte l'allée
qui conduit au château, questionne, pique des
deux, et tenant la dépêche à la main, approche
de la maison, saute à bas de son cheval, et grimpe
à la hâte le grand escalier. Knorring va à sa
rencontre, saisi tour à tour de crainte et d'espérance : sa famille tremblait que ce ne fût quelque
ordre rigoureux qui le concernât ; mais « Bonne
nouvelle ! » s'écria le courrier. A ces mots, il
montre une lettre du comte de Pahlen pour ma
femme ; Knorring veut la prendre ; le courrier dit
qu'il désire avoir le plaisir de la lui donner lui-
même.

Quel que fût le transport de joie de mes bons
amis dans cette circonstance favorable, mais inat-
tendue, ils n'oublièrent pas qu'il fallait prendre
des ménagements avec ma femme : la croyant
endormie, ils craignaient de l'éveiller, et pourtant ils étaient impatients de lui annoncer cette
heureuse nouvelle. Ils ouvrirent tout doucement
la porte de sa chambre ; elle ne dormait pas.
Voyant plusieurs têtes qui regardaient les unes
après les autres, par le côté de la porte entr'ouverte, et remarquant que les figures n'avaient plus
cet air triste qui, jusque-là, ne les avait point
quittés, elle se leva bien vite et s'écria : « Avez-
vous quelque chose à m'annoncer ? — O mon

Dieu, non, lui répondit-on d'abord, avec une
indifférence bien inopportune, nous voulions seulement voir si tu dormais. — Vous me cachez
quelque chose d'heureux ; je le vois à la gaieté
répandue sur votre visage ; oui, vous avez une
bonne nouvelle à m'annoncer : parlez, de grâce,
parlez! — Eh bien, nous avons de bonnes nouvelles de Kotzebue. — Se pourrait-il? — Il y a ici
un courrier du comte de Pahlen. — Vous ne
m'abusez pas? Je veux le voir. » A ces mots, elle
s'élance hors de la chambre, saisit la lettre des
mains du courrier, brise le cachet et lit, en s'in-
terrompant pour essuyer les larmes qui formaient un voile épais sur ses yeux : « Il a plu à
Sa Majesté impériale de vous permettre, ainsi
qu'à votre époux, de venir à Saint-Pétersbourg.
C'est avec une bien grande satisfaction que je me
hâte de vous faire part de cette grâce particulière de notre auguste souverain, afin que vous
puissiez prendre vos dispositions pour vous
rendre à la capitale, dès que vous le voudrez. On
a expédié également un exprès à votre mari, pour
qu'il pût arriver avant vous, ou que, tout au
moins, il vous y suivît de bien près. Je me ferai
d'ailleurs un vrai plaisir de vous procurer un
logement convenable. »

A la lecture de ce billet, ma femme, qui pouvait à peine, quelques heures auparavant, se traîner toute seule d'un fauteuil à un autre, courait
dans ce moment avec la légèreté d'une gazelle ;
elle ne pouvait plus rester une minute à la même

place. Elle allait chercher elle-même ce dont elle
et les autres avaient besoin ; elle pleurait et riait
en même temps ; elle donnait au courrier tout
l'argent comptant qu'elle avait ; elle insistait,
priait, suppliait pour que l'on s'occupât tout de
suite des préparatifs de voyage : elle était irrévocablement décidée à partir dès le lendemain
pour Saint-Pétersbourg, et refusait d'entendre
toutes les représentations qu'on lui faisait pour
la détourner d'un départ aussi prompt, qui pouvait nuire à sa santé. Mes amis, voyant qu'ils ne
pourraient rien obtenir d'elle, mandèrent mon
excellent médecin Bluhn. Il vint avec empressement et il fit comprendre à ma pauvre Christel,
que l'exaltation de son esprit exigeait quelques
jours de repos, et qu'elle risquait sa vie en partant dans l'état de faiblesse où elle se trouvait ;
qu'enfin son époux, si elle s'obstinait dans sa
résolution, aurait peut-être la douleur d'arriver
pour la voir dangereusement malade. Ces raisons
firent impression sur elle, et la décidèrent à
retarder son départ de quelques jours.

Peu de temps après l'arrivée de ce courrier, il
en vint un autre envoyé par le gouverneur de
Réval. Le général-procureur lui avait fait part
de la même nouvelle, en lui observant qu'il fallait, d'après les ordres supérieurs qu'il avait
reçus, faire donner à Mme de Kotzebue tout ce qui
lui serait nécessaire pour son voyage et surtout
l'argent dont elle pourrait avoir besoin. De son
côté, le gouverneur militaire de Saint-Péters-

bourg avait reçu l'ordre de faire préparer un
logement pour M. et Mme de Kotzebue.

Ma bonne Christel fut, par cette offre gracieuse
de l'empereur, dans le même embarras où je
m'étais trouvé, quelque temps auparavant, à
Tobolsk. Elle était trop fière pour demander beaucoup, et ne voulait pas le paraître en ne demandant rien. Après qu'elle eut consulté nos amis,
elle borna sa demande aux frais de la route jusqu'à Saint-Pétersbourg; la somme lui fut comp-
tée sur-le-champ.

La manière honnête et généreuse avec laquelle
la plus grande partie des habitants de Réval se
conduisit envers ma femme, dans cette occasion,
m'a fait un sensible plaisir : je garderai toute
ma vie un souvenir de reconnaissance pour cette
bonne ville. Pourrait-on s'imaginer que cette
nouvelle de ma liberté fut, pour tous ces braves
habitants, un jour de joie, un jour de fête? Une
demi-heure après que le bruit de ma grâce se fut
répandu, ils couraient les uns chez les autres,
pour s'assurer de la vérité. Dans les rues, chacun
s'interrogeait; on arrêtait celui qui était en voiture, pour lui faire partager l'allégresse générale.
Il continuait sa route, et à son tour, arrêtait ses
amis pour les instruire de ce qui se passait.
« Kotzebue est en liberté! » se criait-on de toutes
parts; ainsi je n'avais que des amis bien sincères
dans la bonne ville de Réval. Ma délivrance fut
une consolation pour eux tous.

Mon épouse partit trois jours après cette nou-

Les cahutes de bois n'avaient toutes qu'un seul étage. (P. 219.)

velle. Ayant vu, par la lettre de M. le comte de
Pahlen, qu'il était possible que je fusse déjà à
Saint–Pétersbourg, elle franchit l'espace de
cinquante milles bien comptés, de Réval jusqu'à
la capitale, sans prendre une heure de repos.
Mais M. le comte s'était trompé dans son calcul :
sa bonne volonté et le désir de ma liberté, l'avaient
empêché de réfléchir que le courrier expédié par
lui à Tobolsk, partant le 15 juin, il était impossible que je fusse de retour avant sept semaines ;
encore fallait-il, comme je l'ai fait, aller plus vite
que la poste. Ma femme arriva donc trop tôt, et
logea à l'auberge, car l'appartement qui lui était
promis n'était pas prêt : on oublia même ensuite
de le lui donner ; elle eut la délicatesse de n'en
point parler.

Je n'eusse jamais révélé cette petite circonstance, si elle ne m'eût fourni l'occasion de faire
briller, dans un nouveau jour, la générosité de
mon ami Graumann. Dès qu'il fut prévenu que
les dépenses de ma nombreuse famille, dans une
auberge, étaient au-dessus des moyens de mon
épouse, il loua, sans en rien dire, un logement
commode, paya d'avance deux mois de location,
et s'empressa de le mettre en état d'être habité.
Quand tout fut arrangé comme il le désirait, il
pria ma femme de l'y suivre. Elle trouva avec
surprise un appartement très agréable, composé
de cinq pièces élégamment meublées. La cuisine
même était remplie de tous les ustensiles nécessaires ; linge de table, service de porcelaine, des

provisions de café, de sucre, de bougies, et même
de l'argenterie; rien n'était oublié : enfin ma
femme se trouva dans un ménage parfaitement
monté, sans qu'elle pût savoir de l'homme respectable qui semblait avoir fait paraître tout cela par
une espèce de magie, ce qu'il avait dépensé pour
l'obliger d'une manière si bienveillante. On doit
oublier les chagrins que l'on a éprouvés quand on
finit par publier un trait d'amitié aussi étonnant
que délicat. Je me crois donc heureux de pouvoir
terminer ce récit des malheurs de ma Christel
pendant mon absence, par cet hommage particulier à mon ami Graumann.

Cependant, nous n'en finissions pas de nous
raconter l'un à l'autre nos aventures; mais il
manquait encore à mon bonheur la présence de
mes enfants. A peine en eus-je fait la remarque,
que ma femme s'élance hors de la chambre, saute
dans la voiture et court les chercher. Les pauvres
petits attendaient depuis longtemps avec la plus
turbulente impatience. La voiture revient : je les
aperçois, s'agitant et passant la tête d'une portière
à l'autre. Ils arrivent; ils montent, ils sont près
de moi; tous se jettent ensemble à mon cou,
m'embrassent, me caressent; c'est une scène
indescriptible.

Les heures s'écoulaient rapidement, nous ne
nous en apercevions pas : déjà le matin et une
partie de l'après-dînée étaient passés, nous ne
l'avions pas même remarqué; l'estafette n'était
pas encore de retour de Gatschina, et nous n'y

prenions pas garde. Alors je m'inquiétais peu
d'être prisonnier : j'avais près de moi tout ce que
je pouvais désirer.

Un événement qui arriva le soir, renouvela et
accrut les transports de notre joie. Le marchand
russe, celui qui avait été mon compagnon de
voyage, s'était flatté de recevoir à Moscou des
nouvelles de sa femme et de sa fille. Mais on
lui avait assuré qu'elles étaient mortes. M'ayant
rejoint à Saint-Pétersbourg, il était plongé dans
la plus vive douleur et je voyais ses larmes couler
sur sa barbe blanche. Chez le magistrat, il était
resté avec moi dans la même chambre. Lorsque
ma femme avait paru, il avait été se mettre dans
un coin, où il soupirait silencieusement. Sans
nous interrompre par une seule parole, il tenait
les yeux fixés à terre, toujours dans la même
direction. Un courrier entra tout à coup en
s'écriant : « Iwan Semenowitsch, ta femme et tes
enfants sont ici ! » A ces noms, il se lève comme
un homme qui se réveille d'un songe affreux ; il
vole vers la porte ; sa femme et sa fille étaient
déjà dans ses bras : c'était une répétition de la
scène qui venait de se passer entre Christel et
moi. Cette scène devint encore plus touchante
que la nôtre, par la stupeur du pauvre marchand,
déjà familiarisé avec l'idée qu'il avait perdu les
deux êtres qui lui étaient les plus chers. Il les
considérait avec admiration en bénissant Dieu et
ne pouvait concevoir comment il retrouvait sa famille. Il y avait si longtemps qu'il en était séparé !

Comment ne pas reconnaître le doigt de la Providence dans des événements si extraordinaires ! Et comment le reconnaître sans tomber à genoux et se répandre en action de grâces ! Tant de périls conjurés, tant de fâcheuses circonstances écartées pour aboutir à ce terme suprême d'une délicieuse réunion : quelle admirable démonstration du soin que la Providence prend de ses enfants ! Qu'ils sont coupables, hélas ! ceux qui oublient si facilement le devoir impérieux de la reconnaissance !

Le jour s'était écoulé pour nous au milieu de ces émotions dont rien ne pouvait égaler la douceur. Comme j'avais infiniment besoin de repos, je témoignai le désir de me rendre, à l'instant même, à mon logement, ou plutôt au logement de Graumann, m'engageant, sur mon honneur, à me retrouver le lendemain matin à l'heure dite chez le conseiller d'État Fuchs. Il eut la bonté de prendre sur lui de m'accorder cette permission. Je ne saurais exprimer la joie que je ressentis en entrant dans ce logement, préparé par l'amitié, embelli par la tendresse ; j'y fus reçu par mes gens avec les transports du bonheur le plus vif et le plus sincère.

Il y avait à peine une heure qu'au milieu de cette réunion de bons amis je goûtais ce plaisir indicible qu'a dû éprouver tout proscrit de retour dans sa famille, lorsque le conseiller d'État me manda qu'il venait de recevoir, à l'instant, l'ordre de me mettre en pleine liberté. A cette nouvelle, la joie générale se changea en un délire de folie, qui ne

cessa qu'au moment où j'annonçai que j'avais
besoin d'un peu de repos. Tout le monde se retira,
et je me reposai cette nuit, pour la première fois
depuis quatre mois, comme un homme libre et
délivré de tout souci.

Le lendemain matin... quel délicieux réveil!...
Non, je ne puis le décrire.... Après les doux épan-
chements de l'affection, je me rendis chez le gouverneur militaire, M. le comte de Pahlen. Il était
de mon devoir de lui faire cette visite; mais on
croira facilement que je la faisais plutôt par reconnaissance que par devoir. Malgré la quantité
d'affaires dont il était accablé, il me reçut sans
délai. La foule empressée des gens qui venaient
pour lui faire la cour nous empêcha de nous dire
réciproquement autre chose que quelques phrases
de politesse.

J'appris, dans cette entrevue, que non seulement il s'était empressé d'annoncer à ma femme
ma liberté et la part qu'il y prenait, mais qu'il
avait encore eu la complaisance d'en prévenir ma
respectable mère, à Weimar. Pouvait-on pousser
plus loin le désir d'obliger? et pouvait-on mieux
le satisfaire? Je quittai M. le comte de Pahlen,
vivement touché de tant de bienveillance.

Le 13 août je reçus la copie d'un ukase, par
lequel l'empereur me donnait un bien de la couronne, *Worrokull*, situé en Livonie. On y compte
environ quatre mille âmes; il s'y trouve une maison commode, et tout ce que l'on peut désirer; le
rapport annuel est de 4,000 roubles. Ce présent

était digne de la magnificence de l'empereur, et devenait en même temps un gage assuré de mon innocence.

J'eusse bien volontiers, à cette époque, fait un voyage en Allemagne ; mais plusieurs amis s'appuyant sur de sages raisons, me conseillèrent de ne pas en demander la permission. Je suivis leurs conseils, parce qu'ils connaissaient mieux que moi le souverain. Alors, dans ma lettre de remercîments à l'empereur, je n'annonçai autre chose que la résolution où j'étais de me retirer à la campagne, pour y jouir de la paix et du prix des bienfaits de Sa Majesté.

Cette lettre produisit un effet auquel j'étais bien loin de m'attendre. Le lendemain, je reçus, par le conseiller intime Briskorn, secrétaire de l'empereur, une lettre du cabinet, dont voici le contenu :

« Monsieur, — Pendant que j'avais le bonheur de lire à Sa Majesté Impériale votre lettre de remercîments, j'ai reçu d'elle l'ordre suprême de faire un ukase qui vous donne la place de directeur du théâtre allemand, avec le titre de conseiller de la cour, et un traitement de 1,200 roubles ; mais lorsque je suis venu à l'endroit de votre lettre où vous dites que vous êtes sur le point de vous retirer à la campagne, il a plu à Sa Majesté de m'ordonner que je vous demandasse votre consentement à la place qu'il vous propose.

» Je m'acquitte de ce devoir avec empressement, et vous prie de me mander, aussitôt qu'il vous sera possible, si vous êtes dans l'intention d'accepter l'offre gracieuse de notre généreux empereur.

» Recevez l'assurance de ma haute considération. — BRISKORN. »

Mon embarras, à la réception de cette lettre, fut aussi grand que mon effroi. Il fallait que je devinsse encore directeur de théâtre, moi qui, malgré mes rapports d'amitié avec le baron de Braun, ne voulais plus occuper cette place; moi qui m'étais tant de fois promis, et qui avais si souvent juré à mon épouse de ne plus me laisser entraîner dans cette voie où l'on trouve, à côté de quelques roses, de si cruelles épines; moi qui savais, par expérience, que malheureusement les artistes les plus distingués ne sont souvent que les plus méchants hommes; moi qui ne pouvais ignorer que le plus petit mot de critique vous faisait le plus mortel ennemi de celui même que vous aviez, peu de temps auparavant, comblé d'éloges. Je connaissais trop bien Messieurs les acteurs et Mesdames les actrices : j'avais souvent vu l'un d'entre eux me demander mon avis sur leurs talents, avec une apparence de sincérité, de modestie, et se fâcher ensuite d'un avis instamment sollicité. La plupart des acteurs, même de ceux qui ont le plus de mérite, n'aiment pas l'art en lui-même, mais l'artiste; ils voient avec plaisir un grand tableau de figures ridicules, pourvu que la leur, dont ils sont follement épris, ressorte du fond avec des couleurs agréables. Je veux dire par là qu'ils s'embarrassent peu de l'ensemble et

du talent de leurs camarades; ils ne voient que
les détails et leurs propres succès. Voilà ce que
m'a appris une expérience de vingt ans; expérience souvent bien amère! Je finirai en disant
comme Shakespeare : Vanité, ton nom est *un*
acteur!

Je me trouvais dans une situation bien embarrassante. Il est difficile, et quelquefois dangereux,
de refuser les bienfaits des souverains; ils n'aiment pas à offrir en vain, surtout lorsqu'ils se
sont flattés que leurs présents vous plairont. Je
cherchai tous les détours possibles pour exprimer la répugnance invincible que j'éprouvais à
me charger des fonctions de directeur. Je fis répandre à dessein le bruit de mon aversion pour
ce poste en accompagnant les motifs de mon refus
d'une reconnaissance publique pour ces nouveaux dons de l'empereur; mais je réussis mal
dans mon projet. On parla plus de ma gratitude
que de mes dégoûts, et au lieu de recevoir une
réponse qui fût favorable à mes désirs, je reçus
les trois ukases suivants : l'un instruisait le grand
maréchal de la cour de mon installation; l'autre
faisait connaître au sénat ma dignité nouvelle de
conseiller de la cour; et enfin, le troisième fixait
mon traitement à prendre sur la cassette de l'empereur. Outre la somme qui m'était assignée,
somme peu considérable en apparence, je devais
encore recevoir, sur la caisse du théâtre, celle de
dix-huit cents roubles pour un équipage, pour le
bois, la lumière et un joli logement. Tous ces

dons ne faisaient qu'ajouter à ma fortune, que l'empereur avait déjà fort augmentée. Je dois dire, que par ce traitement et le rapport de la terre qu'il m'avait donnée, il me composa tout à coup un revenu de neuf mille roubles. Du côté de la fortune, je n'avais donc plus rien à désirer : mais qu'avais-je besoin de tout cela? Doit-on sacrifier à l'or son repos, sa liberté, et même sa santé? N'avais-je pas, à Jena et à Weimar, une maison moins belle, sans doute, mais où j'avais joui d'un bonheur bien pur? Mes revenus y étaient moins considérables, mais une modeste aisance n'a-t-elle pas ses charmes? Je vivais là sous un prince moins puissant, moins généreux, mais j'y étais exposé à moins de dangers; enfin, ce qui devait me faire préférer ma première habitation à toute autre, c'est que j'avais, à Weimar, ma bonne, ma tendre mère, à qui je dois tout ce que je suis, et dont les soins, donnés constamment à ma jeunesse, lui méritaient, au déclin de son âge, quelque retour de ma part. De pareilles raisons, de pareils motifs n'étaient-ils pas assez forts pour me faire prendre un parti raisonnable? Les douceurs que l'on goûte avec une modeste fortune, les plaisirs que procure un petit bien, fruit de ses propres économies, ma tranquillité morale et physique, que fallait-il de plus pour me porter à un refus irrévocable? Eh bien, je fus assez faible pour me laisser entraîner, malgré ma propre volonté; je me soumis au sort qui voulait encore m'éprouver, et j'acceptai la place qui m'était proposée.

Ainsi sommes-nous dans bien des circonstances de notre vie : nous faisons ce que nous ne
voudrions pas faire ; nous ne faisons pas ce que
nous voudrions et devrions faire. C'est notre
volonté qui est trop faible ; c'est notre respect
humain qui est trop fort. Les hommes qui ont
une vertu exercée, les chrétiens sérieux ne sont
pas sujets à ces défaillances, du moins dans les
choses d'une certaine gravité ; ils appellent Dieu
à leur secours par la prière ; ils sont aguerris,
par une longue habitude, contre les résistances
de l'amour-propre et des passions. Lorsque la
conscience a parlé, rien ne peut plus les empêcher d'accomplir ce qu'ils considèrent comme un
devoir.

En même temps que ma liberté, on m'avait
rendu, de la part de l'inquisition secrète, tous les
papiers qui m'avaient été pris ; il n'y manquait
pas une feuille, et je ne puis m'empêcher de
raconter à ce sujet, une circonstance qui m'a
frappé d'étonnement et d'admiration.

Quoique je fusse bien persuadé, dans mon exil,
que parmi les papiers saisis, il n'y avait pas une
ligne qui ne pût prouver mon innocence, et convaincre mes accusateurs de leur injustice envers
moi, je dois ici un aveu que je n'ai pu faire
plus tôt, puisque ma mémoire m'avait trompé.
Il se trouvait, dans mon journal fait à Vienne,
une seule ligne qui, si elle avait été mise sous
les yeux de l'empereur, aurait augmenté ou consommé mon malheur, en faisant prolonger ma

captivité ou en me vouant à la peine capitale.
J'avais écrit cette phrase lorsque l'on m'accusait
de jacobinisme.

Voici le fait :

En arrivant à Vienne, je témoignai au baron
de Braun le déplaisir que me causait un pareil
soupçon. Il me rassura en me disant : « L'empereur François est un souverain juste, qui ne vous
condamnera pas sur des accusations vagues,
sans examen et sans preuve. J'écrivis à ce sujet,
dans mon journal, la phrase suivante : « Je suis
donc tranquille, et j'ai beaucoup gagné. Sans
doute L. E. P. (1) trouve que *ce n'est que rarement
la peine de faire faire un examen.* »

J'avais totalement oublié ces mots, un peu durs
à la vérité : qu'on se figure mon effroi lorsque, en
recherchant dans mes papiers, je les ai revus ! On
doit se figurer aussi la joie que j'éprouvai, lorsque
je remarquai, en même temps, qu'une main bienveillante les avait tellement couverts d'encre, qu'il
était impossible de les lire. C'est bien là une
preuve que, malgré la frayeur qu'inspirait l'inquisition secrète, elle était cependant composée de
membres qui n'obéissaient qu'à des ordres sévères, et qui cherchaient à les adoucir, quand ils
en trouvaient l'occasion. On devait rendre particulièrement cette justice au secrétaire d'État
Makaroff; il était connu pour un homme bon et
sensible, qui mêlait souvent ses larmes à celles
des infortunés qu'il fallait livrer aux mains des

(1) L'empereur.

bourreaux. Son cœur saignait alors, et lui faisait regretter d'être chargé d'une telle mission. Je ne savais donc si c'était à lui ou à M. le conseiller d'État Fuchs, ou à un tiers chargé de l'examen de mes papiers, que j'étais redevable du plus signalé des services : toutes mes peines pour découvrir l'auteur ont été inutiles. Je dois donc me contenter d'exprimer hautement, devant Dieu et devant les hommes, la reconnaissance que je dois à ce généreux inconnu, qui m'a sûrement sauvé la vie et l'honneur. Qu'il est heureux pour moi d'être tombé dans de telles mains ! la dénonciation de ces seules lignes eût causé ma perte.

Je trouvai d'ailleurs, dans mes papiers, plusieurs passages insignifiants que l'on avait marqués au crayon. Ce n'était rien qui pût me nuire ; c'étaient seulement des remarques statistiques, des anecdotes, et autres choses semblables dont j'avais voulu conserver le souvenir, et sur lesquelles je m'étais permis des réflexions particulières.

On me rendit ma pièce de *Gustave Wasa,* singulièrement enveloppée, en m'interdisant d'en faire aucun usage : un seul endroit avait attiré sur cette pièce un arrêt de réprobation. Le voici :

> Quand un roi commande le crime,
> Il est bien assuré de trouver sa victime.

On sera, je crois, assez curieux de connaître enfin à quel événement je dois ma liberté. On

sait déjà que mon Mémoire à l'Empereur n'a pu
avoir aucun effet, puisque le conseiller, que j'avais
chargé de le présenter, avait été rencontré près
de Kasan par le courrier qui venait m'apporter
l'ordre de ma délivrance : je dois donc faire part
des circonstances qui ont concouru à me rendre
à ma famille. J'ai puisé ces faits, on doit le penser,
à des sources bien authentiques.

On m'a assuré que le cruel général-procureur
avait laissé traîner, pendant un mois, mes papiers
dans un coin, sans se rappeler que ces mêmes
papiers faisaient planer sur moi un injuste soupçon, et prolongeaient mon exil, faute d'être examinés. Il est probable qu'il ne se ressouvenait pas
plus de moi que de mes papiers et qu'il lui importait peu d'ailleurs de trouver des faits en faveur
de ma justification. Ce fut l'empereur qui demanda le contenu de ces papiers : il fallut alors
les lire, les présenter, et leur innocuité changea
aussitôt les dispositions du souverain à mon
égard. Je doute néanmoins que cet examen à
mon avantage eût suffi pour me sauver ; car on
sait qu'il est toujours difficile de convenir qu'on
a commis une injustice et de se résoudre à la
réparer.

La Providence amena, une fois de plus, un
concours de circonstances exceptionnellement
favorable.

Ma petite pièce intitulée : le Premier Cocher de
Pierre III fut l'heureuse occasion de ma réhabi-
litation. J'avais composé cette pièce quelques

années auparavant : je puis dire que je l'avais faite avec plaisir. Le trait qui concernait l'empereur était si noble que jamais ouvrage n'avait été achevé plus vite, et de meilleur cœur. Cette pièce, au moment où je fus exilé, venait d'être traduite par un jeune homme russe, nommé Krasnobolski : désirant la présenter à l'empereur, il s'était adressé à ce sujet à plusieurs personnes qui avaient de l'influence à la cour ; mais on l'avait détourné de son projet, en lui faisant observer qu'il devait au moins ôter mon nom du titre, parce que ce nom odieux ne pouvait faire accueillir favorablement la dédicace à l'empereur. Il était vrai que, depuis longtemps, les acteurs russes et allemands n'osaient plus mettre mon nom sur leurs affiches, quand ils représentaient un de mes ouvrages ; cependant ce jeune homme résista à ces observations. « Cette pièce, dit-il, est de Kotzebue ; je n'ai fait que la traduire : voudriez-vous que je prisse les plumes du paon ? Je ne puis consentir à taire le nom du véritable auteur, et je prétends le laisser. » Cette résistance lui fit perdre la recommandation des personnes qui lui avaient promis d'en parler à l'empereur. Si toutes ces difficultés le contrarièrent, elles ne changèrent rien à la résolution qu'il avait prise de faire parvenir la pièce à Paul Ier : il la mit donc sous enveloppe, et faute de meilleurs moyens, il l'envoya par la poste.

La lecture de cet ouvrage fit sur ce monarque une impression profonde ; il en fut satisfait et

touché tout à la fois. Il ordonna qu'on fît passer
sur-le-champ au traducteur une superbe bague
de diamants, mais défendit cependant que le
manuscrit fût imprimé. Quelques heures après,
il le fit redemander, et en permit l'impression,
pourvu que l'on supprimât quelques passages,
parmi lesquels était celui-ci : « Mon empereur
m'a salué, dit le vieux cocher, il salue tous les
honnêtes gens. » Dans la même journée, il se fit
rendre, pour la troisième fois, ce manuscrit, le
parcourut de nouveau, et permit qu'il fût imprimé
sans aucune suppression. Il déclara « qu'il avait
eu tort à mon endroit, qu'il m'en devait satisfaction ; qu'il devait me donner au moins autant
qu'au premier cocher de son père, » c'est-à-dire
vingt mille roubles, et le courrier fut aussitôt
expédié.

Bientôt après, mon Mémoire arriva, et lui fut
présenté : il le lut deux fois d'un bout à l'autre,
très attentivement. Ensuite, attendri par les sentiments affectueux et honnêtes que j'exprimais
avec force, il ordonna à son gouverneur en Estonie
de choisir pour moi un bien de la couronne qui
fût agréable, et surtout voisin de ma terre de
Friedenthal. Pouvait-il me témoigner plus déli-
catement ses sympathies ? Son désir ne se bornait
pas à me faire un simple don ; il voulait que ce don
me plût, et me fît oublier son injustice. Il faut
avouer qu'un pareil trait caractérise véritablement
un cœur généreux. Par malheur on ne trouva
pas, dans les environs de Friedenthal, une terre

STATUE ÉQUESTRE DE PIERRE LE GRAND. (P. 379)

appartenant à la couronne, qui pût remplir ses
intentions envers moi.

Voilà tout ce qu'il m'a été possible d'apprendre
de certain sur les causes de ma liberté : puissé-je
en savoir autant sur celles de mon arrestation !
mais je doute que la main du temps déchire
jamais le voile qui couvre ce mystère. Malgré
toutes ces preuves non équivoques de la libéralité
et de la bienveillance de l'empereur, la crainte
agitait tellement mon âme, que je ne voyais
jamais qu'avec une inquiétude marquée un courrier du sénat, ou un garde s'approcher de moi.
Jamais je ne me mettais en route pour Gatschina,
sans être muni d'une bonne somme d'argent,
comme si j'eusse dû me tenir prêt à partir encore
pour Tobolsk.

Ce fut le 9 octobre que je reçus, pour la première
fois, l'ordre exprès de me rendre promptement
à Gatschina. Le jour commençait à poindre ; l'empressement du courrier, qui était venu pendant
la nuit, la célérité avec laquelle il voulait que je
partisse, me donnèrent de nouvelles inquiétudes :
je crus qu'il s'agissait d'une affaire importante,
et je ne quittai ma femme qu'en tremblant ; mais
j'en fus quitte pour la peur. Aussitôt mon arrivée,
j'appris qu'il n'était question que d'un projet dont
l'empereur avait parlé la veille : il voulait établir
une censure pour les pièces de théâtre et m'en
confier la charge. Je connaissais trop bien ce
pénible emploi pour consentir à l'occuper ; je
savais que tôt ou tard il se présenterait un écueil

qui ferait chavirer ma pauvre barque, et qui peut-
être la briserait. Je demandai en conséquence
que l'on fît choix d'un autre censeur, et je m'appuyai particulièrement sur cette raison, qu'il
était impossible que je censurasse moi-même mes
propres ouvrages. La paternité pouvait me faire
fermer les yeux sur des passages inconvenants,
et m'égarer au point de mal remplir les ordres
du souverain : d'ailleurs, je cherchai à prouver
qu'on avait tort de choisir un censeur dramatique
parmi les auteurs. Je fus longtemps sans obtenir
de réponse, et sans avoir même l'espoir de réussir.
On persistait à vouloir que je me chargeasse de
cet emploi. Enfin je fus écouté, et l'on remit le
droit de censure au conseiller Adelung, homme
d'une rare érudition, dont le bon goût était généralement reconnu et qui m'avait secondé dans
mes fonctions de directeur. Néanmoins je dus
partager son travail pendant quelque temps.

Plusieurs exemples prouveront assez quelle
sévérité nous fûmes obligés, M. Adelung et moi,
de déployer à l'égard des ouvrages nouveaux. Ces
mêmes exemples prouveront aussi combien d'a-
mertume et de dégoût nous y trouvâmes l'un et
l'autre.

Le mot de *république* ne devait pas être pro-
noncé dans ma pièce d'*Octavie;* Antoine n'osait
pas dire : « Meurs comme un homme libre ! »

Dans l'*Épigramme*, l'empereur du Japon fut
changé en un *maître* de cette île. On effaça que le
« kaviar venait de Russie, » et que la Russie était

« un pays éloigné. » Il ne fut pas permis au chambellan de dire, « qu'en qualité de patriote, il ne
voulait pas épouser une femme étrangère. » On
interdit cette phrase : « Qu'un valet de chambre
pouvait être insolent. » On fut obligé de retrancher
le passage qui signifiait que « son Altesse n'était
ni aveugle, ni malade. » Le prince n'osa pas avoir
« de levrettes, » ni le conseiller « les caresser
derrière les oreilles, » ni les pages « attacher au
conseiller des bourses à cheveux en papier. »

Dans les deux Klingsberg, « le prince russe »
dont Mme Wunschel parle en passant, fut changé
en *grand seigneur étranger;* le « bonnet polonais »
de cette dame, en un bonnet hongrois. Au lieu de
« citadelle, » il fallut dire : prison ; au lieu de
« courtisan, » flatteur ; (changement qui ne flattait
pas les courtisans); au lieu de « mon oncle le ministre, » il fallut mettre : *mon puissant oncle.*
L'exclamation du jeune Klinsberg, lorsqu'il aperçoit Amélie et sa tante : « A la fin elles deviendront
princesses, » parut offensante, et fut supprimée.

Dans l'*Abbé de l'Épée,* aucun citoyen ne put
être originaire de Toulouse. Franval n'osa point
dire : Malheur à ma patrie ! mais il dit : *Malheur
à mon pays !* parce qu'il était défendu aux Russes,
par un ukase, de se servir du mot *patrie.* L'abbé
de l'Épée qui, comme on le sait, arrive de Paris,
n'osa pas en arriver, ne put parler du *lycée,* et
surtout prononcer le mot *France :* ce dernier fut
supprimé sur-le-champ.

L'*Histoire Naturelle* de Buffon, *la Science* de

d'Alembert, *la Sensibilité* de Rousseau et *l'Esprit* de Voltaire, furent de même rayés d'un trait de plume. Il faut avouer que pour ces derniers ouvrages on n'avait pas grand tort.

Je n'ai fait, pour ne pas être trop long sur une matière aussi peu intéressante, que prendre quelques citations au hasard ; mais je pense qu'elles doivent donner quelque idée de la sévérité que le censeur était contraint d'apporter à ses revisions : cette sévérité allait jusqu'à la minutie, et ne pouvait que faire pitié à celui même qui l'exerçait. Que de fois j'ai ri aux dépens du lourd censeur de Riga, qui, par exemple, dans ma pièce intitulée *la Réconciliation*, effaça ces mots du cordonnier : « Consumé par les feux de ma passion, je veux aller en Russie ; là il doit faire bien froid ! » Le censeur substitua cette phrase : «*Je veux aller en Russie ; là il n'y a que de braves gens.* » Peut-on concevoir un changement plus maladroit ? Je ne crois pas qu'une crainte parfaitement justifiée eût fait faire à Saint-Pétersbourg ce que la sottise fit faire à Riga.

Si plusieurs passages supprimés avaient été ensuite remarqués par l'empereur, et qu'il nous eût demandé les raisons de ces suppressions, j'avoue que nous eussions été souvent fort embarrassés : quelques exemples pris dans *Octavie,* le prouveront assez : « Il donna sur-le-champ à son cuisinier, pour récompense d'un bon repas, une maison qui n'était point à lui. » L'empereur eût pu dire : « Ai-je jamais rien fait d'aussi ridi—

cule? Si je ne l'ai pas fait, pourquoi croit-on que
ce passage puisse me choquer? » Poursuivons ;
César ajoute : « Le fait est connu, Charmion le
sait ; la suivante et le valet le savent : Antoine est
d'une faiblesse extrême envers ses esclaves. » Le
monarque eût pu nous demander si nous pensions que des favoris et des valets avaient autant
d'empire sur lui. Il eût fallu répondre : non. Alors,
eût répliqué l'empereur, pourquoi donc rayez-
vous ce trait historique?

Ces deux exemples prouvent, sans qu'il me
soit nécessaire d'en ajouter d'autres, combien il
est dangereux d'être obligé d'exercer le métier de
censeur, et combien cela m'était à charge, malgré
toute la bonne volonté que le conseiller Adelung
mettait à me rendre ma responsabilité plus légère.

De nouveaux désagréments me déterminèrent
à solliciter avec plus d'instances ma démission.
Je n'entends pas parler des éternelles tracasseries des acteurs, de leur insoumission, de leur
excessif amour-propre, défauts que cette en-
geance a dans tous les pays où existent des
théâtres. Mais des jalousies et des rivalités misérables me dégoûtèrent absolument de mes fonctions. Dois-je parler des alarmes, des terreurs
qui m'étaient communes avec tous les habitants
de Saint-Pétersbourg? Des méchants, abusant de
la crédulité et des bontés d'un monarque, qui au
fond voulait le bien, n'étaient occupés qu'à agiter
devant lui des fantômes de choses qui non seulement n'existaient pas, mais auxquelles ils ne

croyaient pas eux-mêmes. Je ne me couchais
jamais qu'avec les plus noirs pressentiments.
Lorsque la nuit j'entendais du bruit dans la rue,
ou quelque voiture s'arrêter dans mon voisinage,
un tremblement involontaire s'emparait de tout
mon corps. Le matin je cherchais les moyens
d'éviter, pendant la journée, les malheurs dont
je me croyais sans cesse poursuivi. A peine sorti,
j'étais dans une mortelle anxiété de ne pas être
assez tôt descendu de voiture, si je venais à me
trouver sur le passage de l'empereur (1). Je veil-
lais avec une attention particulière sur la couleur,
la coupe et la façon de mes habits (2). Mais ce qui
mettait le comble à mes chagrins, c'était d'être
obligé de faire la cour à des hommes bornés et
sans talents, que la prudence me forçait à ménager. Ne me fallait-il pas encore supporter l'inso-
lence d'un ignorant maître de ballets? Si l'on
représentait un ouvrage nouveau, je croyais voir
déjà l'inquisition secrète, ou la police me faire
un crime, et me rendre responsable d'un passage
innocent, que des perfides auraient trouvé dangereux. Si ma femme allait se promener avec
ses enfants, et qu'elle tardât un peu à rentrer, je
me disais à moi-même : peut-être n'est-elle pas
descendue assez vite de voiture devant l'empereur, et on l'a conduite dans une maison d'arrêt.
Enfin la consolation même d'épancher mes peines

(1) Les règlements de police exigeaient que chaque particulier lui rendît cet honneur.
(2) Certaines modes étaient proscrites par le despotisme impérial.

dans le sein d'un ami m'était refusée par ma
propre terreur : tous les murs avaient des
oreilles : le frère n'osait plus se fier à son frère.
Il m'était impossible de charmer mes ennuis par
le plaisir de la lecture : tous les livres étaient
généralement défendus. Trop prudent et trop
timide, je n'osais écrire moi-même, puisqu'au
premier moment on pouvait venir saisir mes
papiers et mon portefeuille. Si j'étais obligé de
sortir pour quelque affaire, et qu'elle m'obligeât
à aller près du château, il fallait courir le danger
de tomber malade, puisque je n'osais passer devant cette masse énorme de pierres qu'avec la
tête découverte. Les promenades les plus riantes,
loin d'offrir quelque distraction, ne présentaient
souvent que le triste spectacle d'un infortuné que
l'on venait d'arrêter, et que l'on conduisait pour
recevoir le knout! ·

J'invoque ici le témoignage de tous les habitants de Saint–Pétersbourg. Qu'ils disent si j'ai
enlaidi la vérité, ou noirci mes pinceaux (1).

(1) De telles excentricités, toujours despotiques, souvent cruelles, ont
marqué le règne de Paul Ier, dont on ne peut lire l'histoire qu'avec une
sorte de stupeur. On a peine à croire que de tels faits se passaient en
pleine Europe, il y a un siècle…. Voilà où l'homme peut en venir, lors
qu'il n'est pas contenu par le frein salutaire de la religion. Et qu'on ne
mette pas toutes ces horreurs sur le compte de la monarchie absolue ;
le gouvernement d'un grand nombre n'est pas plus rassurant. Il suffit de
se rappeler les atrocités qui se commirent en France sous la Terreur,
c'est-à-dire presque à l'époque où la Russie tremblait sous la main de
Paul Ier. Il n'y aura jamais de sécurité complète pour un peuple quand
Dieu ne sera pas le premier maître et que gouvernants comme gouvernés
ne se soumettront pas à ses lois.

Je ne saurais exprimer le nouvel effroi que
j'éprouvai, au milieu de ces angoisses continuelles, lorsque le 16 décembre, M. le comte de
Pahlen me signifia, à huit heures du matin,
l'ordre de me rendre à l'instant chez lui : son
messager cependant n'avait rien qui dût m'effrayer; c'était un jeune homme d'une figure honnête, que je connaissais parfaitement; mais
j'ignorais le motif de son message. Quoiqu'il lui
fût expressément recommandé de me prévenir
qu'il n'y avait rien à craindre pour moi, je n'étais
pas rassuré; et sa seule vue avait causé à ma
femme, comme à moi, une frayeur dont nous
avions peine à revenir. Je me rendis donc chez le
comte de Pahlen. Il sourit en me voyant entrer,
et me dit que l'empereur avait projeté d'envoyer
un défi ou « invitation à un tournoi » à tous les
souverains de l'Europe et à leurs ministres : il
ajouta que ce monarque avait paru désirer que
je rédigeasse le défi, et que je me chargeasse de
le faire insérer dans toutes les gazettes; enfin il
me confia que le baron Thugut devait être là
apprécié, et surtout ridiculisé; que les généraux
de Kutusoff et de Pahlen devaient être nommés
comme seconds de l'empereur dans le tournoi.
Depuis une demi-heure seulement Paul Ier était
décidé à prendre ces deux seconds : il venait d'en
faire part au comte de Pahlen par un billet au
crayon, que j'aperçus effectivement sur la table.

C'était un singulier travail à faire que ce défi :
il m'eût fallu le temps d'y réfléchir pour rédiger

sagement un pareil manifeste ; mais Paul Ier avait
ordonné que je le lui présentasse moi-même une
heure après !...

J'obéis. Aussitôt que je fus rentré chez moi, je
me mis à travailler ; au bout d'une heure je revins
chez le comte, tenant à la main ce que j'avais
composé avec tant de précipitation qu'il m'était
impossible de le trouver bon ou mauvais. Je le
lus au comte. Connaissant mieux que moi les
intentions de l'empereur à ce sujet, il me dit
qu'il ne croyait pas cette pièce assez mordante.
Sur son invitation, je me plaçai devant son secrétaire, et j'en composai une autre, qui, plus con-
forme à son désir, ou plutôt à celui de Paul, lui
parut mieux réussie : nous sortîmes ensemble
pour nous rendre au château. Je ne pus me
défendre d'un serrement de cœur tout le long de
la route. Je pensai que pour la première fois de
ma vie, j'allais me présenter devant cet homme
étrange, qui m'avait exilé et accablé de faveurs,
qui m'avait mis au désespoir et au comble de la
joie. Il était devenu pour moi un personnage
dont l'aspect devait m'effrayer d'abord, et me
charmer ensuite. Je craignais donc de le rencontrer, de le voir. Comme je n'avais point désiré
cet honneur, je n'en jouissais qu'en tremblant,
car je ne pouvais me dissimuler que ma présence
serait désagréable pour l'empereur. On n'aime
pas à se trouver avec ceux envers qui l'on a eu
des torts ; c'est une règle générale pour les rois
comme pour les sujets.

Arrivés au château, nous attendîmes longtemps dans l'antichambre : l'empereur était monté à cheval, et resta quelques heures à la promenade. Dès qu'il fut rentré, le comte passa dans son appartement, pour lui présenter mon défi. Il reparut avec un air d'humeur, et ne me dit que ces mots : « Revenez chez moi à deux heures : la pièce n'est pas encore assez forte. »

Peu flatté d'une pareille réponse, je m'en retournai assez tristement, et surtout bien persuadé que cette œuvre ne me vaudrait pas les bonnes grâces de l'empereur. A peine rentré chez moi, un de ses valets de pied vint de sa part m'inviter à me rendre de suite à nouveau au palais : on avait dit au valet d'aller vite, car il était tout haletant. Je présumai que le monarque était pressé, et je me hâtai d'obéir à ses ordres.

J'avais eu une secrète frayeur en me rendant jusqu'au palais du czar, mais je fus bien plus tremblant encore quand je traversai ses appartements. J'avançai d'un air consterné, et je me trouvai à la porte de son cabinet, sans avoir pu respirer. Je le vis donc, ce monarque que je redoutais même de rencontrer : il était seul avec le comte de Pahlen. Dès qu'il m'aperçut, il se leva, fit quelques pas vers moi, et s'inclina en me disant avec bonté : « M. de Kotzebue, je dois commencer par me réconcilier avec vous. »

J'avais cru voir un roi, dont l'aspect fier et imposant me forcerait à une basse timidité : je fus donc tout ému de l'air simple et amical que

Paul Ier prit tout de suite avec moi : les princes
ont un véritable talisman qui est plus fort que le
sceptre, que l'autorité ; c'est la douceur, c'est la
clémence. A peine l'empereur m'eut–il adressé
ces mots qui prouvaient la bonté de son âme, et
ses regrets, que tout ressentiment fut banni de
mon cœur, et que j'oubliai le monarque injuste,
pour ne plus voir que le monarque bienfaisant.
Afin de me conformer à l'étiquette, je voulus me
mettre à genoux, et lui baiser la main ; mais il
me releva de l'air le plus affectueux, me baisa sur
le front, et me dit, en parlant comme un homme
qui sait bien la langue allemande : « Vous con-
naissez trop la situation de l'Europe, pour n'être
pas au fait des événements politiques. Vous devez
savoir comment j'y ai figuré. Je m'y suis souvent
pris *comme un sot* (ce sont les propres expressions de l'empereur), il est juste que j'en sois
puni : je me suis imposé à moi-même le châtiment
que j'ai mérité. Voici un papier que je désirerais
beaucoup voir inséré dans la *Gazette d'Hambourg*
et dans d'autres feuilles périodiques. » Après
cette confidence, il me prit par le bras, me conduisit à une fenêtre, et me lut ce papier qui était
en français, et écrit de sa main. Je vais le rap-
porter mot à mot : je conserverai même l'orthographe de l'empereur :

« On apprend de Pétersbourg, que l'empereur
de Russie, voyant que les puissances de l'Europe
ne *pouvoit* s'accorder entre *elle* et voulant mettre
fin à une guerre qui la *désoloit* depuis *onse* ans

vouloit proposer un lièu ou il inviteroit *touts* les
autres souverains de se rendre et y combattre en
champ clos ayant avec eux pour écuyer juge de
camp et *héros* d'armes leurs ministres les plus
éclairés et les generaux les plus habiles tels que
MM. Thugut, Pitt, Bernstorff, lui-même se pro-
posant de prendre avec lui les generaux comte de
Pahlen et Kutusof. On ne *sçait* si on doit y ajouter
foi, toutefois la chose ne paroît pas destituée de
fondement, en portant l'empreinte de ce dont il a
souvent été taxé. »

Après qu'il eut fini de lire, il se mit à éclater de
rire, et je crus qu'il était de mon devoir d'en faire
autant.

« Pourquoi riez-vous ? me demanda-t-il deux
fois vivement, et continuant toujours de rire. —
De ce que Votre Majesté est si bien instruite. —
Bon, bon, dit-il en me tendant le papier, traduisez
cela en allemand, je vous prie ; gardez l'original,
mais apportez-m'en une copie. »

Je sortis, et me mis tout de suite à l'ouvrage.
Le dernier mot *taxé,* me mettait dans un embarras
extrême. Devais-je l'exprimer en le traduisant
par le mot *accusé ?* Cette expression pouvait
paraître dure à l'empereur, et même lui déplaire.
Après avoir longtemps réfléchi, je crus qu'il valait
mieux employer une périphrase, et mettre, *dont
on l'a souvent jugé capable.*

Je retournai à deux heures au château. Le comte
Kutaissow fit prévenir l'empereur de mon arrivée; il ordonna que je fusse introduit à l'instant.

Je le trouvai seul. « Asseyez-vous, » me dit-il avec bonté. Le respect m'empêchait d'obéir dans le premier moment; il ajouta d'un ton plus sérieux : « Asseyez-vous, je vous l'ordonne. » Je pris un siège, et m'assis vis-à-vis de lui, à son bureau.

Il me demanda l'original français; je le lui donnai. « Lisez-moi votre traduction, » me dit-il : je lus très lentement, le regardant cependant quelquefois au-dessus du papier. Il sourit aux mots *en champ clos,* et témoigna d'ailleurs être satisfait jusqu'à la dernière phrase.

Alors il prétendit que *jugé capable,* n'était pas le véritable mot, et qu'il fallait *taxé ;* je pris la liberté de lui représenter que le mot *taxé,* en allemand, a une tout autre signification qu'en français. « D'accord, dit-il, mais *jugé capable* ne rend pas exactement mon idée. »

Je hasardai alors de lui demander à voix basse si le mot *accusé* y répondait mieux : « Bien, bien, dit-il, c'est cela, mettez *accusé.* » Je pris la plume, et j'écrivis ce qu'il désirait. Il me remercia de la peine que j'avais prise, me renvoya, ravi de sa douceur et de la manière affable dont il avait daigné me recevoir. Tous ceux qui ont eu le bonheur de le voir de près, s'accordent à dire qu'il avait l'art de demander les choses d'une manière si engageante, qu'il était impossible de lui rien refuser.

J'ai cru qu'il était de mon devoir de faire connaître jusqu'aux plus petites circonstances d'un

fait qui causa une si grande impression dans le
monde. Le *Défi aux Souverains* parut, au grand
étonnement des habitants de Saint-Pétersbourg,
deux jours après, dans la Gazette de la cour. Le
président de l'Académie, à qui on avait adressé
le manuscrit pour le faire insérer, n'en pouvait
croire ses propres yeux; il se rendit lui-même
chez le comte de Pahlen, afin de s'assurer qu'il
n'y avait pas de quiproquo à redouter.

A Moscou, la police fit arrêter le numéro de
cette gazette, ne pouvant s'imaginer que cet ar-
ticle y fût inséré par un ordre exprès de l'empereur; la même chose arriva à Riga. L'empereur
était si impatient de voir ce défi imprimé, qu'il
envoya plusieurs fois le demander au rédacteur
de la Gazette.

Trois jours après, je reçus de l'empereur une
superbe tabatière garnie de diamants, du prix de
deux mille roubles. Jamais on n'a payé si généreusement la traduction littérale de quelques
lignes.

L'empereur eut la bonté de dire à l'impératrice
qu'il avait fait ma connaissance, et de lui ajouter
qu'il était sûr que *j'étais à présent un de ses plus
fidèles sujets*. J'ai su ce détail de quelqu'un qui
était présent à cet entretien; mais ce que j'ignore,
c'est pourquoi l'empereur me croyait alors un
sujet plus fidèle qu'avant mon voyage en Sibérie.

Il y eut des gens assez intéressés pour trouver
maladroit de ma part, de n'avoir pas su profiter
d'une occasion aussi favorable, pour attirer sur

moi de nouveaux bienfaits de l'empereur. Je dois cependant avouer qu'il me paraissait s'y attendre ; du moins son regard plein de bonté a dû me le faire présumer : mais un sentiment dont il me serait difficile de rendre compte, enchaîna ma langue et mit un frein à mes désirs. J'y ai perdu sans doute, mais cette perte ne me causera jamais de véritables regrets.

D'ailleurs, n'avais-je pas gagné, d'un autre côté, le repos, ce bien inappréciable dont mon cœur avait été privé si longtemps? car depuis le jour où je parlai à l'empereur, où je fus à portée de le juger par moi-même, mes craintes s'évanouirent pour jamais ; elles ne pouvaient plus subsister à l'égard d'un souverain auprès duquel un maintien franc et honnête, une fierté noble, réussissaient mieux que les détours et les bassesses des cour—tisans.

Depuis cet entretien, je reçus mille nouvelles preuves de la bienveillance de l'empereur : jamais je ne l'ai rencontré après cette époque, sans qu'il ait fait arrêter sa voiture, et qu'il se soit entretenu quelques instants avec moi. Il m'a continué ses bontés jusqu'à sa mort.

Une société aimable et choisie n'eût pas peu contribué à rendre cette époque de ma vie aussi agréable qu'heureuse si je n'eusse été complète-ment dégoûté d'être directeur de théâtre. La bienveillance honorable de M. le maréchal de la cour Narischkin, dont je ne saurais trop louer les nobles procédés, ne pouvait me dédommager des

Le courrier saisit les guides et conduisit tant bien que mal. (P. 52.)

contrariétés, des ennuis que j'éprouvais dans cet emploi. Un petit nombre d'amis me restait cependant, et me consolait de mes déplaisirs; je puis nommer parmi eux le conseiller Storch, connu et estimé dans toute l'Allemagne. Je fréquentais encore le brave conseiller d'État Suthhof, et le conseiller d'État Welzien, homme sans façon, mais assez caustique.

Je me vis, enfin, à ma très grande satisfaction, débarrassé tout à coup de cette direction, qui m'était presque insupportable et voici dans quelles circonstances. L'empereur venait d'achever son superbe palais de Michaïlowitsch. Ce château, qui avait coûté quinze à vingt millions de roubles, s'était élevé comme par magie; c'était un véritable palais de fées : aussi Paul Ier en était-il très fier; il le préférait à toutes ses autres demeures, et même à son palais d'hiver, qui était aussi sain que commode. Il ne désirait autre chose que de pouvoir l'habiter. En vain les médecins appelés pour juger de la salubrité de ce séjour, assurèrent-ils plusieurs fois qu'il était extrêmement dangereux, l'humidité n'étant point sortie des murs; ils ne furent pas écoutés : voyant qu'on les renvoyait toujours avec humeur, parce qu'ils ne donnaient pas un avis favorable aux désirs de l'empereur, ils finirent par décider que rien ne s'opposait à ce que le palais fût habité. Aussitôt Paul Ier s'y rendit, et occupa, au milieu de l'hiver, cette habitation qu'il aimait par-dessus tout, et dans laquelle il se plaisait infiniment. Son plus

grand amusement était de faire admirer à tous
ceux qui venaient le visiter, les statues de marbre
et de bronze qu'il avait achetées à Rome, à Paris,
et dont le transport avait été fort coûteux. C'était
lui-même qui conduisait le visiteur dans toutes
les parties de sa royale demeure. Les louanges
que ses courtisans et d'autres encore prodiguaient
à ce château, achevèrent de l'en rendre fou, au
point qu'il lui vint à l'esprit de faire dresser un
catalogue détaillé de toutes les parties de cette
huitième merveille du monde. Il me chargea de
ce travail, d'un air qui annonçait la plus grande
confiance dans mes talents : il ne s'en cacha
même pas, puisqu'il me dit qu'il s'attendait à voir
sortir de ma plume quelque chose d'aussi extraordinaire que le palais lui-même. Des présomptions
si favorables ne pouvaient que m'embarrasser
beaucoup et m'inspirer la crainte de ne pas réaliser le vœu du czar. Je feignis donc de n'être pas
très au fait de ce genre d'ouvrage ; aussitôt il tira
lui-même de sa bibliothèque *la Description de Berlin
et de Postdam, par Nicolaï*, et me la prêta, en me
priant de rendre celle de son palais plus détaillée
encore, s'il était possible. Je promis de faire tout
ce qui serait en mon pouvoir, et je me retirai.

Dès que je voulus me mettre à composer cet
ouvrage, je fus tout à coup arrêté par le défaut
des connaissances nécessaires à tout auteur qui
entreprend de décrire un édifice. Je ne pouvais
parler avec précision des beautés de l'architecture, de la sculpture et de la peinture ; je fus donc

obligé de demander la permission d'associer à
mes travaux des hommes de l'art, qui pussent
m'expliquer ce qui constitue principalement le
charme des proportions, la régularité des formes,
etc. Cette permission me fut accordée sans aucune
difficulté ; je proposai comme collaborateur, pour
les antiques, M. le conseiller de la cour Kœlker,
garde du cabinet des objets précieux de l'Hermi-
tage, que je savais aussi instruit que complaisant.
L'architecte romain Brenna me parut le plus
éclairé dans sa partie, et je le choisis; enfin les
deux frères Kugelchen, excellents peintres, aussi
aimables que savants, fixèrent mon choix pour la
peinture.

L'empereur eut la bonté de consentir à tout ce
que je proposai, et donna l'ordre que le château
me fût ouvert à toute heure. M. le maréchal de la
cour, en sa qualité de capitaine du palais, eut la
complaisance de le parcourir le premier jour avec
moi, et de me faire remarquer les objets les plus
curieux. Je n'attendis pas un moment, et commençai aussitôt mon travail.

Il ne se passait pas de jour que je ne me rendisse au palais : j'y allais le matin, j'y retournais
l'après-midi, et j'y restais souvent le soir très
tard. Pendant que je notais mes observations, mes
tablettes à la main, je rencontrais souvent l'empereur qui s'approchait de moi avec bonté, et qui
me recommandait surtout de ne rien décrire su-
perficiellement, mais d'entrer dans les plus grands
détails.

Je crus pouvoir profiter de cette circonstance pour demander ma démission de directeur du théâtre allemand. Ce fut le 8 février que je remis au maréchal de la cour ma demande par écrit à ce sujet. Il voulut bien me faire quelques objections flatteuses ; mais voyant que j'étais ferme dans ma résolution, il me pria d'attendre quelque temps. Un peu après, je lui renouvelai la même demande. Mes sollicitations étant toujours restées vaines, je vis que je ne réussirais jamais de cette façon ; je m'y pris donc autrement, dans l'espoir que le moindre avantage que je pusse en recueillir, serait au moins de voir alléger ma besogne de directeur. Je lui représentai que le temps que j'étais obligé d'employer au palais de Michaïlowitsch, me mettait dans l'impossibilité absolue de vaquer à mes fonctions de directeur, et que je demandais en grâce que l'on me donnât un adjoint dans cet emploi. Cette faveur me fut enfin accordée, et on me laissa même libre de choisir la personne qui me conviendrait. J'eus le plaisir de pouvoir disposer de cette place au profit d'un de mes amis à qui il fut assuré un traitement de quinze cents roubles. Je pus donc laisser peser sur lui seul le fardeau qui m'accablait depuis si longtemps.

Le palais Michaïlowitsch était un vrai labyrinthe : les escaliers sombres, les corridors obscurs, multipliés à l'infini, exigeaient que des lampes y brûlassent nuit et jour. Il m'a fallu plu-

sieurs semaines pour être à même de me passer
de guide dans un tel dédale.

J'ai déjà dit que le palais était en outre très
malsain : l'eau ruisselait sur les murs, et on
pouvait remarquer des dégradations produites
par cette humidité. Dans la salle où étaient les
grands tableaux historiques, j'atteste avoir vu un
pouce de glace dans les coins du haut en bas, et
cependant deux cheminées y brûlaient continuel-
lement un bois considérable. On avait bien re-
médié aux inconvénients du froid et de l'humidité
chez l'empereur et chez l'impératrice, en boisant
leurs chambres ; mais les autres habitants de
cette glaciale demeure souffraient cruellement
de cette irrémédiable fraîcheur. Le palais était
en outre fort incommode pour toutes les personnes qui y avaient affaire : il fallait parcourir
d'immenses péristyles, de sombres corridors qui
étaient les uns et les autres refroidis par de
violents courants d'air. Il n'était permis qu'à
très peu de personnes de descendre au bas du
grand escalier ; presque tous les arrivants étaient
obligés, conformément à l'étiquette, de s'arrêter
à une petite porte basse, et de faire un long
chemin, en montant et en descendant, pour parvenir où ils voulaient se rendre.

Cependant l'empereur trouvait tant de charmes
à résider au palais Michaïlowitsch, qu'il se fâ-
chait de la moindre critique qu'on en faisait, et
qu'il souriait à l'éloge le plus grossier. Un jour
il se trouva près d'une dame âgée qui lui dit,

après être montée : « On m'avait dépeint les escaliers du palais comme incommodes, mais ils sont
très bons. » Il fut si charmé de cette observation
faite par une femme qui pouvait se plaindre à
cause de son âge, qu'il en rit de très bon cœur.
Les courtisans, bien instruits de cette faiblesse
de leur souverain, ne laissaient échapper aucune
occasion d'en profiter. Leurs louanges ne dis-
continuaient point. Je sais même que lorsqu'ils
ne trouvaient plus d'expressions assez fortes
pour leurs éloges, et que leurs exclamations
étaient épuisées, ils se mettaient à genoux devant
les bronzes, et feignaient de les adorer.

L'empereur m'ordonna souvent lui-même, et
me fit plus souvent encore répéter l'ordre de ne
rien omettre dans ma description et de ne pas
laisser échapper la moindre bagatelle. De cette
manière, j'eusse fait apparemment un gros volume qui, après avoir ennuyé l'auteur, aurait
endormi le lecteur. Et en effet, lorsque je lui
présentai un jour la première partie de mon travail, il en parut fort content.

Il est possible qu'il y ait des palais qui renferment une plus grande quantité de choses précieuses, mais je doute qu'il y en ait jamais eu
qu'on ait construit et aménagé en aussi peu de
temps. Quatre ans avaient suffi pour tant de travaux. Un magnifique service de table en or massif, et un autre de porcelaine avec des vues de ce
palais, avaient pu être achevés pendant la durée
de cette construction.

O vanité des choses humaines! ce grand empereur qui comptait passer de longues années dans
son palais de prédilection, fut assassiné par ses
propres sujets, avant même que le catalogue tant
désiré eût été achevé. Peu de semaines après sa
mort, tous les objets précieux et transportables
furent retirés de cette fastueuse résidence et dis-
tribués dans d'autres palais pour qu'ils ne fussent
pas gâtés par l'humidité. Il se trouva donc inha-
bité, et ressembla dès lors à un mausolée funèbre
qu'on ne va voir que par curiosité.

Le 11 mars à une heure, douze heures avant sa
mort, je vis Paul Ier et lui parlai pour la dernière
fois. Il revenait d'une promenade qu'il avait faite
à cheval avec le comte Kutaissaw, et me parut
être assez gai. Je le rencontrai sur le grand escalier, tout près de la statue de Cléopâtre. Il s'arrêta
comme à son ordinaire, et daigna s'entretenir
avec moi de la statue qui frappait ses regards. Il
me dit que c'était une bonne copie : ensuite, exa-
minant les diverses espèces de marbre qui composaient le piédestal, il m'en demanda les noms;
revenant bientôt après à Cléopâtre elle-même, il
me rappela l'histoire de cette reine d'Egypte.
Après cette courte conversation, il fut curieux
de savoir si ma description était bien avancée. Je
l'assurai que sous peu j'aurais l'honneur de la
lui offrir. Il me quitta en me disant du ton le plus
amical : « Je me réjouis d'avance du plaisir de
la voir. »

Je le suivis des yeux pendant qu'il montait

l'escalier. Arrivé tout au haut, il se tourna de mon côté et me donna encore un regard. Je ne me doutais certes pas que ce fût le dernier dont il m'honorerait, et qu'il m'avait fait, sans le savoir, un éternel adieu.

Le 12 mars, de très bonne heure, la nouvelle de l'avènement au trône du jeune empereur se répandit dans toute la ville. Dès huit heures, les grands de l'empire coururent rendre hommage au nouveau souverain dans l'église du palais d'hiver. Le peuple se livra à tous les transports de sa joie. L'allégresse fut bientôt générale. Les qualités du jeune monarque donnaient lieu à ces élans et à cet entrain. Le soir, Saint-Pétersbourg fut illuminé.

Les premiers pas de l'empereur Alexandre, gravissant les degrés du trône, devaient exciter en effet la confiance de ses sujets. Son manifeste révélait sa douceur et sa justice. Il permit à chacun de s'habiller suivant son goût; il dispensa les habitants de la capitale du devoir désagréable de sortir de leur carrosse à l'approche d'un des membres de la famille impériale; il renvoya le procureur-général Obuljaninow, justement haï à cause de ses injustices; il supprima l'expédition secrète, vrai fléau du pays; il rendit au sénat sa première autorité et accorda la liberté à un grand nombre de prisonniers. Qu'il était consolant de voir ces malheureux, débarrassés de leurs fers, regarder avec stupeur autour d'eux, ne pouvant croire à leur bonheur, qu'ils persistaient à prendre pour un rêve! Il était bien plus touchant encore de les voir entrer dans leurs maisons, transportés de la joie la plus vive.

J'ai vu de mes propres yeux un colonel assez âgé, et son fils, que l'on conduisait de la forteresse chez le comte de Pahlen. L'histoire de ce fils généreux mérite d'être rapportée. Depuis quatre ans son père avait été, j'ignore sur quel soupçon, retenu captif dans la forteresse de Saint-Pétersbourg : quelque temps après, le jeune homme, rentrant de voyage, apprit une si triste nouvelle. Son premier soin fut de demander la délivrance de son père. Démarches, prières, sollicitations, il n'avait rien négligé ; mais, à la fin, bien assuré qu'il n'obtiendrait rien, il avait demandé la grâce de pouvoir partager du moins la prison et les chagrins de l'auteur de ses jours. Cette faveur accordée, il s'était rendu de lui-même dans la forteresse; il y avait été enfermé ; mais... non pas avec son père. Ce vieillard infortuné ne sut même pas que son fils languissait près de lui. Quelle fut leur joie, quand tout à coup les serrures grincèrent, les verrous se tirèrent, tous les deux se retrouvant dans la même prison! Ils s'élancent aussitôt dans les bras l'un de l'autre; le père connaît toute l'étendue du sacrifice de son admirable fils, et tous deux vont jouir ensemble d'un bonheur qui ne peut se décrire.

Par manière de constrate avec cette scène touchante, je me permettrai de citer un trait un peu comique. C'était, je crois, le surlendemain de la

mort de l'empereur : le salon du comte de Pahlen
était plein de monde ; il s'y trouvait plus d'une
centaine de personnes : dans le moment où je me
chauffais, un murmure se fait entendre tout à
coup ; les assistants se précipitent tous ensemble
aux fenêtres, regardent dans la rue, et témoignent
la plus vive curiosité. Je me lève aussi, je vais où
se porte la foule, et je jouis du spectacle *intéressant* de voir un homme en chapeau rond. C'était le
premier que l'on eût aperçu depuis la mort de
l'empereur Paul. Ce chapeau rond faisait la plus
vive impression ; il semblait même qu'il frappât
davantage que la vue des prisonniers d'État mis
en liberté. Jamais je n'avais entendu rire de si
bon cœur ; toutes les figures étaient épanouies.
Voilà bien les hommes !

Peu de temps après, le sénat fit imprimer et
distribuer, par ordre d'Alexandre, trois listes qui
contenaient les noms des exilés que l'on rappelait de la Sibérie. Aussitôt que j'appris cette nouvelle, j'ordonnai à mon domestique d'aller me
chercher un exemplaire de ces chères listes. Les
yeux inondés de larmes, je parcourus avec avidité les noms qui y étaient inscrits, jusqu'à ce que
mes yeux se reposassent enfin sur celui de Sokoloff. Il avait aussi obtenu sa liberté ; il allait jouir
comme moi du plaisir de serrer sa femme et ses
enfants contre son cœur : je faisais le vœu qu'il
fût assez heureux pour les retrouver encore tous
les six !... Je trouvai encore sur cette liste le nom
de Kiniœkoff, de ses frères, du marchand Beker,

ainsi que ceux de plusieurs autres russes de ma
connaissance.

Au premier rang parmi ces derniers je dois
mettre le pasteur S***, à qui je ne puis me dispenser de donner une petite place dans ces *Souvenirs*, en faisant brièvement l'histoire de ses
malheurs. Il les dut à la méchanceté du conseiller
d'État Tumanski, censeur de Riga. S*** possédait une petite bibliothèque dont il permettait
l'usage aux habitants de la paroisse qu'il desser-
vait. Tumanski, en sévère censeur, lui demanda
un catalogue de ses livres. Le pasteur, qui dans
les circonstances craignait les suites d'une pareille communication, répondit qu'il avait absolument renoncé à sa société de lecture : c'était en
effet son projet. Il fit rentrer peu à peu tous les
livres qu'il avait prêtés, et parvint à les réunir,
à quelques-uns près. Du nombre de ceux qui lui
manquaient encore, était un volume d'un ouvrage
d'Auguste la Fontaine. Ne pouvant se rappeler à
qui il l'avait prêté, et ne voulant pas le perdre,
il se servit de la voie accoutumée, et fit insérer
dans une gazette, qu'il priait celui qui aurait le
volume faisant partie de sa Bibliothèque de lecture, de vouloir bien le lui rendre.

Par malheur cette feuille tomba entre les mains
de Tumanski. On assure que son dessein était
moins le plaisir de nuire au pasteur, que de se
venger d'une prétendue offense du gouverneur
général de Livonie, M. de Nagel, en le mettant
dans le cas de recevoir à ce sujet une sévère

réprimande de la cour. Il s'empressa de faire son
rapport à son digne protecteur Obuljaninow,
en l'accompagnant des circonstances les plus
odieuses, et celui-ci en instruisit l'empereur, en
chargeant encore le tableau ; en un mot, on accusa
le pasteur d'avoir, malgré l'avertissement du censeur, fait circuler parmi ses paroissiens des livres
dangereux et défendus : (notez bien qu'il n'existait pas de catalogue de livres prohibés). Tout cela
fut présenté à l'empereur sous un point de vue si
faux et si perfide, qu'il ordonna sur-le-champ de
faire arrêter le pasteur, et de le conduire à la
forteresse de Saint-Pétersbourg ; mais il avait com-
mandé préalablement à Tumanski de faire cerner
la maison du pasteur et brûler tous ses livres.

Lorsque Tumanski partit pour se rendre à
cette fête et pour remplir une commission
agréable à sa cruauté, les habitants de Riga le
conjurèrent d'employer tous les moyens en son
pouvoir pour sauver cette famille infortunée : il
en fit la promesse, mais, comme on le pense
bien, avec l'intention de ne pas tenir parole. Au
milieu de la nuit il fit entourer de soldats la maison du pasteur, qui dormait paisiblement. Il est
facile d'imaginer quelle fut sa terreur, quand il
se réveilla. Les issues une fois bien gardées, on
fait l'inventaire des papiers, on y met les scellés ;
on ramasse tous les livres, on en fait une liasse,
et on les brûle. Le malheureux se voit jeté dans
une voiture, et conduit par un officier de police à
Saint-Pétersbourg.

Lorsqu'il fut un peu remis de sa frayeur, il demanda à son conducteur la permission d'écrire une lettre à sa femme ; elle lui fut accordée, et l'officier de police fit semblant d'aller lui-même la mettre à la poste ; mais cet homme perfide la garda et la remit, dès qu'il fut arrivé à Saint-Pétersbourg, au procureur général. Cette lettre renfermait d'abord quelques plaintes, bien pardonnables eu égard à la situation cruelle où se trouvait le malheureux pasteur, mais elle renfermait de plus une prière à sa femme, « de tranquilliser, d'apaiser les paysans jusqu'à son retour. » Dès que cette lettre eut été lue par le procureur général, celui-ci conclut que le pasteur avait déjà soulevé les habitants des campagnes ; il prétendit que ces derniers n'attendaient que le retour de leur chef pour se révolter : d'autres avancèrent qu'il avait prié sa femme de brûler une vieille correspondance avec un de ses amis, où il était question de la révolution française. On assure même qu'un chasseur avait été expédié, portant avec lui des chaînes, pour arrêter cet ami, qui, par bonheur, était mort depuis plusieurs années.

Malgré toutes ces assertions ridicules, et qui devaient tourner à l'avantage du pasteur, l'affaire fut présentée sous des couleurs si noires au monarque, par son procureur général qui n'avait d'humain que la figure, que ce prince ordonna au collège de justice d'infliger au pasteur S*** une peine corporelle, et de l'envoyer ensuite aux mines

de la Sibérie. Le collège de justice se trouva
tout à coup dans le plus grand embarras. Il n'allait plus être qu'un agent exécutif, puisque la
sentence était portée d'avance, et qu'il ne devait
juger ni sur les témoignages, ni sur les pièces.
Le président se vit forcé de faire à ce sujet
quelques sages représentations au procureur
général, qui lui répondit avec humeur : « Faites
ce que vous croyez devoir faire : vous savez la
volonté de l'empereur, c'est à vous de prendre
telle décision que vous jugerez à propos. »

On annonça donc un matin au malheureux
S***, enfermé dans la forteresse, qu'il devait se
revêtir de ses habits sacerdotaux. Quoiqu'on ne
lui eût pas nommé de défenseur, il fut obligé de
suivre M. de Makaroff, chargé de le conduire
devant le collège de justice : c'était là qu'il devait
entendre sa sentence.

Son costume religieux lui rendit l'espérance.
Moins inquiet, moins tourmenté de la crainte
d'un châtiment injuste, il ne redouta plus de voir
son sort décidé. Arrivé à la salle du jugement, il
fut placé contre le mur ; le secrétaire lui lut sa
sentence ainsi conçue : « Le pasteur S*** sera
démis de son emploi ; on lui arrachera son rabat
et son manteau ; il recevra vingt coups de knout,
et sera conduit, enchaîné, aux mines de Nertschinski, pour y travailler jusqu'à sa mort. » A ces
mots, le malheureux s'évanouit ; revenant ensuite
à lui, il fit plusieurs mouvements convulsifs, et
tomba de nouveau sans connaissance. On vint à

son secours; il recouvra l'usage de ses sens.
Aussitôt il se jeta à genoux, et supplia qu'on
voulût bien l'entendre. « Ce n'est pas ici le lieu,
répondit le procureur. — Et où donc? répliqua
l'infortuné d'une voix sinistre, où donc? Sera-ce
là-haut, dans l'autre vie? »

Le procureur fit signe qu'on le traînât en prison. En vain tous les habitants de Saint-Pétersbourg prirent part au sort de ce malheureux
pasteur ; en vain on intéressa en sa faveur tous
ceux qui avaient quelque influence; le clergé
russe ne craignit pas de joindre ses sollicitations
à celles du public; le comte de Pahlen lui-même
fit tout ce qu'il put pour obtenir la grâce du
pauvre condamné : toutes ces prières, ces démarches, ces protections furent inutiles. Obuljaninow n'était pas homme à laisser échapper une
victime qu'il avait saisie avec tant de plaisir. Le
pasteur S*** fut donc conduit à la place du knout.
A moitié chemin, on le fit revenir sur ses pas,
pour qu'il reçût la communion des mains du
pasteur Reinbok; ensuite on reprit la route du
supplice.

Ses deux bras étaient déjà liés au fatal poteau;
on l'avait dépouillé d'une partie de ses habits
pour commencer l'exécution, lorsqu'un officier
arriva, et parla à l'oreille du bourreau. Celui-ci
répondit respectueusement : *Scluschu* (je comprends); puis il leva et baissa vingt fois le knout
sur le malheureux, sans lui causer de douleur,
par la précaution qu'il prit de faire glisser adroi-

C'était la demeure fortifiée de quelque prince livonien. (P. 50.)

24

tement les coups sur ses habits. Il est clair qu'un homme puissant, mais sensible, qui n'avait pas pu arracher cet innocent à l'ignominie, voulut du moins par son autorité, lui épargner les souffrances horribles d'un pareil supplice. Le pasteur fut reconduit en prison. M. de Pahlen chercha différents prétextes pour retarder son départ pour les mines, et eut même à ce sujet quelques pourparlers assez vifs avec M. le procureur général; mais l'empereur insista si fort sur l'entière et pleine exécution de l'arrêt, qu'il fallut enfin céder. Le malheureux pasteur porta pas à pas ses chaînes jusqu'à Nertschinki, et l'on poūssa la cruauté jusqu'à refuser à son épouse la permission de le suivre.

A mon départ de Saint-Pétersbourg, on disait qu'il avait déjà obtenu sa liberté, et qu'on l'attendait sous peu de jours dans cette ville. Je ne doutai pas que le jeune empereur ne s'empressât de donner une nouvelle preuve de sa justice et de sa clémence, en le rétablissant dans sa fortune et dans son honneur.

Peu de temps après la mort de l'empereur Paul, le prince Soubow donna chez un restaurateur un grand dîner de cent couverts, à vingt-cinq roubles par tête, sans compter le vin, (ce qui n'empêcha pas qu'on n'y bût quatre cents bouteilles de Champagne). Je me garderais bien de parler d'un repas si somptueux, sans une circonstance qui le rendit favorable au pauvre pasteur. Vers la fin du repas, en portant des toasts, on se souvint de lui, on ouvrit sur-le-champ une collecte en sa faveur, qui monta, dit-on, à dix mille roubles. Quant à Tumanski, le fléau de Riga, il fut puni à son tour. Furieux du mépris qu'on lui portait généralement, il avait entrepris de perdre les habitants de cette bonne ville. A cet effet il les accusa tous, auprès de l'empereur, d'être jacobins, et envoya à la cour une longue liste, sur laquelle se trouvaient non seulement les noms des principaux bourgeois et fonction- naires publics de la ville, mais encore celui du vieux gouverneur général Nagel, qu'il avait eu l'audace de placer à leur tête.

Le monarque, naturellement juste et clément, dé- clara, avec trop de bonté peut-être, que Tumanski était fou, et se contenta de le destituer de son emploi. Mais ce qu'on ne lira pas sans attendris · sement, c'est que ces mêmes habitants qu'il avait voulu perdre, le soutinrent dans son infortune. J'ai été moi-même témoin à mon passage à Riga, l'année suivante, d'une collecte que ces bons habi- tants firent pour pourvoir à sa subsistance. La justice « au pied boiteux », comme dit Horace, a donc enfin atteint le coupable, quoique d'une manière trop douce à la vérité, si on la met en regard des larmes et des soupirs que son admi- nistration a coûtés à tant de malheureux.

La mort de Paul Ier me laissait entrevoir la possibilité de retourner dans ma patrie. Je me proposai, lorsque le jeune monarque serait un peu débarrassé des affaires urgentes de l'empire, d'appeler un instant son attention sur moi, et de demander ma retraite. Ce ne fut que le 30 mars que j'eus l'occasion d'exécuter mon projet : je remis à cet effet un mémoire au prince Subow, aide de camp général de l'empereur. Je reçus le 2 avril, c'est-à-dire deux jours après, et par la même voie, cette réponse flatteuse : « Que Sa Majesté désirait me garder à son service. » Tant de bonté, une distinction si manifeste, m'embarrassèrent beaucoup pour annoncer derechef la ferme résolution où j'étais de persister dans mon projet de retraite. Néanmoins j'eus le courage de m'expliquer franchement; je déclarai que j'étais pénétré de reconnaissance pour les intentions bienveillantes du czar, mais que l'heure de ma retraite avait sonné. On m'accorda enfin l'autorisation tant désirée.

Ce fut le 29 avril que je quittai Saint-Pétersbourg avec ma famille. Nous nous arrêtâmes quelques semaines à Jewa, puis nous nous rendîmes à Wolmershoff, dans une des terres du baron de Lowenstern, qui nous avait écrit les lettres les plus pressantes pour nous engager à aller passer quelques jours chez lui.

M. le chambellan de Beyer fut la première personne que je rencontrai en descendant de voiture. Que d'émotions nouvelles vinrent agiter mon cœur, dès que je l'aperçus! Mme de Lowenstern parut après lui; puis leur fils, ce jeune homme qui avait si généreusement compati à ma

détresse. Oh ! que le souvenir des maux passés a
de charmes, lorsqu'il nous est permis de témoigner hautement notre reconnaissance à ceux qui
ont bravé tous les dangers pour nous consoler
et nous secourir !

Je reçus plusieurs éclaircissements de ces
dignes personnes. J'appris que M. le comte de
Beyer avait envoyé toutes mes lettres au gouverneur de Riga, à l'exception de celle à M. de
Cobentzel, cette dernière pouvant me nuire.
J'appris encore que le gouverneur les avait fait
passer sur-le-champ à l'empereur qui, irrité dans
le premier moment de mon évasion, lui avait
répondu : « qu'il eût à faire venir tout de suite
M. le chambellan de Beyer à Riga, pour le répri-
mander fortement d'avoir osé permettre à un
prisonnier d'État d'écrire des lettres.» Cette réprimande qui faisait l'éloge de M. de Beyer, lui fut
effectivement adressée ; mais on peut bien penser
que l'humanité du gouverneur en aura adouci la
rigueur.

M. de Beyer me dit que le conseiller lui avait
communiqué ses instructions, et me fit voir par
là combien il eût été dangereux pour lui de s'intéresser plus vivement à moi ; il me prouva encore
bien plus la noblesse de ses sentiments par le
soin qu'il prit de justifier la conduite de M. de
Prostenius.

Après avoir passé quelques jours bien agréables
à Wolmershorf, nous nous remîmes en route
pour Riga ; des amis fidèles nous y attendaient.

J'eus le chagrin de n'y pas trouver le digne gouverneur de Bichter, que la maladie retenait
depuis quelque temps à la campagne; mais je
pus me livrer au doux sentiment de la reconnaissance, en revoyant mon cher Eckard et l'habile
médecin Stoffregen. Le premier nous conduisit
dans sa terre de Graffenheide, qui est un véritable paradis terrestre. Nous y séjournâmes
quelques jours, et nous nous quittâmes en nous
promettant une amitié éternelle.

Ce fut à Riga que j'appris qu'une lettre que ma
femme avait écrite à la duchesse de Weimar, avait
été envoyée par le directeur de la poste, à Saint-
Pétersbourg, et que l'empereur l'avait lue. Il la
renvoya tout de suite, ordonna qu'on la recachetât
avec soin, et qu'on la fît parvenir à son adresse.
Mes amis avaient formé sur cet incident les plus
favorables conjectures. Je suis intimement persuadé que cette lettre dont j'ai la copie entre les
mains, n'a pu que produire une impression avantageuse sur l'empereur; il m'est doux de penser
que je dois en partie ma délivrance à mon épouse.

Nous ne trouvâmes plus à Mittau le gouverneur de Driesen; il avait perdu sa place. Le brave
conseiller Sellin de Polangen avait éprouvé le
même sort : je fus privé du plaisir de le voir, et
ne rencontrai que le lieutenant Bogeslawsky, qui
m'avait accompagné de Polangen à Mittau; il me
reçut comme un ancien ami, et nous fit déjeuner
avec lui. La salle dans laquelle il nous conduisit
me rappela la scène de mon arrestation. Le sou-

venir de nos peines passées a parfois un charme
plus puissant encore sur nous, que celui des plaisirs qui ne sont plus. Je demandai des nouvelles
de l'honnête cosaque qui nous avait accompagnés
sur le siège du cocher. Je voulais lui faire un
cadeau, mais il était absent.

Au moment où nous passâmes vis-à-vis le corps
de garde, sur le pont, quand la barrière s'ouvrit
et se referma derrière nous, je sanglotais, tant
mon émotion était forte. Elle n'était pas causée
du reste par ma sortie des États russes. Le nom
d'Alexandre n'avait rien qui dût effrayer; on pouvait se croire certain d'une existence heureuse et
tranquille dans son Empire; mais c'était ce retour
par des chemins sur lesquels j'avais passé avec
tant d'effroi, c'était l'aspect du premier théâtre de
mes maux, c'était le souvenir de tous les sentiments douloureux que j'avais éprouvés, c'était la
récapitulation de toutes les scènes affreuses qui
avaient déchiré mon âme, et ce contraste de ma
situation présente avec la première qui me faisaient retrouver tant de charmes dans l'usage de
ma liberté. Ma reconnaissance envers Dieu, qui
m'avait conservé et rendu tous ceux qui m'étaient
chers, venait se mêler à tous les motifs de mon
bonheur, et le rendait plus vif en le sanctifiant.

Je passai à Kœnigsberg; j'y rencontrai le comte
Kutaissow, favori et confident ordinaire de l'empereur Paul. Je fus enchanté de trouver un homme
qui pouvait, mieux que personne, me donner des
éclaircissements sur les causes de mon arresta-

tion. Comme je le connaissais depuis longtemps, je ne craignis pas de paraître indiscret, en l'interrogeant ; on n'était plus au temps où la réponse à la plus simple question, dans une affaire secrète, pouvait le compromettre. Ici rien ne l'empêchait de parler. Il était maître de tout avouer, et ne devait éprouver ni inquiétudes, ni scrupules. Je lui fis comprendre le désir que j'avais d'être instruit des motifs de la rigueur avec laquelle Paul Ier m'avait traité. Il me répondit, avec une franchise bien naturelle, que l'empereur n'avait eu aucun motif particulier d'en agir ainsi, mais que je lui avais donné de l'ombrage comme auteur. Je dus me contenter de cette raison.

Rentré chez moi, je ne songeai plus qu'à passer dans une paisible tranquillité le reste de mes jours, en les consacrant à des œuvres utiles. Ce n'est pas en satisfaisant de misérables convoitises ni en poursuivant la réalisation de rêves ambitieux qu'on trouve le bonheur ; il réside tout entier dans l'accomplissement du devoir et la bonne conscience.

LE PALAIS MICHAÏLOWITSCH

UGUSTE de Kotzebue, en parlant des divers emplois qui lui furent confiés par le czar Paul Ier, à son retour de l'exil, fait une description très détaillée du Palais Michaïlowitsch, « cette huitième merveille du monde, ce féerique monument (1) » qui contenait d'incalculables richesses. Lui-même avait été chargé par l'empereur d'en faire le catalogue. Pour ne pas interrompre dans la reproduction de ses *Souvenirs* la suite des événements, il nous a semblé préférable d'écarter cette longue digression. Toutefois, nous pensons entrer dans les vues d'une certaine classe de nos lecteurs, en accordant à la fin du volume une petite place à la description générale du monument et des appartements de Paul Ier. Bien peu de personnes, lorsqu'elles entendent parler d'un de ces fastueux palais de l'empereur de toutes les Russies, peuvent se faire une idée exacte de ce que comportent d'aussi gigantesques constructions et

(1) Voir page 354.

du luxe avec lequel elles ont été aménagées. Nous laissons la plume à Kotzebue.

Le palais Michaïlowitsch est bâti sur la même place où avait été déjà construit, en 1711, le palais d'été, par ordre de Pierre le Grand, au confluent de la Moïka et de la Fontanka. L'impératrice Élisabeth l'avait réédifié depuis cette époque ; mais comme il était tout en bois, il menaçait ruine. Aujourd'hui, c'est le phénix qui renaît de sa cendre.

La rue « des Jardins » mène au portail. Huit colonnes de l'ordre dorique, et en marbre rougeâtre du pays, supportent des trophées. Trois grilles s'ouvrent entre quatre piliers de granit. Le chiffre de l'empereur, entouré de la croix de Saint-Jean, orne la principale entrée; les autres sont décorées d'aigles, de couronnes et de guirlandes de bronze doré. La porte du milieu ne s'ouvre que pour la famille impériale. Toutes trois conduisent à une triple allée de tilleuls et de bouleaux, plantée sous le règne de l'impératrice Anne. La longueur de ces avenues est de trois cents pieds; elles s'étendent, à gauche, le long de la salle d'exercice; à droite, le long des écuries, et vont aboutir à deux pavillons destinés à loger les officiers de la maison de l'empereur. La salle d'exercice est immense. Sa forme est un grand carré long; il y a vingt-quatre poêles, et il est impossible de la chauffer pendant l'hiver.

Pour parvenir au connétable, ou à la grande place du palais, il faut traverser, sur un pont-levis, un canal revêtu de pierres de taille et large de dix mètres. Au milieu de la place est un piédestal en marbre posé sur trois marches, et qui porte une statue équestre de Pierre le Grand. Cette statue est en bronze et d'une forme colossale. Le cheval semble prêt à marcher. Le cavalier est costumé à la romaine, et a le front ceint d'une couronne de lauriers. C'est un Italien nommé Martelli, qui a fondu cette statue, en 1744, sous le règne d'Élisabeth. On l'avait laissée sous un hangar. Ce fut l'arrière-petit-fils de Pierre le Grand, qui, plein de respect pour son bisaïeul, la retira d'un lieu si peu convenable pour la mettre sur la place du palais. A la partie antérieure du piédestal on lit cette inscription : *Prodaedu Prawnux* (1).

A droite et à gauche sont deux bas-reliefs en bronze. L'un représente la bataille de Pultava, et l'autre, la prise de la forteresse de Schlusselbourg.

Nous voilà vis-à-vis le palais, et tout près de ce grand édifice, qui forme un carré parfait. Chaque côté, sans y comprendre les angles saillants, mesure plus de 450 mètres. Le palais est entouré de canaux qui tirent leurs eaux de la Fontanka, et qui sont bordés de quais de granit. Il y a cinq ponts-levis. Les fondations du château ont neuf pieds de profondeur. Elles sont faites avec de

(I) Au bisaïeul, l'arrière-petit-fils.

gros pilotis enfoncés l'un à côté de l'autre, et sur-
montés d'un gril de charpente.

Les souterrains et le rez-de-chaussée sont
construits en pierres de granit. Les deux étages
au-dessus sont en briques, recouvertes en partie
avec du marbre. Les intervalles sont remplis avec
un enduit de couleur rougeâtre.

Quelle impression doit produire sur un étranger la vue de cette masse monstrueuse de pierres
rougeâtres, environnée de fossés et de ponts-
levis, hérissés de vingt canons de bronze, de fort
calibre ! Rien ne doit lui paraître plus bizarre, que
les ornements qui frappent ses yeux, et dont
plusieurs pèchent absolument contre les règles
de l'art. A l'entrée de la façade principale, il aperçoit deux obélisques immenses de marbre gris,
qui, s'élevant jusqu'au toit, portent le chiffre de
l'empereur en bronze, et des trophées en marbre
blanc; il distingue à peine, près de ces obélisques,
des statues enfoncées dans de petites niches. Ces
statues, bien mesquines près des masses qui les
écrasent, représentent Diane et l'Apollon du Belvédère; elles sont en marbre blanc. Au-dessus
d'elles, est une colonnade d'ordre ionique, sur-
montée d'un portail d'architecture rustique; et
au-dessus de ce portail, un frontispice de marbre
de Paros, exécuté par les frères Stagi, qui a pour
sujet l'Histoire, sous la figure de la Renommée,
telle qu'on la voit sur la colonne Trajane. L'attique
porte deux déesses de la Gloire soutenant les
armes impériales; et pour couronnement, on

remarque un toit de couleur verte, sur lequel est placé un groupe de Cybèles supportant des tours, et dont les boucliers sont couverts des armoiries des provinces russes. Sur la frise faite en porphyre du pays, on lit l'inscription suivante, en grosses lettres de bronze et en russe : « La sainteté a orné à jamais ta demeure. »

Peut-on voir un mélange plus singulier d'objets réunis, entassés sans goût, sans élégance? Cependant chaque chose, prise séparément, offre de véritables beautés; mais cet ensemble lourd et baroque détruit la richesse des détails, et l'aspect frappe l'œil sans lui plaire. L'architecte Brenna, qui a dirigé les travaux de cet édifice, assure que la composition monstrueuse et informe en est due à l'empereur, qui même en a donné les dessins; mais rien ne me semble plus douteux.

L'église fait une saillie ovale à la seconde façade. Elle est incrustée de marbre gris de Sibérie, et ornée de bas-reliefs représentant les quatre évangélistes. La corniche est décorée de têtes d'anges, et les niches renferment deux statues, la Foi et la Religion. Sur l'attique, on voit les apôtres saint Pierre et saint Paul, des deux côtés de la croix. Une tour dorée brille au-dessus du dôme de l'église, et est entourée de quatre candélabres, qui sont de bronze doré, comme la croix et le dôme.

Passons à la troisième façade. Elle est du côté du jardin d'été. Un escalier rond, composé de vingt-six marches en granit de Serdopol, mène

à un grand vestibule décoré de dix colonnes
d'ordre dorique et en marbre rouge. Le pavé est
de marbre blanc. On voit, à droite et à gauche
dans des niches, deux statues égyptiennes de
Bardiglio di Carrara. Elles sont en pierre dure,
qui imite parfaitement la couleur du basalte. Sur
le palier de l'escalier sont placées, de chaque côté,
deux belles statues d'airain, l'*Hercule* et la *Flore
de Farnèse*. C'est sous la direction de l'Académie
des arts de Saint-Pétersbourg qu'elles furent
jetées en moule. Auprès d'elles sont deux vases
également d'airain, posés sur des consoles de
granit. Ils offrent une copie fidèle des deux superbes vases de Médicis et du palais Borghèse.
Ils sont dus aux talents d'un artiste nommé Gas-
tecloux.

Au-dessus de la colonnade règne un large
balcon, orné de dix vases et des statues des
Quatre Saisons, en marbre blanc. L'attique est
supporté par six cariatides, entre lesquelles un
artiste français, Thibault, a placé des bas-reliefs
aussi en marbre blanc. Le toit est couronné,
comme celui de la façade principale, par des statues qui représentent des provinces russes.

La quatrième façade est ornée des statues de
l'*Hercule Farnèse* et de la *Flore*, qui sont une
copie de celles que l'on a vues en airain dans le
même palais. Celles-ci sont en marbre blanc.

Le portail, soutenu par six colonnes doriques
et en marbre rouge, porte un attique entouré
d'une balustrade, pour servir de belvédère.

Deux niches sont remplies par les statues de
la Prudence et de *la Force*. Dans un pavillon surmonté d'une coupole, est placée l'horloge du
château; et lorsque l'empereur réside dans le
palais, le drapeau impérial flotte sur une petite
tour, attenante au pavillon.

Après avoir ainsi visité le palais à l'extérieur,
en arrivant par le côté de la grande façade, on se
trouve sous un péristyle dont la forme est un
carré long. L'entrée pour les voitures coupe ce
péristyle; mais à droite et à gauche on peut compter une enfilade de vingt-quatre colonnes doriques,
faites d'un seul bloc de granit. Les chapiteaux et
les bases sont de marbre de Ruskol. Dans les
entre-colonnements on a placé des copies, en
marbre blanc, des vases de Médicis et de Borghèse. Sur le côté, dans deux niches, on remarque *Hercule avec sa massue*, et *Alexandre le
Grand*.

Quand on a traversé le péristyle, on parvient à
la cour intérieure du palais, qui a soixante-cinq
mètres de diamètre. La famille impériale et les
ambassadeurs avaient seuls le droit de faire entrer
leur voiture dans cette cour.

On voudrait en vain calculer combien de fois le
chiffre de l'empereur se trouve placé à l'intérieur
et à l'extérieur du palais; dans la cour il orne
tous les trumeaux des fenêtres. Dans huit niches
on trouve des statues qui n'attesteront pas le
talent du sculpteur : jamais le ciseau n'a rien fait
de plus détestable. Au lieu de représenter, par

leurs traits comme par leurs attributs, *la Force*, *l'Abondance*, *la Victoire*, *la Gloire*, etc., elles n'offrent que des monstres, que des personnages hideux par leur laideur. Malgré le luxe qui règne partout, rien ne prouve plus évidemment que le mauvais goût présidait à tous ces embellissements.

Les marches du grand escalier sont en granit. Elles s'élèvent, tournent entre deux balustrades de marbre gris de Sibérie, et de pilastres en bronze poli. Les murs sont recouverts en marbre de différentes espèces. On devait peindre des fresques sur les parties de côté, également en blanc. La *Cléopâtre* du musée Capitolin, parfaitement copiée en marbre blanc, décore le palier. Les statues de la *Prudence* et de la *Justice* sont dans des niches de chaque côté. Au haut de cet escalier, on voit toujours deux grenadiers en faction.

Nous sommes donc arrivés aux magnifiques portes d'acajou qui ferment les appartements. Leurs panneaux sont richement décorés de boucliers, d'armes et de têtes de Méduse en bronze. En ouvrant les battants à droite, on entre dans les appartements d'honneur du monarque.

Après une antichambre ovale, dans laquelle on distingue avec plaisir le buste de Gustave Adolphe, roi de Suède, et avec pitié un plafond rempli d'allégories peintes par un barbouilleur, nommé Smuglewitsch, on se trouve dans une vaste salle dont les murs sont surchargés d'ornements en stuc tacheté, sur un fond jaune. Dans cette salle,

25

La vue de ces ruines fit naître en moi l'idée de me cacher sous ces décombres. (P. 50.)

il y a six grands tableaux d'histoire. Le premier représente *la Victoire de Pultawa*, par Schebujeff. Ce tableau est peint à grands traits. Il a de l'expression, du caractère. Pierre le Grand et son général Scheremetoff, sont les principaux personnages qui y figurent. Le second représente *la Prise de Kasan* par le czar Iwan Wasilewitsch. L'ensemble de cette toile est parfait; elle a surtout le mérite d'une heureuse conception. Tous les personnages y sont bien groupés.

Le sujet du troisième tableau est *le Couronnement de Michel-Fédorowitsch Romanow*, aïeul de Pierre le Grand. Dû au pinceau d'Ogrumoff comme le précédent, il assure à son auteur une place distinguée parmi les meilleurs peintres d'histoire de son temps.

Le quatrième représente *la réunion des flottes russe et turque*, et leur passage commun par le Bosphore; c'est l'œuvre d'un peintre nommé Pretschetnikoff : il a saisi un événement mémorable, mais son tableau est très médiocre; il n'a de mérite que comme perspective.

Un sujet militaire nous apparaît encore au tableau suivant : *La victoire du prince Démétrius Iwanowitsch Donsky*, sur les Tartares du Don, dans les plaines de Kulésoff; il est de la composition d'un Anglais, Atkinson. Le pinceau de cet artiste est hardi, mais il dessine mal.

Enfin, la sixième toile rappelle le *Baptême du grand-duc Vladimir;* du même auteur que le précédent, cette composition a les mêmes défauts.

Passons maintenant dans la salle du trône. Elle
a près de vingt-cinq mètres de long sur dix de
large. Rien de plus majestueux que sa décoration :
en la voyant, chacun est muet d'admiration. On
me dispensera de parler des tentures de velours
vert, brodées en or et du superbe ameublement
de cette pièce. Je me bornerai à la description du
trône. Il est couvert de velours rouge, rehaussé
d'or ; au fond se trouvent les armes de la Russie
liées à celles des royaumes de Kasan, d'Astrakan,
de la Sibérie et de la grande Russie ; dans les niches
pratiquées au-dessus des portes et en face du
trône, sont les statues antiques de Jules César,
d'Antonin le Pieux, de Lucius Vérus, etc. Dans
une partie plus élevée, on remarque les figures
colossales de la Justice, la Paix, la Victoire et la
Gloire ; tout autour de la salle on voit les armoiries des soixante-seize provinces soumises à la
Russie. Ces emblèmes présentent, au premier coup
d'œil, les caractères distinctifs des différents
peuples de cet empire immense. On doit reconnaître que le choix de ces décorations a été heureux ; l'empereur, qui en avait donné l'idée, ne
pouvait mieux prouver, quoi qu'on en dise, l'esprit
chevaleresque qui l'animait.

Je ne puis négliger de parler de la belle glace
qui rehausse l'ameublement ; elle est d'une seule
pièce, et la plus grande de toutes celles du palais ;
on l'a coulée à Saint-Pétersbourg. Je dois citer
encore trois tables magnifiques, l'une de *verte
antico*, les deux autres de porphyre vert oriental ;

chacune de ces tables a des proportions prodi-
gieuses; elles sont posées sur des colonnes d'airain et de bronze, et sur des génies en bronze de
la hauteur de quatre pieds. J'allais omettre le lustre
de bronze qui est suspendu au plafond ; deux mé-
diocres allégories, peintes par Valeriani, le décorent assez mal. La bannière de l'ordre de Malte
se voit sur chacune de ces peintures.

De la salle du trône, pour entrer dans la galerie
des arabesques, on passe entre deux colonnes de
l'ordre ionique d'une rare beauté ; elles sont en
porphyre oriental ; on les a transportées de Rome
à Saint-Pétersbourg. Sur leurs chapiteaux, l'on a
placé le buste de Marc-Aurèle; sur la corniche de
cette galerie, se dressent plusieurs grands vases
de porphyre rouge de Sibérie. Cinq statues remplissent les niches; elles ont été copiées à Rome
d'après l'antique, et représent la *Vénus* de Médicis,
Antinoüs Germanicus, l'*Apollon de Florence*, et la
Vénus Kallipigos. La loge de Raphaël à Rome,
si fameuse dans le monde entier, a servi de modèle
à la décoration de cette pièce ; tout a été peint
également en arabesques de différentes couleurs.

En sortant de cette galerie, on entre dans celle
de Laocoon, nom qui lui vient du groupe qui la
décore. Il a été copié à Rome, sur l'antique ; le
marbre qui a servi, est sans tache, sans veine, et
d'un seul bloc. Ce groupe a été transporté de
Rome à Saint-Pétersbourg, sans le moindre accident.

Quatre magnifiques tentures des Gobelins ta—

pissent les murs de cette galerie ; elles représentent *la Pêche miraculeuse de saint Pierre, Jésus
chassant les marchands du temple, la Résurrection
de Lazare, et Marie-Madeleine répandant des par-
fums sur les pieds du Christ.* Une bizarrerie assez
singulière se fait remarquer dans cette pièce. A
côté de ces tapisseries, dont les sujets sont pris
dans l'Évangile, on a commis l'inconvenance de
placer différents groupes mythologiques.

Au-dessus des portes, sont deux tableaux encaustiques de Dallera à Rome, représentant, l'un,
Ulysse qui retrouve Pénélope ; l'autre, *Hector prenant congé d'Andromaque.* Ils avaient tous deux
souffert de l'humidité ; celui d'Hector surtout avait
été assez endommagé.

Je ne dirai rien des tables précieuses en *breccie*
et en albâtre oriental à fleurs, des superbes fau-
teuils de velours, des diverses bronzes ; tous ces
objets étaient venus de Paris. Je ne signalerai
même qu'une seule des pendules qui décorent ce
palais, quoiqu'elles soient innombrables. Dans
cette salle on en voit une qui porte comme emblèmes les quatre saisons. Ces figures sont en
bronze, sur un char traîné par des lions, que conduit un génie ; la roue sert de cadran.

La seule remarque qu'il faut faire à cette occasion, et qui honore vraiment le génie de l'empereur, c'est que ces sujets ont été fournis par lui à
un peintre ignoré.

L'entrée d'un salon ovale qui se trouve à la suite
de cette salle, était gardée par deux bas-officiers

des gardes du corps qui avaient l'esponton à la main. Seize colonnes de l'ordre corinthien, en stuc, soutiennent un attique; la voûte, ornée de caissons, est portée par seize cariatides, dont Albani est l'auteur; cinq bas-reliefs allégoriques, qu'il serait trop long et trop difficile d'expliquer, remplissent les différents espaces. L'ameublement de ce salon est en velours couleur de feu, garni de cordons et de glands d'argent, qui produisent beaucoup d'effet.

Le plafond, peint par Vighi, est bien meilleur que les précédents; il représente *l'assemblée des dieux dans l'Olympe*. Jupiter apparaît au milieu des torrents de lumière. Cette œuvre révèle un artiste d'un grand mérite.

Après ce salon vient une grande salle dont les murailles sont en marbre; c'est le poste des chevaliers de Malte. Cette salle a près de trente mètres de long, dix de large, et à peu près quatorze de haut. Son architecture est un mélange de deux ordres, et jusqu'à l'attique tout est en compartiments de *breccia coralina*, qui sont incrustés, sur champ, de marbre noir de Porto-Venere. Des lustres longs et plats, en bronze uni, sont attachés au mur, et ressortent bien sur ce marbre noir. A l'une des extrémités de la salle, il y a un orchestre en marbre blanc, dont la balustrade est en bronze poli, et décoré de dix grands candélabres de bronze faits en forme de vases. Le plafond était encore en blanc; on peignait à Rome un Parnasse qui devait y être placé.

Une large niche pratiquée au-dessus de deux belles colonnes d'ordre ionique venant de Sibérie, divise cette salle en deux parties. Quatre termes recouverts avec du lapis et de l'agate de Sibérie, portent une cheminée de marbre blanc, que dissimule cette niche. A droite et à gauche, en adossement au mur, il y a deux cheminées semblables, placées entre quatre niches, dont le fond est fait de *gipolino antico*, aussi rare que singulier, car il est en tout semblable à du bois vert pétrifié; ce marbre n'est pas beau, mais curieux à voir. Dans les niches voisines de la cheminée, sont quatre statues copiées à Rome, d'après les antiques : *Bacchus, Mercure, Flore* et *Vénus.* Je crois inutile de parler des bronzes dont étaient faits les pendules, les lustres, les vases, les petites statues, et tous les ornements, jusqu'aux chenets.

A l'extrémité de la salle est une grande niche formée par deux colonnes de l'ordre ionique : c'est par là que l'on entre dans le salon circulaire du trône.

Seize Atlas de forme colossale soutiennent la coupole ; les murs sont cachés par des tapisseries de velours rouge, brodées en or, sur lesquelles il y a beaucoup d'ornements dorés; toutes les fenêtres sont cachées par des rideaux de même étoffe, à l'exception d'une, faite d'une seule vitre encadrée dans une coulisse d'argent. Le trône qui est dans ce salon, ne diffère de celui de l'autre salle du trône, que par le nombre des gradins ; le premier en a huit, celui-ci n'en a que trois. On y

admire neuf lustres tous d'argent massif, tra-
vaillés en mat et en poli, et qui sont d'un fini remarquable : ils sortent de la fabrique de l'habile
M. de Buch, conseiller d'État du Danemark. Le
plafond en camaïeu et en or, avec des arabesques,
a été peint par Carlo Scoti.

Une porte conduit de ce salon aux appartements
intérieurs de l'impératrice. La première pièce est
tendue de haute-lice d'un fond bleu clair : dans
les intervalles de cette tenture on aperçoit des
vues du château de Pawlowsky. Dans le fond de
l'appartement, il y a une niche soutenue par deux
belles colonnes de porphyre d'ordre ionique, et
qui se trouve remplie par les groupes d'Apollon
et Daphné copiés du Bernini, et faits en marbre
de Carrare. Des pendules, des vases, des tables de
porphyre, d'agate, d'albâtre oriental à fleurs de
rosso antico, décorent de toutes parts cette pièce.
De belles peintures encaustiques de Dallera ornent
les dessus de portes. Le plafond a été peint à la
gouache par Cadenacci : ceux qui les suivent sont
absolument semblables, et peints par le même.

Les panneaux des portes de bois d'acajou, de
bois de rosier et de cèdre, avec des sculptures
dorées, sont en marbre blanc, incrustés de lapis,
de bronze et de malachite. Ces portes conduisent
dans un cabinet si surchargé d'ornements, que
les yeux en sont aussitôt fatigués. Les murs sont
revêtus de marbre gris de Sibérie; les petits
espaces sont couverts en lapis, avec des liteaux
de bronze. Les coins sont remplis d'agate de

Sibérie ; les lambris, de *giallo* et de *nero antico ;*
la corniche de têtes de lions en bronze sur du
lapis. Au-dessus de la corniche, on voit des bas-
reliefs sur un fond d'or uni ; les divans, les tabou-
rets, les rideaux sont en draps d'or. Une niche
formée par deux belles colonnes corinthiennes
d'un seul morceau, et en albâtre oriental à fleurs ;
les piédestaux incrustés de *verde antico* et de
lapis ; un groupe de marbre blanc, représentant
Castor et Pollux, ouvrage d'Albagini ; dans les
petites niches de côté, les muses de la tragédie
et de la comédie ; la cheminée en malachite et
en bronze ; des tables, des vases et de petites statues d'agate ; de magnifiques porcelaines dans le
genre de celles de Raphaël, peintes en arabesques ; voilà à peu près tout ce que contient
un cabinet d'environ quatre mètres de long et
autant de large. Ce cabinet est contigu à la
chambre à coucher de parade, ornée plus simplement, et qui paraît aussi plus agréable à l'œil.
Cette pièce est très grande ; les murs sont de
stuc, et tout autour règnent des guirlandes en
feuilles sur un fond d'or uni.

Derrière une balustrade d'argent massif très
remarquable, on voit un lit richement sculpté et
doré ; le ciel en est de velours bleu clair, relevé
avec des cordons et des glands de même étoffe.
Des colonnes corinthiennes supportent, à droite
et à gauche, la corniche peinte en arabesques
sur un fond d'or poli ; entre les colonnes sont des
divans de velours bleu, et de grandes glaces

d'une seule pièce. La cheminée est en marbre blanc de Carrare, et sa corniche ornée partie en lapis, partie en mosaïque de Florence, composée de pierres fines, améthystes et autres, qui imitent jusqu'à l'illusion des fruits naturels de toute espèce. Je n'ai pu deviner le sens de l'allégorie que renferme le plafond peint par Valeriani.

La salle, qui suit cette chambre à coucher est d'un goût simple, et servait tantôt de salle à manger, et tantôt de salle de concert. Cette pièce n'offrait cependant rien de remarquable, à l'exception de deux cheminées, et de quelques vases de porphyre de Sibérie. Je l'aimais, par la seule raison qu'elle était destinée aux jeux des jeunes grands-ducs. J'ai eu le bonheur de les y trouver plusieurs fois. L'impératrice avait fait garnir de coussins les portes vitrées qui donnaient sur le balcon, jusqu'à la hauteur d'environ quatre pieds, pour prévenir les moindres accidents.

Après être sorti de cette salle à gauche, et avoir laissé à droite les appartements ordinaires de l'impératrice, on traverse, pour aller à la salle du trône, une pièce de peu d'apparence. Ce trône ressemble encore à celui de l'empereur, excepté qu'il est moins grand et qu'il n'est placé que sur un gradin. Une niche soutenue par deux cariatides colossales, renferme une très belle cheminée de marbre blanc, décorée d'un bas-relief représentant les neuf Muses. Les meubles ressemblent à peu près, pour la richesse, à ceux des pièces précédentes. Je ne puis m'empêcher cependant de citer une charmante pendule qui supporte un Phébus sur son char, attelé de deux chevaux. Le cadran est placé dans la roue du char. Le travail de cette pendule est admirable pour le fini ; c'est un chef-d'œuvre. Je citerai encore le plafond peint par Mettenleiter, dont le sujet est le *Jugement de Pâris*. Cette peinture a quelque mérite, ainsi que les dessus de portes qui sont de Bessonoff, élève de l'académie des arts de Saint-Pétersbourg. Ces dessus de portes représentent la *Peinture*, la *Sculpture* et l'*Architecture*.

La galerie de Raphaël est tout auprès de la salle du trône ; elle conduit dans un salon formant un carré long, où se trouvent une belle statue antique de Bacchus, et une autre moderne de Diane. Celle-ci, faite par Houdon, paraîtrait peut-être aussi belle que la première, si l'on ne cédait pas au prestige de l'antiquité. Ce salon est rempli de bustes, de bas-reliefs, sarcophages, vases antiques de grand prix.

De cet appartement on arrive enfin au vestibule des gardes où un détachement de cavalerie est toujours en faction. Quatre colonnes ioniques y frappent tout d'abord la vue qui se repose ensuite sur un plafond peint par Smuglewitsch.

Nous sommes donc parvenus au grand escalier de parade après avoir traversé de droite à gauche les premiers appartements de l'empereur et de l'impératrice. Le 8 novembre 1800, l'empereur y donna au public un grand bal masqué, y dîna pour la première fois ; en un mot, il en fit l'inauguration avec la plus grande pompe. Les appartements que je viens de décrire étaient, pour cette fête, ouverts à tout le monde, et illuminés de plusieurs milliers de bougies qui en augmentaient la magnificence. On dansa dans la grande salle de marbre et dans la galerie de Raphaël.

Maintenant on sera sans doute curieux d'avoir des détails sur les logements ordinaires que l'empereur et l'impératrice occupaient. Une porte conduit de la galerie de Raphaël dans les appartements du monarque : une antichambre peinte très simplement, n'est décorée que par sept tableaux de Charles Vanloo, représentant les légendes de saint Grégoire.

La seconde pièce, parquetée en marbre blanc à liteaux d'or, est ornée de beaux paysages et de quelques perspectives du palais lui-même. Un plafond peint par Tiépolo, représente Marc-Antoine et Cléopâtre, au moment où celle-ci jette les perles dans du vinaigre.

Les murs de la troisième pièce sont presque entièrement couverts par six paysages de Martinoff, qui présentent quelques vues des châteaux de Gatschina et de Pawlowski. La bibliothèque de l'empereur était conservée dans six armoires d'acajou faites avec élégance, et sur lesquelles se trouvaient vingt beaux vases de porphyre, d'albâtre oriental, etc.

Les hussards du corps, ou de la chambre

de l'empereur, se tenaient dans cette pièce.

Une porte secrète conduisait dans une cuisine particulièrement destinée à la table de l'empereur ; c'était là qu'il avait spécialement établi une cuisinière allemande qui lui préparait à manger. Il avait fait arranger, peu de temps auparavant, dans son château nommé *le palais d'Hiver,* une cuisine semblable, voisine de ses appartements ordinaires. De telles précautions, qui ne trahissaient que trop sa crainte d'être empoisonné par ses sujets, devaient-elles faire envier le sort de ce monarque, eût-il même été le plus puissant de la terre ?

On entre dans une autre petite chambre destinée aux hussards du corps : cette chambre se trouve tout près d'un escalier en limaçon, devenu ensuite célèbre, et par lequel on descend dans la cour : un seul homme était de faction à cette porte.

Après avoir traversé la bibliothèque, on parvient à la chambre à coucher de l'empereur. C'est dans cette chambre qu'il se tenait ordinairement le jour ; c'est là qu'il a passé les dernières heures de sa vie. Cette pièce a, si je ne me trompe, environ douze mètres carrés ; elle est ornée d'un grand nombre de paysages, la plupart de Vernet, de Wouvermann et de Vander-Meulen. Au milieu, derrière un simple écran, on voyait un petit lit de camp. Au-dessus du lit se trouvait un ange de Guido Reni ; dans un des coins le portrait d'un ancien chevalier banneret, peint par Jean le Duc : l'empereur faisait grand cas de ce portrait.

Les appartements de l'impératrice et des grands-ducs n'étaient pas ornés avec moins de magnificence que ceux de l'empereur ; partout l'on rencontrait la même profusion d'objets d'art. Une salle entre autres contenait une collection d'antiques de la plus haute valeur.

Un volume ne suffirait pas à détailler tant de richesses ; cette description sommaire suffira du moins à donner une idée du palais Michaïlowitsch et des merveilles qui y étaient entassées. Malheureusement, comme j'ai déjà eu l'occasion de le dire, Paul Ier eut le tort énorme d'accumuler tant d'œuvres d'art entre les murs humides d'une construction à peine terminée : la plupart ont subi d'irrémédiables dégradations.

TABLE DES MATIÈRES

PREMIÈRE PARTIE

En route pour l'exil.

DEUXIEME PARTIE

L'exil.

TROISIÈME PARTIE

La délivrance; le retour dans la patrie.

Lille. Typ. A. Taffin - Lefort. 1897.